SORTE
NO
AMOR

LYNN PAINTER

SORTE NO AMOR

Tradução de
Sofia Soter

Copyright © 2023 by Lynn Painter

Todos os direitos reservados, inclusive o direito de reprodução total ou parcial em qualquer formato. Direitos de tradução acordados com Berkley, um selo da Penguin Publishing Group, uma divisão da Penguin Random House LLC.

TÍTULO ORIGINAL
The Love Wager

REVISÃO
Mariana Gonçalves

PROJETO GRÁFICO
George Towne

ADAPTAÇÃO DE PROJETO GRÁFICO E DIAGRAMAÇÃO
Henrique Diniz

ILUSTRAÇÃO E DESIGN DE CAPA
Nathan Burton

CIP-BRASIL. CATALOGAÇÃO NA PUBLICAÇÃO
SINDICATO NACIONAL DOS EDITORES DE LIVROS, RJ

P163s

    Painter, Lynn
      Sorte no amor / Lynn Painter ; tradução Sofia Soter. - 1. ed. - Rio de Janeiro : Intrínseca, 2025.

      Tradução de: The love wager
      ISBN 978-85-510-1051-8

      1. Ficção americana. I. Soter, Sofia. II. Título.

25-96738.0   CDD: 813
                CDU: 82-3(73)

Meri Gleice Rodrigues de Souza - Bibliotecária - CRB-7/6439

[2025]
Todos os direitos desta edição reservados à
EDITORA INTRÍNSECA LTDA.
Av. das Américas, 500, bloco 12, sala 303
Barra da Tijuca, Rio de Janeiro - RJ
CEP 22640-904
Tel./Fax: (21) 3206-7400
www.intrinseca.com.br

Para Kevin,

~~*Eu amo que você sempre tem uma mochila preparada para acampar.*~~

~~*Obrigada por nunca fazer bife bem passado.*~~

~~*Lembra aquela vez que levamos vodca no trem para Nova York?*~~

~~*Porque você consegue pegar coisas com os dedos dos pés.*~~

~~*Simplesmente: consertos de automóvel da Pam Anderson.*~~

~~*Suas mãos são grandes que nem as do Cara do Romance.*~~

~~*Porque sei que você saberia o que fazer em um apocalipse zumbi.*~~

~~*Porque você ainda prefere a mim em vez de um cachorro.*~~

~~*Você é o vento que me faz voar.*~~

~~*Saudade das boinas que você usava quando a gente morava em Chicago.*~~

Você é meu lugar feliz. ❤

UM

Hallie

— Me vê um Manhattan e um Chardonnay, por favor?

— É pra já.

Hallie olhou de relance para trás enquanto entregava um copo de uísque com Coca-Cola para uma das madrinhas, e — uau — o cara que gritou o pedido no meio daquela coreografia barulhenta era *muito* bonito. Ele obviamente era um dos padrinhos, todo chique de *black-tie*, e, apesar de ter se proibido de ir a encontros, Hallie não podia deixar de admirar aquelas covinhas e a estrutura óssea digna de um astro de Hollywood.

— Qual uísque você quer? *Bourbon?*

Ele se apoiou nos antebraços e se esticou um pouco mais na direção do bar quando o ruído do salão do hotel ficou mais alto.

— *Rye*, por favor.

— Legal — disse ela, tirando do balde cinza de plástico de gelo uma garrafa da Califórnia. — Quer provar com *bitter* de laranja?

As covinhas se destacaram mais, e ele levantou as sobrancelhas, apertando os olhos azuis (azuis? É, azuis).

— Existe isso?

— Existe — disse ela, servindo o Chardonnay e entregando a taça. — Se você não for idiota, vai amar.

Ele riu, tossindo um pouco, e respondeu:

— Em geral, eu não me considero idiota, então pode me ver isso aí.

Hallie começou a preparar o drinque dele, sentindo que conhecia aquele cara de algum lugar. Ele parecia familiar. Não o rosto, exatamente, mas a voz, o fato de ser bem alto, os olhos brilhantes que davam a impressão de que ele estava sempre pronto para uma aventura louca.

Ela o olhou, reparando no cabelo escuro iluminado pelas luzes da pista. Enquanto sacudia a coqueteleira e servia o Manhattan no copo, ela se esforçou para lembrar. *Pense, pense, pense.* Foi quando ele se virou para olhar a mesa central que ela finalmente percebeu.

— Eu sei de onde eu te conheço!

Ele se virou de volta.

— Como é que é?

Fazia tanto barulho que Hallie precisou se aproximar um pouco mais dele. Ela sorriu e disse:

— Seu nome é Jack, né? Eu sou a Hallie. Fui eu quem te vendeu o…

— Opa! — disse ele, sorrindo, então cobriu a mão dela e se aproximou, mantendo contato visual intenso. — Hallie. Escuta. Não vamos mencionar…

— Ai. Meu. Deus.

Uma loira apareceu ao lado dele — *de onde ela brotou?* — e semicerrou os olhos para Hallie.

— Jura, Jack? — continuou. — A *garçonete*?

— Bartender — corrigiu Hallie, sem saber de onde vinha a necessidade de se explicar, nem que bicho tinha mordido a Loiraça.

— Você me largou sozinha no casamento da sua irmã para se engraçar com a *garçonete*?

— Hum, posso garantir que ninguém se engraçou — disse Hallie, percebendo que a voz alta da mulher estava atraindo muita atenção. — E eu sou bartender, não garço…

— Dá pra você calar a *boca*? — disse a Loiraça, com uma voz nasalada e aguda, como se fosse uma Kardashian.

— Relaxa, Vanessa — disse Jack, rangendo os dentes, e olhando por cima da cabeça da moça ao tentar tranquilizá-la. — Eu nem conheço ela…

— Eu te vi!

Ela estava quase gritando quando o DJ mudou a faixa para "Endless Love", o que não ajudou em nada a amenizar a situação. *Cadê a*

"Macarena" quando a gente mais precisa? A Loiraça — Vanessa, aparentemente — continuou:

— Você estava bem pertinho, de mão dada com ela. Há quanto tempo isso...

— Fala sério, Van, não é...

— *Há quanto tempo?* — gritou ela, a voz esganiçada.

O cara tensionou o maxilar, como se rangesse e afastasse os dentes, e finalmente respondeu:

— Desde hoje de manhã.

Vanessa ficou boquiaberta.

— Você estava com ela *hoje de manhã*?

— Não estava *comigo* nesse sentido — disse Hallie, olhando ao redor, horrorizada com o que estava implícito.

Nos finais de semana, Hallie trabalhava na Borsheims. Aquele cara, Jack, havia aparecido na loja de manhã, e ela o tinha ajudado a escolher um anel.

E não era um anel qualquer.

Era uma *aliança*.

Para perguntar *"aceita ser uma bruxa ciumenta pelo resto da minha vida?"*.

— Ela me vendeu isso — disse Jack, tirando a caixa do anel do bolso e praticamente empurrando na cara da moça. — Caramba, Vanessa, eu comprei para você.

A caixa estava fechada, mas Hallie sabia que continha uma aliança de noivado espetacular, com um diamante quadrado. Ele parecera um cara engraçado e charmoso quando ela o ajudara a comprar a joia perfeita, mas, se achava que Vanessa era sua alma gêmea, ele nitidamente só pensava com o pênis.

Ou era mesmo um idiota.

— Ai, meu Deus! — exclamou Vanessa, com a palma das mãos no peito. Seu rosto se iluminou ao sorrir para Jack. — Você está me pedindo em casamento?

Ele a encarou, apertando os olhos, por uns bons cinco segundos antes de dizer:

— *Agora* não.

O sorriso dela murchou.

— Não?

— Nem fodendo.

Hallie riu.

O som fez Vanessa virar para Hallie e encará-la com aqueles cílios compridos — que só podiam ser extensão.

— Qual é a graça? — sibilou.

Hallie balançou a cabeça, mas, por algum motivo, não conseguia parar de rir. Ouvir o cara dizendo *nem fodendo* foi satisfatório *demais*.

Antes que Hallie pudesse entender o que estava acontecendo, Vanessa pegou a taça cheia de Chardonnay do balcão e jogou a bebida na cara dela.

— Aiiii!

O vinho frio a deixou encharcada e fez seus olhos arderem. Felizmente, como bartender, Hallie estava cercada de panos de prato e tinha um pendurado no ombro, que ela usou para se secar.

— Ei — falou. — *Van*. Qual é o seu *problema*?

— É *você* o meu pro...

— *Mil* desculpas — pediu Jack, com uma expressão patética de arrependimento.

Ele pegou o pano de prato de Hallie e começou a secar o pescoço molhado dela, o que fez Vanessa arregalar os olhos.

— Nossa senhora, ela está bem — disse Vanessa.

— É, está tudo bem — garantiu Hallie, olhando desconfortável para ele, e pegou o pano de prato de volta. — Ela parece ótima, por sinal.

Ele se aproximou mais, e tudo o que Hallie via era seu rosto preocupado e seus olhos azuis.

— Tudo certo?

— Tudo.

Hallie piscou rapidamente e sentiu que precisava recuar. Ele era bonito demais para olhos humanos, especialmente com aquele nível de contato visual. Ela lambeu os lábios molhados de Chardonnay.

— Bom — acrescentou —, na verdade, não. Sabe, eu sempre recomendo esse Chardonnay, porque deveria ter um fundo de carvalho e um toque amanteigado e saboroso, mas, na verdade, é seco pra cacete, amargo e azedo.

Ele retorceu a boca.

— Este tempo todo eu tenho contado uma mentira — continuou ela.

Ele semicerrou os olhos, e sua boca tremeu. Parecia prestes a sorrir, mas Vanessa o agarrou pelo braço, e a expressão dele mudou para furiosa. Hallie o viu engolir em seco antes de se virar e dizer:

— A gente precisa ir.

Ela levantou as sobrancelhas perfeitas.

— A gente vai embora?

— Tipo isso. Vamos.

Ele afastou sua linda monstrenga do bar, e Hallie secou o balcão antes de voltar a preparar bebidas. O barraco inteiro tinha durado meros três minutos, mas parecera uma eternidade.

O outro bartender, Julio, perguntou discretamente, enquanto servia vodca em cinco copinhos de shot:

— O que foi aquilo?

— Só uma namorada louca de pedra — disse ela, andando até o outro lado do bar para pegar o pedido de dois *whiskey sours*. — Nem conheço eles.

— Ai, meu Deus, Hallie Piper, é você mesmo!

Hallie ergueu o rosto e se assustou. *Jura, universo?*

— Allison Scott?

Ugh. Allison. Elas tinham estudado juntas no colégio, e ela era uma daquelas meninas que parecia superfofa, mas sempre dava um jeito de fazer todo mundo se sentir uma merda. Hallie não a via desde a formatura, havia oito anos, e definitivamente não sentira saudade.

— Ai, meu Deus, você é a bartender mais bonitinha que eu já vi — disse Allison, sorrindo, e apontou para a regata preta e molhada e a calça jeans preta de Hallie. — Sério, está parecendo, tipo, uma bartender de filme.

Allison estava emanando uma vibe totalmente Alexis Rose, de *Schitt's Creek*. Hallie forçou um sorriso.

— Posso preparar alguma coisa para você?

— Meu namorado é um dos padrinhos — disse ela, ignorando a bebida. — Quando ele veio correndo me dizer que estava rolando um barraco daqueles no bar, eu nunca, nem em um milhão de anos, imaginaria que envolveria Hallie, minha amiga certinha e CDF.

Ela me chamou mesmo de CDF? Nossa senhora. Hallie explicou:

— Não foi um barraco, foi um mal-entendido entre um casal, e eu sofri o efeito colateral.

— Eu peguei o fim da briga — comentou ela, sorrindo devagar e com satisfação, chegando a lembrar o Grinch. — E aí, o que você tem feito? Além de ser bartender em festas de casamento. Ainda está com o Ben?

Um homem atrás de Allison estendeu duas garrafas vazias de cerveja Michelob Ultra, então Hallie pegou outras duas embaixo do bar, as abriu e as apoiou no balcão.

— Não. Eu me livrei do Ben.

— Ah. Uau — disse Allison, arregalando os olhos como se Hallie tivesse confessado que era uma *serial killer* só por ter a audácia de terminar com o cara que um dia fora considerado a estrela do futebol americano da escola. — E sua irmã, como anda?

Hallie quis gritar quando ouviu o DJ anunciar a valsa dos noivos, porque isso significava que não haveria muito movimento no bar — as pessoas amavam ver aquelas baboseiras cafonas. Allison podia ficar ali enrolando e puxando papo à vontade, o que fez Hallie sonhar com lustres caindo acidentalmente do teto e esmagando ex-amigas irritantes.

— Hum, Lillie está noiva de Riley Harper… eles vão se casar mês que vem. Lembra dele…

— Ai, meu Deus, ela está noiva do Riley Harper? Ele foi nosso rei da formatura, né?

Hallie assentiu e se perguntou se ela era a única que não pensava na realeza da formatura como algo *nosso*. Para ela, era só um cara que tinha usado uma coroa na festa.

— Uau, parabéns pra ela — disse Allison, impressionada. — Ela está trabalhando?

— Aham, ela é engenheira.

— Está de brincadeira?! — exclamou, balançando o cabelo estiloso em corte *bob*. — Vocês estão até parecendo as personagens de *Sexta-Feira Muito Louca*.

— Como assim?

— Sabe, você sempre foi a responsável e certinha, e Lillie era o desastre ambulante. Agora ela é engenheira e está noiva, e você está solteira, trabalhando como garçonete e se metendo em briga de bar — falou, sorrindo como se fosse a coisa mais engraçada do mundo. — Doideira.

Allison finalmente pediu um drinque e parou de torturar Hallie, mas, assim que ela foi embora, suas palavras começaram a se repetir na cabeça de Hallie. *Desastre ambulante. Desastre ambulante.*

Nossa, será que elas tinham *mesmo* entrado numa sexta-feira muito louca?

Hallie passou a meia hora seguinte surtando em silêncio enquanto preparava bebidas no piloto automático. *Desastre ambulante*. Mas quando começou a tocar "Single Ladies", ela encontrou sua Beyoncé interior e se lembrou de que ia ficar tudo bem.

Porque ela não era nenhum desastre ambulante. Na verdade, era só seu "inverno".

Depois do término com Ben (isto é, depois de ele perceber que não a amava nem um pouco), Hallie decidira tratar o momento como "o inverno dos vinte anos". Uma estação fria e triste, que levaria a uma primavera florida. Ela saíra da casa de Ben e agora dividia um apartamento mais barato com outra pessoa. Encontrara dois empregos de meio período para complementar a renda e conseguir terminar de pagar as dívidas estudantis mais rápido.

Ela ia aproveitar o momento solteira. Ia viver como uma camponesa e focar no trabalho. Eram dias sombrios, seu inverno, mas logo dariam frutos.

— VOCÊ.

Hallie ergueu o olhar, e o cara — Jack — vinha correndo em direção ao bar. Ele parecia sério — de gravata frouxa ainda pendurada no pescoço — e olhava fixamente para ela.

— Eu? — perguntou ela, e olhou de relance para trás.

— Isso — confirmou ele, parando diante do bar. — Preciso de você.

— Como é que é? — perguntou Hallie, inclinando a cabeça para o lado. — E o que aconteceu com aquele docinho de coco que é sua namorada? Van, né?

— Precisamos de um bartender nos fundos — disse Jack, ignorando seu comentário, e se dirigindo a Julio. — Será que posso roubar ela por um segundo?

Julio olhou para Hallie, tentando analisar sua reação, antes de responder:

— Pode, mas acredito que a noiva tenha...

— Foi ela que me pediu para vir aqui. Sou irmão dela.

— Primeiro, não fale de *mim* com *ele* como se eu não estivesse presente. Só porque tenho peitos não significa que sou incapaz de falar por mim. Segundo — acrescentou Hallie, irritada pelo machismo óbvio do cara —, não faço strip nem dança sensual, então se "nos fundos" for um código para alguma coisa de tarado, pode esquecer.

Isso fez Jack sorrir para ela, o tipo de sorriso irônico que dava a impressão de ele ter achado graça e se irritado ao mesmo tempo.

— Primeiro, me falaram que o Julio é o responsável pelo serviço, foi por isso que falei diretamente com ele, seus peitos não influenciaram em nada.

— Ah — disse Hallie.

— E, segundo, você tem cara de quem é contra qualquer dança sensual tarada, então posso garantir que "nos fundos" não é código para nada controverso.

Hallie ajeitou os fios de cabelo que tinham se soltado do rabo de cavalo, se sentindo meio idiota.

— Tudo bem, então.

— Vem comigo?

— Por que não?

Hallie deu a volta no bar e seguiu Jack, que abriu caminho entre a multidão de convidados — que sorriam como se ele fosse seu primo preferido, mas ele pareceu não notar — até a porta da cozinha, que ele empurrou e segurou para ela passar.

— Valeu — disse ela, ao passar pela porta, e logo perceber que a cozinha estava vazia. — Então...?

Quando ela se virou, Jack já havia largado o palctó em um engradado de bananas e estava arregaçando as mangas da camisa. Ele levantou uma sobrancelha e esperou ela falar.

— Achei que você tivesse dito que precisava de bartender.

— Preciso mesmo — respondeu ele, dando um pulo para se sentar na bancada de inox, balançando as pernas. — Você me fez levar um pé na bunda, então agora é sua função me embebedar.

Sério, cara?

— É, hum, você não é o rei — disse Hallie — e eu não tenho interesse em ser sua garçonete particular. Mas obrigada.

— Meu Deus, eu não quero que você me sirva — disse ele, apontando o espaço a seu lado na bancada. — Só achei que, já que Vanessa Robbins jogou drinques na nossa cara hoje, seria legal afogar as mágoas e dividir uma garrafa.

Hallie inclinou a cabeça e olhou a garrafa de uísque Crown Royal ao lado dele.

Por que a ideia lhe soava tão atraente?

Jack

Ele viu no rosto dela o momento em que se decidiu. Foi como se sua postura relaxasse.

Então, ela sorriu.

Não que fizesse diferença, mas ela era bonitinha. Uma ruiva baixinha e desbocada. Ele se lembrava, *sim*, dela na joalheria, não por causa de sua aparência, mas porque ela havia feito várias piadas engraçadas ao mostrar para ele todas as opções de aliança.

Hallie andou até ele, subiu na bancada, cruzou as pernas e pegou a garrafa.

— Primeiro, por favor, diga que foi *você* quem terminou com *ela*, e não o contrário.

— Óbvio — respondeu ele.

— Graças a Deus — disse ela, e mordeu o lábio antes de continuar. — Segundo, eu não tive nada a ver com o fim do seu namoro.

— Bom, se você não tivesse dito nada...

— Você seria noivo de uma doida ciumenta — falou, semicerrando os olhos verdes. — Na real, acho que você me deve um gigantesco obrigado.

— Ah, é?

— Sem dúvida — disse ela, levando a garrafa à boca para um gole demorado, depois secou os lábios com a mão. — Você escolheu beber uísque puro de propósito? Porque eu até topo, mas, já que meço um metro e meio, vou me embebedar *muito* mais rápido se não misturar com Coca.

Ele sentiu vontade de sorrir ao dizer:

— Por mim, tudo bem.

— E você vai pagar o Uber que eu com certeza vou precisar quando a gente acabar?

Jack pegou a garrafa que ela ofereceu e notou que os próprios dedos eram gigantes comparados aos dela.

— Se chegar a esse ponto, eu pago.

— Ah, certamente vai chegar a esse ponto — replicou ela, com outro sorriso sarcástico, e se virou de frente para ele. — Planejo ficar bêbada a nível de lamber o chão, cara. Tipo, encher a cara até esquecer minha mãe e vomitar no elevador, a ponto de perguntarem se estou bem ou se precisam chamar uma ambulância. Topa entrar nessa comigo?

Jack levou a garrafa à boca e deixou a bebida arder, aquecendo o caminho todo até o estômago. Ela o observou o tempo todo, e ele não sabia se era efeito do álcool ou não, mas, de repente, ele percebeu que estava totalmente decidido a se embebedar com a bartender engraçada. Ele secou a boca e devolveu a garrafa a ela.

— E aí — insistiu ela, pegando a garrafa com seus dedos finos —, topa, Padrinho?

Jack não segurou o sorriso ao responder:

— Sou todo seu, Bartenderzinha.

DOIS

Hallie

Hallie abriu os olhos e gemeu.

Meu Deus do céu.

Ela sentiu as têmporas latejarem, e puxou para baixo o edredom que cobria o rosto. Sentiu-se aliviada ao respirar o ar fresco e se livrar da coberta pesada, até que viu o próprio reflexo apavorante no espelho à sua frente.

Espelho?

Espera aí. Como é que é?

Nesse momento, ela reparou que não apenas estava deitada de lado na cama, como estava no pé da cama. E que não era "a" cama, ou seja, uma cama que ela conhecesse, e sim "uma" cama, ou seja, uma que não conhecia.

Ai, meu Deus.

Não, não, não, não.

Cenas da noite anterior voltaram correndo, e ela se esforçou para não se mexer muito no colchão ao se sentar e olhar para trás. Um mar de roupa de cama branca os separava, lençóis e mantas embolados e caídos em pilhas desordenadas, mas, sim, definitivamente havia outra pessoa dormindo na cama.

A cabeça dele, que parecia estar virada de cara no travesseiro, era coberta por cabelo grosso e escuro que ela sabia, por experiência própria, ser muito macio e ótimo para agarrar com força. Imagens dos dois encostados na porta do quarto do hotel surgiram em sua mente, as mãos dela enfiadas no cabelo dele enquanto ele...

AH.

Não.

Ela precisava ir embora. Viu a calça e um de seus sapatos ao lado da porta. O outro estava mais perto do banheiro, como se tivesse sido jogado... ah, é, ela se lembrava de chutar os sapatos e tirar a calça antes mesmo de fechar a porta do quarto.

Idiota, idiota, idiota.

Hallie se mexeu devagar, porque a última coisa que queria era acordar aquele cara. Sério, *imagina* a vergonha? *Oi, se lembra de mim? Sou a bartender que arrancou todos os botões da sua camisa social.* Não, ela precisava se vestir discretamente e dar no pé.

Hallie rolou para fora da cama, caindo ajoelhada, se obrigou a não pensar na sujeira do carpete do hotel — *fluidos fisiológicos por todos os lados, sabe Deus o que brilharia na luz negra, ecaaaaa* — e levantou a cabeça para confirmar que ele ainda estava dormindo.

Ok. Ainda adormecido, ou talvez morto, então tudo bem.

Ela se abaixou de novo e foi engatinhando até sua roupa. Imaginou o quão comprometedor seria se alguém a visse daquele jeito, engatinhando com pressa, só de regata e calcinha cor-de-rosa com estampa de esquilinhos. Hallie tinha certeza de que era um momento constrangedor, mas não tinha tempo para pensar na sua dignidade.

Quando pegou a calça, a vestiu o mais rápido possível e em silêncio, sem tirar os olhos da cama. *Por favor, continue dormindo.* Ela enfiou os pés nas sapatilhas e procurou o sutiã pelo quarto.

Onde podia estar aquela droga de sutiã?

Ela olhou no banheiro, e depois se abaixou para procurar debaixo da cama, mas o troço não estava em lugar nenhum. Hallie se aproximou da cama de fininho. Provavelmente tinha ficado embolado nos lençóis, mas então Jack fez um barulho e se virou de barriga para cima, e, por impulso, ela agachou outra vez.

Por quê, sua tonta?, gritou o cérebro dela, em voz histérica e muito esganiçada. *Para que você está fazendo isso? Engatinhar não te deixa invisível, sua otária.*

Hallie se levantou de novo e percebeu que, em qualquer outra circunstância, pararia e olharia bem o corpo daquele homem. O peito largo, o abdômen chapado e os bíceps fortes eram uma beleza, e ela achava que talvez, quem sabe, tivesse mordido o antebraço dele à noite, mas estava ocupada demais tentando fugir para admirar a vista.

Hallie semicerrou os olhos, tentando achar o sutiã no meio dos lençóis, mas Jack parecia estar respirando mais alto, então ela não podia se arriscar.

— *Foda-se* — murmurou, e desistiu.

Pegou a bolsa, foi embora e suspirou quando finalmente fechou a porta devagar. Sentiu a ausência do sutiã ao correr para longe do quarto, e cruzou os braços enquanto esperava o elevador. Algumas mulheres ficavam bonitas de regata e sem sutiã — a Kate Hudson, talvez —, mas Hallie não era uma delas.

Ela estava obscena.

Uma camareira passou empurrando o carrinho, e Hallie desejou não ter visto o reflexo no espelho do quarto, porque sabia que estava horrenda. Enquanto esperava o elevador, se perguntou se Jack ficaria chateado por ela ter ido embora sem se despedir. O que se deve fazer nesse tipo de situação? Sexo casual nunca foi a praia dela, então não sabia como se comportar. *Talvez eu stalkeie ele e mande uma mensagem. "Valeu pela trepada maneira, queridão..."*

Porém, antes mesmo de completar o pensamento, ela percebeu.

Não sabia o sobrenome dele.

A porta do elevador se abriu, e foi no meio de uma minicrise que ela entrou na cabine reluzente e apertou o botão do térreo.

Puta merda, não sei nem o sobrenome dele!

Não seria difícil descobrir o sobrenome de Jack, se ela quisesse. A noiva era irmã dele, e ele tinha comprado uma aliança na Borsheims na véspera. Mas a questão não era aquela.

Ela respirou fundo quando o elevador chegou ao térreo.

A questão, pensou, enquanto caminhava pelo saguão, de cabelo desgrenhado e peitos balançando, era que tinha acabado de acordar num quarto de hotel com um cara cujo sobrenome ela nem sabia.

Tinha perdido o sutiã, estava com dor de cabeça e precisava passar pela recepção repleta de funcionários que sabiam que ela havia trabalhado no casamento da noite anterior.

Desastre ambulante mesmo.

Quando Robert — o carregador de malas fofo que parecia um vovô e que normalmente mostrava fotos dos filhos nos dias em que ela trabalhava em algum casamento no hotel — acenou amigavelmente e olhou seus peitos antes de desviar o rosto constrangido, ela teve certeza de que tinha chegado ao fundo do poço.

Jack

Jack entrou no restaurante do hotel com a cabeça latejando e foi até a mesa comprida onde sua família se reunira para o brunch pós--casamento. Ele estava meia hora atrasado, e a chance de sua mãe não notar era zero.

— Jackie, meu garoto — cumprimentou o tio, sorrindo e acenando com um bagel.

— Bom dia, tio Gary — disse Jack, tentando sorrir, apesar do incômodo.

A luz ali precisava ser tão forte assim?

— Puta merda, você tá muito atrasado — disse Will, seu irmão mais velho, com um meio sorriso, enquanto mastigava o que pareciam ser ovos. — Já ouviu falar de despertador?

Jack o ignorou e pegou a cadeira vazia ao lado de Colin, seu melhor amigo e agora cunhado. Ele se sentou e, com a garganta seca que nem um deserto, falou:

— Cadê a Livvie?

Colin semicerrou os olhos.

— Você está um horror.

— Pô, valeu.

— Ela está pegando mais panqueca no bufê — disse Colin, indicando com a cabeça a fileira comprida de mesas.

Jack olhou o bufê e, sem dúvidas, sua irmã estava enchendo o prato.

— Meu Deus, se estão servindo panquecas, vocês com certeza vão perder o voo.

Olivia e Colin iam partir para sua lua de mel de duas semanas na Itália logo depois do brunch.

— Ela não tem jeito, né? — comentou Colin, sorrindo.

Jack estava ressaquento demais — e, de repente, solteiro demais — para aguentar Colin todo meloso com Olivia. Ele estava feliz pelo casal, mas não queria presenciar aquilo, sua cabeça estava latejando e ele se deu conta de que precisava se mudar do apartamento que dividia com Vanessa.

— Ela é tarada por panqueca mesmo.

Jack se levantou e foi em direção ao bufê, mantendo a cabeça baixa para evitar conversas com primos e tias. Havia muito mais parentes no restaurante do que ele gostaria, então ele pegou um prato e se aproximou de Olivia.

— Não acredito que você chegou atrasado e a mamãe nem falou uma palavra. Se eu me atrasasse trinta *segundos*, toda a família ia ficar sabendo — disse Olivia, sabendo que era o irmão mesmo sem olhar.

— É verdade.

Todo mundo sabia que Jack era o filho preferido de Nancy Marshall.

— Você está fedendo a álcool — comentou ela, semicerrando os olhos e finalmente o encarando. — Nossa... e parece ter dormido num lixão. O que rolou?

Jack passou a mão no cabelo. Ele estava tão mal assim?

— Nada.

— Até parece — disse ela, inclinando um pouco a cabeça. — O *que* aconteceu com você? Depois que a Vanessa surtou, você sumiu. Aonde você foi?

Ele não pretendia contar para ninguém, mas não conseguia não ser honesto com Livvie quando fazia alguma besteira.

— Enchi a cara e dormi com a bartender.

Ela ficou de queixo caído.

— Não acredito.

Jack deu de ombros.

Olivia o olhou como se o irmão tivesse acabado de dizer que era um cheeseburguer. Ela pegou o prato dele e o deixou ao lado do dela no bufê antes de agarrar seu braço e arrastá-lo até os fundos do restaurante.

— Livvie...

— Vem cá.

Ela o levou até um canto perto da porta da cozinha e continuou:

— Jack, há doze horas você estava pronto para pedir a Vanessa em casamento. Que mal lhe pergunte, como você já conseguiu transar com uma bartender?

— Quer saber, tipo, a mecânica do ato?

Ela resmungou e respondeu:

— Não, é que eu *sei* que você ficou mal por causa da Vanessa ontem. Vi sua cara quando você voltou do estacionamento.

Cacete, ele não queria pensar naquilo.

— E daí?

— E daí que uma ficada aleatória é uma ideia horrível que não vai te ajudar a se sentir menos solitário.

— Não estou me sentindo *solitário*, porra.

— Jura? — disse Olivia, cruzando os braços e com uma expressão incrédula no rosto. — Você não apressou tudo com a Vanessa porque estava triste e não queria ficar sozinho?

— Cala a boca, sua enxerida — resmungou Jack, mas abriu um sorriso quando ela revirou os olhos e o beliscou.

— Escuta aqui, seu otário — disse Olivia, abaixando a mão, com um olhar sério. — Nós dois sabemos que você amava tanto a ideia de um relacionamento sério que forçou a barra; você mesmo admitiu quando tomou todas no Bar do Billy duas semanas atrás, lembra?

Ele desejou nunca ter compartilhado aquela pequena informação.

— Bom, é uma pena as coisas terem acabado assim, mas acho que foi uma bênção — disse ela, tirando o celular do bolso da calça jeans e olhando para a tela. — Agora você está livre para encontrar alguém que tem mais a ver com você. Alguém com quem você pode se *divertir*.

Só de brincadeira, Jack comentou:

— Bom, eu me diverti muito com a bartender ontem.

— Me poupe dos detalhes e deixe eu te dar o login para o aplicativo de namoro que você agora assina no modo premium.

— Como é que é? — resmungou ele, olhando irritado para a irmã. — O que você fez?

— Nada de mais — disse ela, dando de ombros e sorrindo. — Depois do que você falou no Billy, eu talvez tenha feito um perfil para você, só por via das dúvidas.

— Que dúvidas?

— De que você ia terminar com a Vanessa.

Jack suspirou.

— Em vez de fazer um escarcéu e fingir estar chateado — disse ela, satisfeita —, pode só dizer "Obrigado, Liv".

— Larga do meu pé, Liv — respondeu ele.

— Eu largo do seu pé, desde que *você* entre no aplicativo.

Hallie

Uma semana depois

— Você está de brincadeira — disse Chuck, espetando uma almôndega no prato e olhando para Hallie. — Isso não pode ter acontecido.

— De qual parte você duvidou? — perguntou Hallie ao melhor amigo enquanto mergulhava uma batata frita no ketchup. — Do noivado fracassado ou do sexo regado a bebida no hotel?

Ela corou, ouvindo as próprias palavras pairarem no ar.

Sexo regado a bebida no hotel.

— Mais água? — perguntou o garçom.

— Hum, não, obrigada.

Chuck caiu na gargalhada e repetiu "sexo regado a bebida no hotel", de modo esganiçado, o que fez o garçom rir também. Quando o atendente se afastou, Chuck respondeu:

— De tudo. Sério, qual é a probabilidade de você ir trabalhar e *isso* te acontecer?

Hallie enfiou algumas batatas na boca e falou:

— Também não consigo acreditar, e olha que já faz uma semana.

— Então, o cara era gato? — perguntou Chuck, mastigando uma almôndega. — Bom de cama?

— Ele era gostoso, sem dúvida — disse Hallie, imaginando o rosto de Jack. — Bom de cama, de parede, de elevador...

— Então por que é que você está reclamando mesmo?

— Não estou reclamando — respondeu Hallie, e tomou um gole da Pepsi Zero. — Só estou com nojo de mim mesma por ser um desastre ambulante. Acordar na cama de um desconhecido era o que eu precisava para decidir mudar de vida.

— Sua outra vida não estava boa? — perguntou Chuck, revirando os olhos. — Porque me parecia totalmente razoável.

— Quando eu e Ben terminamos, tudo que comecei a fazer deveria ser temporário. Mas ainda estou vivendo que nem uma universitária, Chuck. Preciso de casa nova, uma que seja só minha, cortar o cabelo, comprar roupas novas, talvez engatar um relacionamento sério...

— Ai, meu Deus — interrompeu ele, de olhos arregalados e boca aberta cheia de comida mastigada, cercada pela barba e pelo bigode ruivos. — Você finalmente vai tomar uma atitude?

Hallie inspirou fundo pelo nariz, fechou os olhos e fez que sim com a cabeça.

Chuck tentava convencer Hallie a entrar no Par Ideal, o aplicativo de namoro onde ele tinha conhecido Jamie (sua noiva), desde que ela terminara com Ben. Ele estava convencido de que o aplicativo era uma espécie de cupido mágico e não parava de falar daquilo.

Nem por um minuto.

Chuck nunca tivera um relacionamento sério antes de Jamie (o que Hallie sabia porque eles eram primos de segundo grau e estavam sempre juntos). Ele era, sem dúvida, a pessoa mais singular que ela já conhecera, mas sua incapacidade de se encaixar em padrões convencionais sempre fora uma desvantagem no mundo do romance.

Chuck era engraçado, inteligente e bonito. Mas ele preferia assistir a filmes da Disney do que futebol americano. Em vez de ouvir os sucessos das paradas musicais, escutava trilhas sonoras da Broadway.

Ele gostava de anime mais do que o normal, e podia passar horas falando sobre *reality shows* com Hallie.

Porém, um mês depois de entrar naquele aplicativo ridículo, ele encontrara sua alma gêmea.

Qualquer um que os visse juntos não tinha dúvidas de que Jamie e Chuck haviam sido feitos um para o outro. Ela também era linda, *amava* o jeito dele, adorava anime e logo entrou no grupo de mensagens de Chuck e Hallie para falar de *reality shows*.

Hallie sempre dizia que "não estava pronta" quando ele tocava no assunto, porque só a ideia de namorar depois de Ben a deixava meio enjoada, mas, no momento, o que ela sentia era desespero. De manhã, durante o banho, percebeu que, além de todos os outros aspectos da vida que gostaria de organizar, ela queria encontrar um amor.

Queria mesmo.

Talvez fosse patético, mas, de repente, ela não queria mais se sentir sozinha.

— Posso ligar pra Jamie? — disse Chuck, tirando o celular do bolso. — Ela vai surtar...

— Não.

Hallie sacudiu a cabeça em negativa. Jamie era uma versão de Chuck depois de beber muita cafeína, e não dava para controlar quando ela se empolgava.

— Nada de Jamie — insistiu ela.

— Você sabe que vou ligar para ela assim que a gente se despedir, né?

— Sei, mas não vou aguentar vocês dois juntos. Vocês passam dos limites.

Ele abriu um sorrisão idiota. Com um suspiro sonhador, falou:

— Passamos, né?

— Não foi um elogio.

— Larga de ser ranzinza — disse Chuck, se levantando para puxar a cadeira e se sentar ao lado dela. — Vamos criar um perfil, aí mais tarde você só precisa tomar uma tacinha de vinho e ver os pretendentes disponíveis.

— Do jeito que você fala, parece até que vou fazer compras.

Ele pegou o celular dela, digitou a senha (030122) e começou a criar um perfil.

— É basicamente a mesma coisa — respondeu ele, de olho no celular. — Só que, em vez da bolsa perfeita, você está atrás da única pessoa no universo que vai te fazer feliz pelo resto da vida.

— Bom — disse Hallie, animada por baixo do ceticismo fingido —, isso parece fácil demais pra dar certo.

— Cala a boca e deixa eu fazer isso pra você.

Ao final do jantar, Hallie tinha um perfil completo em um aplicativo de namoro. Chuck escrevera um texto maneiro que fazia Hallie parecer divertida e inteligente, e ela estava realmente empolgada para ir logo para casa e começar as "compras".

Quando parou o carro na frente do prédio decadente dela, Chuck de repente disse:

— Puta merda.

— Que foi?

Hallie olhou pela janela, mas não viu nada estranho.

— Acho que teve um *delay*, sei lá, quando você me falou sobre mudar de vida — explicou ele —, porque só agora processei. Você disse que vai se mudar para um apartamento novo... sem Ruthie?

— Isso.

Ele inclinou a cabeça.

— Já pensou em como vai contar isso para ela?

Hallie semicerrou os olhos e respondeu:

— Vou só contar. Somos adultas, vai ser tranquilo.

— Jura?

— Juro.

— *Jura?* — insistiu ele, o tom mais esganiçado.

— Juro.

— Jura.

— Aimeudeus, Chuck, para de tentar me apavorar. Vou contar para Ruthie, ela vai aceitar sorrindo e vai ficar tudo bem.

Ele assentiu.

— Claro que vai.

Capítulo TRÊS

Hallie

— Ai, que bom que você chegou!

Ruthie, colega de apartamento de Hallie, estava parada na porta, como se a estivesse esperando. Ela usava um avental estampado com o tronco bombado de um homem usando uma sunguinha onde se lia *Quer linguiça?* em letra cursiva.

— Acabei de fazer um bolo de banana e quero sua opinião — continuou. — Manteiga ou não?

Hallie deu a volta e entrou no apartamento.

— Quer minha opinião sobre a manteiga?

Ruthie caiu na gargalhada.

— Quero sua opinião sobre o bolo. Você quer com manteiga ou não?

Hallie estava cheia e sem vontade de comer bolo de banana, mas não queria magoar Ruthie. Principalmente porque estava prestes a magoá-la ao dizer que iria se mudar.

— Sem manteiga, por favor.

Ruthie foi literalmente correndo até a cozinha estreita e abriu a geladeira.

— Você sabe o que *eu* acho de manteiga — gritou —, então vou tacar uma caralhada de manteiga nesse bolo, menos nas suas fatias. Vou tacar uma quantidade tão grande que deveria ser ilegal.

Hallie largou a bolsa no chão e tirou os sapatos.

— Não tenho dúvidas.

Ruthie Kimball era uma pessoa absolutamente ridícula. Era irmã de uma colega de trabalho de Hallie na joalheria, motivo pelo qual acabaram morando juntas. Hallie nunca conhecera ninguém tão incrivelmente imprevisível. Ela nunca fazia a menor ideia do que Ruthie ia fazer, dizer ou pensar.

Ruthie sempre andava de moto, não importava o tempo. Se a temperatura estava abaixo de zero, ela se embrulhava em um casaco acolchoado, subia na "máquina" e dava voltas pela cidade como se fosse normal pingar gelo do nariz.

E, sim, ela chamava a moto de "máquina".

O tempo todo.

Ruthie amava fazer doces, mas odiava cozinhar outras coisas. Tinha piercings pelo corpo todo, mas chorava que nem bebê quando precisava tomar injeção. Cuidava de Hallie como uma irmã mais velha, fazia doces para ela e passava as roupas que Hallie esquecia na secadora, mas frequentemente brigava aos berros pelo telefone com a irmã de sangue, gritando coisas do tipo "Eu bem queria te atropelar com minha máquina, mas seu cuzão de merda provavelmente ia foder com minha suspensão" antes de jogar o telefone pela janela.

De alguma forma, o telefone nunca quebrava. Hallie imaginava que devia cair na grama macia.

Ruthie era magra, de estatura média, e tinha a cabeça inteiramente raspada, porque achava cabelo "uma burrice do caramba". Tinha olhos azuis imensos e rosto de fada — parecia a Ariel, de *A Pequena Sereia* — e participava de um clube da luta supersecreto que sempre a deixava toda roxa.

No ano anterior, por um momento, Hallie imaginou que alguém estivesse espancando Ruthie e que o clube fosse só uma desculpa, mas, quando finalmente teve coragem de perguntar, Ruthie caiu no choro, comovida pela preocupação.

Depois, mostrou a Hallie umas cem fotos de mulheres ensanguentadas e machucadas se enfrentando no que parecia ser um porão.

— Aqui está — disse Ruthie, voltando correndo da cozinha com um prato que entregou a Hallie. — Receita da minha avó, mas com uma pitada de magia da Ruthie.

— Você sabe que não posso comer doce de maconha — disse Hallie, olhando a fatia de bolo. — Pedem exames aleatórios no meu trabalho.

— Não tem drogas, prometo. A magia é só uma gotinha de vinagre.

Hallie cheirou o bolo antes de morder.

— Hummm — gemeu, com sinceridade. — Que delícia!

— Eba!

Ruthie deu uma estrela e derrubou a luminária de piso. Quando a endireitou, acrescentou:

— Escuta, vou tirar um cochilo. Conheci uma moça chamada Bawnda que faz nado sincronizado e disse que topa me ensinar, se eu não me incomodar de trabalhar de madrugada.

— Então... é um emprego?

— Não me escutou? — perguntou Ruthie, sorrindo, e balançou a cabeça como se a ridícula fosse Hallie. — Vou fazer *nado sincronizado* de madrugada, não trabalhar, então preciso dormir agora. Boa noite, Hallie baba.

— Boa noite — disse Hallie, e olhou para o relógio do micro-ondas, que indicava sete da noite.

A conversa sobre a mudança ia ter que esperar.

Chuck: Então, como andam as coisas por aí?

Hallie pegou a taça, tomou o último gole de Riesling e respondeu com *por enquanto, tudo bem*. Ela estava sentada na cama, com o celular, desde as oito, olhando os homens disponíveis. Já tinha ouvido piadas sobre os perfis de homens serem péssimos naqueles aplicativos, e não era mentira. Se o que vira até então fosse indicativo da espécie masculina de modo geral, significava que realmente acreditavam que tirar um retrato deles segurando um peixe era uma ótima ideia para foto de perfil.

Chuck: Jamie quer saber se você já virou a doida dos matches.

Hallie riu e respondeu: Ainda nem dei like em ninguém. Estou só olhando.

Ela estava surpresa com a quantidade de homens bonitos. Simplesmente não esperava que tantos espécimes relativamente atraentes estivessem ali. Porém, já encontrara alguns problemas.

Hallie: Um cara é bonito, mas está usando boné para trás e bebendo cerveja em todas as fotos. Outro tem um rosto bonito, mas o fato de achar que exibir a cabeça de um cervo que matou vai atrair alguém me diz que não somos almas gêmeas.

Hallie revirou os olhos ao ler a resposta de Chuck: Se joga logo, sua cagona!

Ela ia fazer isso no seu tempo, talvez passar uns dias sem dar like em ninguém. Não tinha pressa...

— Puta merda!

Hallie semicerrou os olhos e clicou no perfil. Parecia muito o cara do casamento...

Jack Marshall.

É.

Nossa senhora, era ele.

A foto era do casamento — ela nunca esqueceria aquele terno —, então fora tirada na noite em que acabara no rala e rola com ele. Jack estava sorrindo, erguendo uma taça de champanhe — provavelmente na hora do discurso —, e, cara, que ser humano estonteante.

Opa, ele era arquiteto paisagista. Parecia... interessante.

Por algum motivo, Hallie ficou surpresa de ver alguém como ele no aplicativo. Ele parecia confiante e charmoso demais para estar solteiro.

Até que ela lembrou.

Meu Deus do céu, o cara tinha comprado uma aliança para pedir a namorada em casamento fazia *uma semana*. Uma semana antes, Jack estava apaixonado a ponto de querer casar, e agora ele já estava procurando mulher em aplicativo de namoro?

Obviamente tinha alguma coisa muito errada ali.

Ela não sabia bem por quê, mas queria zoar com ele. Hallie clicou na caixa de mensagem e começou a digitar.

Hallie: Oi, Jack, aqui é a Hallie, a bartender do casamento da sua irmã! Por que você não me ligou? Achei que a gente tinha se dado bem, e que você ia me telefonar, mas... perdeu meu número?

Ela prendeu a respiração ao ver os pontinhos da mensagem. Cacete, ele estava respondendo! Provavelmente estava surtando porque uma ficante tinha corrido atrás dele, e a ideia a fez cair na gargalhada.

Depois de alguns minutos, chegou a mensagem:

> Jack: Oi, Hallie. Eu me diverti muito com você depois do casamento, e você parece uma pessoa legal.

Ai, meu Deus, ele achou que Hallie estava falando sério. Ela digitou:

> Hallie: Nossa, Jack, relaxa. Estou só de zoeira. EU NÃO QUERO NAMORAR COM VOCÊ.
>
> Jack: Ah, uau, ok.
>
> Hallie: Vi seu perfil enquanto procurava por uma alma gêmea e achei que seria divertido te matar do coração. Nunca te dei meu número e não estava esperando você me ligar.

Pontinhos surgiram e sumiram. Surgiram e sumiram. Até que finalmente ele mandou:

> Jack: Então... você está mesmo atrás de amor?
>
> Hallie: Patético, né? Mas não se preocupe, você não está na lista.
>
> Jack: Primeiro, estou fazendo a mesma coisa, então não, não é nada patético. Segundo, não acredito que não estou na sua lista depois da noite incrível que passamos juntos.

Hallie resmungou e desviou o olhar; não acreditava que ele tinha mencionado aquilo. Porém, não conteve o sorriso ao digitar:

> Hallie: A gente bebeu tanto... aquela noite virou um borrão na minha mente.
>
> Jack: Mas...?

Ela guinchou e bateu os pés no colchão, sem acreditar que eles estavam tendo aquela conversa.

> Hallie: Mas o quê? Foi uma noite legal, só isso.

A verdade era que a noite tinha sido ardente e deliciosa, mas Hallie estava caindo de bêbada, então não significou nada. Ela teria ido para cama até com Caco, o Sapo, depois de uma boa dose de uísque.

Jack: Legal?? Fala SÉRIO, Hal.

Por algum motivo, o apelido deu um frio na barriga dela, então Hallie respondeu: Não vou falar disso. Não me lembro de nada.

Era uma mentira deslavada. Ela se lembrava de cada mínimo detalhe daquela noite, do primeiro beijo na cozinha à mão dela no botão para parar o elevador e ao toque das palmas calejadas dele ao apertar o seu quadril na cama *king size* do hotel.

Jack: Você não quer saber do barulhinho gostoso que você faz quando...
Hallie: NÃO, PELO AMOR DE DEUS.
Jack: Eu ia dizer "espirra". Mas estou com seu sutiã, se você quiser de volta.
Hallie: Onde é que ele estava??
Jack: Embaixo de mim. Eu continuei deitado enquanto você se arrastava pelo chão ao redor da cama.

Hallie chegou a gritar, mas baixo o suficiente para Ruthie não vir correndo com um florete de esgrima.

Hallie: Você estava fingindo dormir?!
Jack: Ficou óbvio que você queria sair de fininho, então não quis atrapalhar.

Ela riu e respondeu:

Hallie: Ah, hum, obrigada, acho...?
Jack: De nada...?

Hallie ajeitou os travesseiros para ficar mais confortável, e mandou: Então me diga, Jack Marshall. O que está procurando neste aplicativo? DIGA APENAS A VERDADE.

Ela não estava esperando a verdade de fato, então a resposta a chocou profundamente.

Jack: Tá, apenas a verdade. A verdade é que eu tenho muitos amigos e um bom emprego, e até saio de vez em quando, mas quero uma relação mais significativa na minha vida. {aqui é a deixa para você rir do meu desespero}.

Hallie ficaria comovida se não fosse pelo fato de que na semana anterior ele *tinha* uma relação significativa. Que necessidade desesperada de casar! Ainda assim...

Hallie: Apenas a verdade: estou procurando mais ou menos a mesma coisa.

Como não queria que ele entendesse mal, ela acrescentou: Mas não com você, então não precisa ficar nervoso de novo.

Jack: Fica tranquila, sem nervosismo.
Hallie: Bom, boa sorte na busca pela mulher perfeita.
Jack: Boa sorte pra você também. Seu sutiã está pendurado no retrovisor do meu carro, caso você mude de ideia e queira ele de volta.
Hallie: Tarado.
Jack: Ou eu posso guardar de troféu.
Hallie: Sabe, você parece meio obcecado com aquela noite.
Jack: Estou meio obcecado com aquele elevador.

Hallie sentiu um frio na barriga e conseguiu digitar Boa noite e boa sorte, Tarado antes de fechar o aplicativo e apagar a luz. Ela precisava dormir, e muito.

Jack

Jack olhou o celular, com um sorriso bobo.

Ele fechou o computador — já tinha trabalhado demais aquela noite — e foi até a cozinha. Ainda tinha caixas espalhadas por ali, mas a casa nova estava começando a parecer de fato uma casa. Jack abriu a geladeira e pegou o leite, então se serviu enquanto ainda pensava em Hallie.

Ela era gata, sim, e ele ainda não conseguia parar de pensar naquela noite. E, ainda por cima, Hallie parecia realmente *divertida*.

Fazia muito tempo que ele não se sentia daquele jeito.

Jack não tinha interesse em namorar alguém com quem havia ficado, e Hallie fizera questão de dizer que não tinha interesse *nele*, mas ele estava estranhamente feliz por ela ter decidido zoá-lo no aplicativo.

Hallie o lembrara que era possível se divertir.

Ele guardou o leite na geladeira e, ao fechá-la, viu o sr. Miaugi fitá-lo com aqueles olhos insuportavelmente fofos de gatinho. Fazia apenas três dias que Jack o adotara, e ainda estava decidindo se tinha cometido um grande equívoco.

— Isso aqui é meu, cara — disse ele, pegando o copo. — Não é seu.

A coisa — o *gato* — miou, e o barulhinho o fez parecer ainda menor e mais desamparado do que era. Jack revirou os olhos, balançou a cabeça e deixou o copo de leite no chão.

— Aqui, seu pidão — falou, se agachando para fazer carinho na bolinha de pelo irritante bebendo leite. — Mas foi a última vez.

Miaugi começou a ronronar, como se dissesse: *Até parece.*

QUATRO

Hallie

— Que tal?
— Amei.
Hallie olhou para o espelho e sorriu. Ela pedira para a cabeleireira cortar uns dez centímetros e dar uma cor, mas acabara com o cabelo na altura do ombro, luzes sutis e sobrancelhas feitas. Entre isso e as roupas que comprara na internet uns dias antes, ela se sentia mesmo uma "nova" Hallie Piper.

Ela estava fazendo acontecer, cacete.

Tinha tirado o dia de folga para dar um jeito na vida, e estava feliz com a decisão.

Primeiro, pedira demissão nos dois empregos de meio período. Era uma loucura o tempo livre que teria para… bom, para basicamente tudo, visto que trabalharia apenas em horário comercial.

Depois, passou a manhã inteira procurando apartamentos e finalmente fez o depósito da nova casa. Esse não era o plano — ela ainda nem tinha contado a Ruthie que ia se mudar, e era apenas seu primeiro dia de busca —, mas o último prédio que visitara era perfeito. Ficava no centro, um antigo hospital transformado em edifício residencial moderno, e era incrível. Tinha vista para a cidade, terraço, piscina coberta, bar esportivo no térreo; ela estava obcecada. Era um pouco acima do seu orçamento, e muuuito menor do que os outros que visitara, mas Hallie gostou tanto que topou na hora.

Era tudo tão adulto.

A caminho do carro, na saída do salão, ela não conseguia parar de sorrir. Tudo estava se encaixando, e ela se sentia bem. Não era mais um desastre ambulante.

Tinha até marcado um encontro para aquela noite.

Fazia uns dois dias que ela conversava com Kyle pelo aplicativo, e não sabia o que sentir em relação ao encontro. Ele trabalhava e parecia ser uma boa pessoa, o que era legal, mas as conversas eram bem... mornas. Kyle até era simpático, mas o papo não era empolgante a ponto de Hal querer se trancar no quarto e passar a noite conversando.

Ainda.

Ela não parava de se lembrar daquilo: eles não eram assim *ainda*. Torcia para que se encontrassem para jantar, rissem juntos, se divertissem e conversassem sem parar dali em diante.

Sonhar não custava nada, né?

Quando chegou em casa, Hallie ficou aliviada por Ruthie ter saído. A amiga tinha deixado um bilhete na porta — **FUI FLISP EM GD. VOLTO AMANHÃ** —, então ela ficaria sozinha a noite inteira.

Hallie raramente entendia os bilhetes de Ruthie. Ela não fazia ideia do que era *flisp*, mas provavelmente envolvia ficar de ponta-cabeça com desconhecidos, ou alguma coisa assim. E *GD*... nem imaginava.

Ela colocou uma música para tocar, abriu uma garrafa de cerveja Lucky Bucket, e começou a passar maquiagem. Tinha duas horas antes de encontrar Kyle, tempo suficiente para escolher uma roupa, se maquiar e talvez ficar altinha a ponto de esquecer o nervosismo provocado pelo primeiro encontro em oitenta e cinco anos.

Hallie estava revirando o closet em busca daquela calça preta que deixava a bunda dela um espetáculo quando o celular vibrou. Ela olhou a tela e viu que era uma notificação do Par Ideal. Clicou no aplicativo, na esperança de que fosse Kyle pedindo para desmarcar.

O símbolo da notificação (um coração, é claro) marcava a caixa de entrada. Hallie clicou e se decepcionou imediatamente ao não ver o nome de Kyle.

A mensagem era de Jack, o cara do casamento.

Jack: Oi, Bartenderzinha. Como vai a caça?

Hallie se sentou na sapateira.

>Hallie: Você sabe mesmo capturar o romantismo da coisa.
>Jack: Perdão. Vou tentar de novo. Já encontrou um homem por meio do catálogo de compras de almas gêmeas?
>Hallie: É exatamente isso, né?
>Jack: Só que, em vez de lindas joias por apenas 14,99, você fica ponderando sobre levar o Cara Que Pegou Um Peixe ou não.

Hallie riu.

>Hallie: Eu até queria ficar aqui zoando nossa vida amorosa, mas tenho um encontro hoje.
>Jack: Como é que é?
>Hallie: Cliquei no primeiro cara que encontrei sem uma criatura morta na foto de perfil (e que não parecia um ogro), e ele até que é simpático.
>Jack: Uau. Ele até que é simpático? É esse o critério: simpático?
>Hallie: Qual é o problema de ser simpático?
>Jack: Nenhum. Quer dizer, você certamente não pode morrer sem uma pentada violenta do cara "simpático".
>Hallie: Eca, pode me explicar o que exatamente seria uma "pentada violenta"? Parece... complicado. Dolorido. Acho que talvez você esteja fazendo tudo errado.
>Jack: HAL.

Ela começou a rir dentro do closet.

>Hallie: Estou zoando a terminologia E SÓ.

Ela viu a calça pendurada no fim da arara, então a pegou e voltou para o quarto.

>Jack: Tenho que concordar que pentada é uma expressão horrível. Posso sugerir outras opções para você aprovar? Também tenho um encontro hoje e não quero dizer nada ofensivo.
>Hallie: ESPERA AÍ. VOCÊ TEM UM ENCONTRO? Foi pelo aplicativo? Me conta tudo.

Jack: Relaxa aí. Foi pelo aplicativo, sim. De acordo com o perfil, ela é loira, trabalha com marketing, gosta de correr e de pentadas violentas.
Hallie: Haha. Você está animado?
Jack: Na real? Nem um pouco. Ela pareceu legal enquanto conversávamos, mas encontrar alguém pela primeira vez já com a expectativa de amor/namoro me deixa muito nervoso. Química é a coisa mais importante em um primeiro encontro, e é muito difícil que surja naturalmente quando tudo parece seguir uma fórmula.

Ele tinha acertado em cheio. Era por isso que Hallie sentia que estava se arrumando para uma entrevista de emprego. Ela tirou a calça de moletom e vestiu a calça bonita.

Hallie: Entendo TOTAL. Tomara que nós dois tenhamos noites maravilhosas.
Jack: E que tal "trepar"?
Hallie: Não, não rola.
Jack: Que tal "rala e rola"?
Hallie: Parece um acidente.
Jack: Brincar de médico?
Hallie: Vai transar ou fazer um exame?
Jack: Já sei. "Pimba na bacurinha"?
Hallie: Você não vai trepar, ralar e rolar, brincar nem pentar se falar qualquer uma dessas coisas.
Jack: E "fazer amor"?
Hallie: Cheguei a vomitar um pouquinho aqui.
Jack: TÁ BOM. Só vou levar ela para jantar e bater papo. Você estragou tudo.
Hallie: Bem, boa sorte, Jack.
Jack: Boa sorte, Bartenderzinha.
Hallie: Não sou mais bartender, por sinal.
Jack: Você vai ser para sempre MINHA bartenderzinha. Mas o que rolou? Foi demitida pela pentada violenta com o padrinho do casamento?

Hallie: Vou ignorar sua babaquice. Eu pedi demissão dos meus dois empregos de meio período para ser uma adulta em período integral.
Jack: Então, se eu quiser devolver aquela aliança...
Hallie: Vai ter que perturbar outra pessoa.
Jack: Que pena. Você rapidamente está se tornando minha pessoa preferida para perturbar.
Hallie: Até mais, Jack.
Jack: Até, BT.
Hallie: Isso é sigla para quê? Botulismo tetânico?
Jack: Era para bartender. Peço perdão por apelidá-la com o nome de uma doença.
Hallie: Espero que você nunca mais me chame assim.
Jack: Até parece.

Jack

— Por que você está sorrindo que nem uma besta? — perguntou Colin.

Jack ergueu o olhar do celular. Colin o observava como se ele tivesse enlouquecido.

— Por que você está me olhando que nem um tarado? — replicou.

Colin mostrou o dedo do meio e Jack abaixou o celular.

— A bartender do seu casamento é engraçada pra caralho, para sua informação.

— Então vocês andam se falando? — quis saber Colin, pegando uma asinha de frango e olhando as televisões enfileiradas acima do bar.

— Não é o que você está pensando.

Jack acabou de comer as asinhas enquanto contava a Colin do aplicativo e das conversas com Hallie.

— E nem fale para a Liv — acrescentou. — Não quero que ela ache que tem alguma coisa acontecendo quando não tem.

Colin sorriu.

— Sua irmã anda bem desocupada, então isso ia deixar ela doida *mesmo*.

— Coitadinha da Livvie — comentou Jack, rindo.

No dia seguinte ao casamento, o motorista do Uber que deveria levar Colin e Olivia ao aeroporto acabou passando por cima do pé dela por acidente. Felizmente, pegou só um pouco dos dedos, então não foi necessário operar, mas eles precisaram remarcar a lua de mel porque ela ainda não conseguia calçar sapatos com os dedos quebrados e inchados.

— Liv está tranquila — garantiu Colin, com aquele sorriso bobo que sempre surgia ao falar dela. — Eu a deixei na livraria, então ela está no paraíso literário no momento.

— Ela provavelmente nem está mais pensando no pé.

— Pois é — disse Colin, limpando os dedos no guardanapo antes de pegar a cerveja. — Quer que eu conte *alguma* coisa do aplicativo para ela, por sinal?

— Ah, merda, que horas são? — perguntou Jack, antes de olhar o relógio. — É, pode contar que eu tenho um encontro hoje — murmurou.

Ele levantou a mão para a garçonete e pediu a conta.

— Você acabou de engolir doze asinhas de frango e ainda vai *jantar*? — indagou Colin, ao mesmo tempo impressionado e enojado.

— Jura?

— Vou.

Jack pegou o copo e terminou de beber o chá gelado. Para ser totalmente sincero, ele não estava animado para o encontro. Nem um pouco. Ainda estava péssimo por causa de Vanessa, mas não por dor de cotovelo, nem por não querer seguir em frente.

Não, Jack se sentia um otário.

A tristeza por causa de Vanessa era porque ele havia se dado conta de que não tinha a mínima noção, nem o menor bom senso. Estava triste por perceber que seu desespero era tamanho que ele não via as coisas com clareza.

Como pôde achar que ficar com Van era uma boa ideia?

Ela era linda e uma boa pessoa (quando não estava tendo um ataque de ciúmes), mas eles eram completamente diferentes. Jack gostava de comer asinhas de frango e ver futebol americano, enquanto ela achava asinhas nojentas e futebol americano inútil. Ele tinha crescido com três cachorros e amava animais, mas Vanessa achava que cachorros tinham um hálito horrível e dissera inúmeras vezes que nunca adotaria um.

Ela até dissera *ecaaaa* quando o cachorro do pai dele lambera sua mão.

Honestamente, ele deveria ter percebido que aquele era o maior indício de que não daria certo, né? *Que tipo de monstro diria "ecaaaa" para Maury, o pug?*

Porém, em vez de se separar da srta. Anticachorro, ele tinha comprado um anel de brilhantes para ela. Tinha ignorado todos os sinais óbvios, pela pressa de… caramba, ele nem sabia exatamente *por que* tinha tanta pressa.

E se ele cometesse um erro daqueles de novo? Ele era tão patético que se agarraria sem pensar a qualquer pessoa bonita que demonstrasse o mínimo de interesse?

Ele se forçou a esquecer as neuroses e falou:

— Assim posso pedir um prato saudável e parecer uma pessoa responsável.

— Você *só pode* estar de zoeira.

— Não — disse Jack, pegando a carteira e jogando uma nota de vinte na mesa. — Eu sou um gênio.

— É um idiota, isso sim — retrucou Colin, pegando outra asinha e o encarando. — Divirta-se no encontro, idiota.

Capítulo
CINCO

Hallie

Hallie chegou ao Charlie's e, quando seu olhar se ajustou à escuridão do restaurante, procurou Kyle. Era difícil, porque ela só o conhecia pelas fotos do perfil, mas, visto que chegara dez minutos adiantada, talvez ele não tivesse chegado…

— Hallie.

Ela se virou ao ouvir a voz, e lá estava ele.

Felizmente, o rosto de Kyle era igual às fotos, e ele era um pouco mais alto do que ela. De modo geral, sua primeira impressão era de que ele era bonito e tinha um sorriso simpático. Estava usando camisa social e calça jeans, ela não tinha do que reclamar.

— Oi, Kyle — cumprimentou ela, sorrindo, e colocou a bolsa debaixo do braço. — Prazer te conhecer. Sabe, hum, pessoalmente.

— É, prazer — disse ele, indicando o salão com o braço. — Já peguei uma mesa ali.

— Perfeito — respondeu ela, acompanhando-o.

Talvez não fosse tão ruim, pensou. Eram só duas pessoas se encontrando para comer e conversar; ela gostava daquilo, não? E estava se sentindo bem confiante, com o cabelo novo, o suéter bonitinho de caxemira, e maquiagem completa, então ia se jogar e ver no que dava.

Ela se sentou à frente dele e pegou um cardápio, tentando se lembrar do que dois desconhecidos deveriam falar em um primeiro encontro.

— Nunca vim aqui, então você não pode me culpar se for uma merda — disse Kyle, com um leve sorriso. — O cheiro está gostoso, pelo menos.

Hallie concordou.

— Está mesmo.

Ela abriu o cardápio e começou a ler, tentando pensar no que dizer.

— Uau, tudo parece muito bom.

— Puta merda, vinte pilas por um hambúrguer? — soltou Kyle, balançando a cabeça de frustração. — É melhor que seja folheado a ouro, né?

Ela sorriu e concordou com a cabeça, de repente nervosa com o pedido. Se vinte era demais por um hambúrguer, ele acharia doze caro demais por uma salada?

— É — respondeu.

— Mas é nosso primeiro encontro, então pode pedir o que quiser, Hal — disse ele, sorrindo.

— Legal.

Ela riu, de repente muito desconfortável, tanto com o comentário dele sobre o preço quanto por ele se sentir à vontade para apelidá-la. Hallie queria dizer que podia tranquilamente rachar a conta, porque faria isso mesmo, mas achou que talvez ele fosse o tipo de homem que levaria aquilo como uma ofensa.

— Mas nada de lagosta, tá? — brincou ele.

Ela nunca se estressara tanto com um pedido em um restaurante.

— Saquei.

Quando o garçom chegou para atendê-los, Hallie acabou pedindo uma salada e uma porção de batata frita, só para garantir que não ia sair caro demais.

Depois de entregarem os cardápios ao garçom, Hallie tomou um gole do vinho que Kyle pedira antes de ela chegar. Quando olhou para Kyle, ele sorria de um jeito esquisito.

— Que foi? — perguntou ela, sorrindo.

Ele balançou a cabeça.

— Só vai comer isso? Essas dietas das mulheres…

Claro, porque a dieta da batata frita está super na moda, Kyle.

— Só me pareceu muito gostoso — respondeu ela, simplesmente.

— Tá bom, meu bem — disse ele, em zombaria, e ela tomou outro gole do vinho.

Ele começou a contar do trabalho, e parecia bem interessante. Ele era mecânico diesel e trabalhava com retroescavadeira e tratores, o que soava muito legal. Era superatraente ouvi-lo falar de ferramentas e maquinário.

Isso o fazia parecer muitíssimo competente.

— E você, Hal, o que faz? — perguntou ele, pegando um pãozinho da cesta no meio da mesa, que cortou antes de passar a faca no potinho prateado de manteiga. — É no ramo financeiro, né?

Ela fez que sim com a cabeça, pegou um pão e respondeu:

— Sou contadora de...

— Cacete, foi obra do destino! — exclamou Kyle, passando manteiga no pão. — Eu estava atrás de alguém para me dar uma ajudinha no imposto de renda, porque meu contador se mudou para Frisco, e, bum, cá está você.

Eu sou o cara do imposto de renda agora?, pensou.

Ele mordeu o pão, sorriu e continuou:

— Quanto você cobra?

Hallie cortou um pedaço do pão.

— Na verdade, eu não faço contabilidade pessoal, sou contadora empresarial na HCC Corporation.

Ele franziu as sobrancelhas.

— Mas você sabe fazer, né?

— Até sei, mas... — começou ela.

— Então vai te render uma boa graninha extra — interrompeu ele.

Ela não queria parecer escrota, mas não estava interessada em declarar o imposto de renda de ninguém.

— É, mas não estou precisando de graninha extra.

Ele bufou.

— Você é rica, por acaso?

Tá, aquele tom de desprezo era desnecessário e ela já estava cansada dele.

— Rica o bastante para não precisar declarar imposto de renda de um cara que conheci num aplicativo — soltou, e imediatamente se arrependeu, pois, em vez de rir, ele ficou muito, muito vermelho.

Não era nem preciso dizer que, às nove e meia da noite, Hallie já estava em casa. Para ser sincera, não estava chateada. Tinha se tornado bem caseira desde o término com Ben, então ficava até animada de passar a noite vendo Netflix de pijama de flanela.

Uma hora depois, mergulhada em um balde de pipoca, recebeu uma notificação do aplicativo. *Por favor, que não seja o Kyle*, pensou, imaginando que ele poderia procurá-la para perguntar se ela havia mudado de ideia. Ela abriu as mensagens e ficou feliz ao ver que era Jack.

Jack: E aí? Encontrou o amor?
Hallie: Nada. Encontrei um cara que ficou chateado quando eu falei que não ia fazer o imposto de renda dele.
Jack: Eita. Que droga, BT.
Hallie: Eu não pedi pra você não me chamar assim?
Jack: Pediu, mas não consegui me segurar.
Hallie: E você? Como foi seu encontro?
Jack: Não foi um encontro, foi uma entrevista.
Hallie: Ela perguntou coisa demais?
Jack: NÃO. Eu perguntei um monte de coisas para ela — e aí, o que você faz, você cresceu aqui etc., etc. — e ela respondeu tudo. Aí... não disse mais nada, e ficou só olhando para mim ou para a comida.
Hallie: Então você fez a sua entrevista, e ela...?
Jack: Não tinha o menor interesse em me conhecer.
Hallie: Você não falou nada sobre rasga e rola, né?
Jack: É rala e rola, e não. Talvez devesse ter falado.
Hallie: Ela pareceria sua alma gêmea se TIVESSE topado um rala e rola?
Jack: De jeito nenhum.

Hallie tomou um gole de refrigerante e deixou o copo na mesinha.

Hallie: Acho que estou supondo demais. Talvez você não esteja procurando uma alma gêmea.
Jack: Não, estou, sim.

Hallie pensou na ex dele. Como era mesmo o nome ridículo dela? *Cam? Stran?*

Van! *Vanessa*. Tá, então o nome não era ridículo, mas Hal ainda não conseguia superar o fato de que ele tinha escolhido *ela*. Para pedir em casamento. Ele nitidamente tinha dificuldade de ficar solteiro. Ela não o conhecia *tão* bem, só sabia que ele era tão sarcástico quanto ela, mas ainda precisava perguntar.

> Hallie: Tá, não fica puto, porque não estou julgando, mas, tipo, você ACABOU de terminar um relacionamento muito sério. Como você já está atrás de uma alma gêmea?
> Jack: A pergunta é justa, então eu permito.
> Hallie: Valeu, hein.
> Jack: Sei que parece esquisito, mas acho que eu e Vanessa estávamos só seguindo a maré. Tipo, por fora parecia sério, mas, no que é mais importante, não era assim. Faz algum sentido?

Ela ficou surpresa, porque até que fazia sentido, sim.

> Jack: A gente deu todos os passos — morar juntos, quase noivar —, mas, no dia a dia, não éramos tão próximos assim.

Hallie apoiou os pés na mesa de centro e se perguntou se Ben diria o mesmo sobre o relacionamento *deles*. Ela mandou: Vocês eram tipo colegas de apartamento que transavam?

Infelizmente, aquilo *era* algo que Ben dissera quando estava terminando com ela.

> Jack: É, chega a ser deprimente.

É — totalmente deprimente.

> Jack: Mas, apesar do erro com a Vanessa, eu realmente quero encontrar alguém.

Hallie percebeu, ao ler a mensagem, que sua opinião sobre Jack já tinha mudado. Ela ainda achava que ele estava se apressando um pouco, mas entender a situação dele com a ex a fez pensar que talvez ele se conhecesse o suficiente para saber o que procurava no momento.

> Hallie: Para algo além de rala e rola?
> Jack: Para ralar & rolar o resto da vida. Quero encontrar a pessoa que me completa.

Hallie: Ninguém mais usa esse & direito.
Jack: A gente deveria fazê-lo virar tendência de novo.
Hallie: Deveria mesmo. Hallie & Jack deveriam.
Jack: E você, o que você procura na sua alma gêmea? Se um gênio do Par Ideal aparecesse e te concedesse um desejo amoroso, o que exatamente você pediria para encontrar?
Hallie: Alguém que gosta mais de mim do que qualquer outra pessoa no mundo.
Jack: Gosta? Não é pedir pouco?
Hallie: Estou falando de amor, claro, mas é que quero passar o resto da minha vida com a minha pessoa preferida. A pessoa que me faz rir, que me entende, que gosta de como eu penso. Romance é legal, mas eu quero ficar com a pessoa para quem eu posso contar tudo que acontece comigo — de engraçado, de horrível, de maravilhoso.
Jack: Então você quer se casar com seu melhor amigo?
Hallie: É literalmente isso.
Jack: Boa sorte. É um pedido difícil.
Hallie: Não é mais difícil do que arranjar sua mulher dos sonhos que te completa.
Jack: Acho que o meu é mais possível.
Hallie: Discordo.
Jack: Quer apostar?

Hallie soltou o balde vazio de pipoca e pegou a almofada no braço do sofá.

Hallie: Apostar o quê?
Jack: Quem vai encontrar primeiro.
Hallie: Não parece meio infantil apostar algo que nós dois concordamos que é importante?
Jack: Acho que não, porque a aposta não vai me fazer mudar de comportamento só para ganhar. Ainda quero a mesma coisa. Só ganho um prêmio se encontrar primeiro.
Hallie: Aah... Eu GOSTO de prêmios.
Jack: Né? Eu já odeio esse aplicativo e os encontros, e não estou a fim de continuar. Mas, se tiver um incentivo divertido, e

estiver nessa com outra pessoa, talvez não pareça uma tarefa interminável e deprimente.

Bom, isso Hallie com certeza entendia. Ela já estava exausta de encontros, e só tinha ido em um por enquanto.

Hallie: Então tem que ser um prêmio bem bom.
Jack: Claro.

Hallie começou a pensar no que ela queria que ele pudesse fornecer para ela.

Hallie: Bom, que serviços você oferece?
Jack: (Hum... elevador) O que exatamente você quer dizer?

Hallie revirou os olhos, mas riu. O jeito dele fazer piada com a noite do hotel era engraçado, e não parecia que ele estava tentando seduzi-la de novo.

Hallie: Por exemplo, eu sou contadora. Posso declarar seu imposto de renda se perder. E o noivo da minha irmã é dono de uma concessionária da Toyota, então, se você estiver interessado em um Corolla zero, arranjo um bom desconto. O que você pode fazer por mim?
Jack: Por favor, dê um tiro na minha cara se eu me interessar por um Corolla, e imposto é coisa de otário. Quanto ao que tenho a oferecer, sou arquiteto paisagista, então posso projetar um oásis no seu quintal que fará você nunca mais querer sair de casa.
Hallie: Parece uma maravilha, mas eu moro em apartamento.
Jack: Eu tenho uma lua de mel em Paris já paga.

Hallie viu que ele ainda estava digitando, mas não estava nem aí.

Hallie: Pronto. É isso. Se eu ganhar, levo Paris.

Nossa, ela não saía de férias desde a viagem que fizera em família para Milwaukee na época em que ainda morava com os pais. Nada no mundo lhe parecia melhor do que viajar para o exterior.

Jack: Ok, hum, eu não tinha acabado (você não viu os pontinhos, Piper?). Eu ia dizer que já paguei a lua de mel que comprei para Vanessa, mas que, já que não vou mais, posso te dar minhas milhas.

Hallie: Depois de achar que ia ganhar uma viagem para Paris, as milhas parecem um mero cupom. Pode continuar pensando.

Jack: Eu tenho MUITAS milhas. Mais do que o suficiente para você viajar de graça para onde quiser.

Hallie: Ainda é uma decepção, mas aceito.

Jack: E você, o que pode me dar? Só topo quando você me oferecer alguma coisa boa.

Hallie começou a pensar, procurando alguma coisa que pudesse ter valor para ele. Ela olhou ao redor da salinha tosca — talvez ele quisesse um livro de fotos do Ansel Adams? — e só viu lixo.

Hallie: Você gosta de beisebol?

Jack: Gosto.

Hallie: Quando terminei com meu ex (ele era horrível, então não me julgue), eu roubei uma bola de beisebol autografada dele só pra deixar ele triste.

Jack: Safada. Eu não sou muito de colecionar autógrafo, mas quem assinou?

Hallie: Os Cubs.

Jack: De Chicago? E quais jogadores?

Hallie: Todos do time que ganhou a World Series.

Jack: Peraí, me dá um minuto.

Hallie levou o balde e a latinha para a cozinha, deixou tudo na pia e voltou para o quarto. Por algum motivo, ela sempre se sentia mais sozinha na sala à noite do que no quarto.

Hallie: O que você tá fazendo aí?

Jack: Tentando recuperar o fôlego. Quer dizer que você tem uma bola de beisebol assinada por todo o time vencedor da World Series de 2016?

Hallie: Isso.

Jack: Eu fui ao sétimo jogo com meu irmão, meu pai e meu tio Mack. Foi incrível.

Hallie: Então a bola serve para incentivar sua procura pelo amor?

>**Jack:** Sem dúvida. Puta merda, meu pai vai chorar que nem uma criança e me coroar como o filho preferido se eu der essa bola de Natal para ele.
>**Hallie:** Então você tem questões com seu pai. Saquei.
>**Jack:** Engraçadinha. Essa aposta é genial. Eu literalmente não vou desistir nunca e vou dar tudo de mim para arrumar uma namorada só porque preciso dessa bola antes do Natal.
>**Hallie:** Já estamos em setembro, otário. Acha mesmo que vai encontrar o amor nesse meio-tempo?
>**Jack:** Vou me matar tentando. O voo grátis não te dá o mesmo ânimo?
>**Hallie:** Assim, mais ou menos. Estou LOUCA por férias, mas, visto que ainda vou ter que arcar com a hospedagem e com os outros gastos, acho que vou acabar adiando para sempre.
>**Jack:** Só tem graça se você se dedicar, Hal.
>**Hallie:** Vou tentar, prometo.
>**Jack:** E se eu acrescentar cinco noites no hotel da sua escolha?
>**Hallie:** Aah, acho que agora temos um acordo.
>**Jack:** Só pra constar, aceitei porque sei que não vou perder.

Hallie puxou o edredom e subiu na cama.

>**Hallie:** Até parece.
>**Jack:** Ei, aqui meu número, para a gente trocar mensagem sem precisar desse aplicativo.

Hallie riu e o salvou nos contatos.

>**Hallie:** Você é obcecado por mim, que nojo. Toma meu número.
>**Jack:** Mandou o número bem rápido, Piper.
>**Hallie:** Mandou uma resposta bem boba, Marshall.

O celular de Hallie começou a tocar, o que a surpreendeu por um segundo antes de ela começar a rir.

— Por que me ligou? — perguntou.

— Precisei testar o número para saber se era falso — disse ele, e o cérebro dela imediatamente se lembrou daquela voz grave na noite do casamento.

— Então agora você sabe.

— Sei — disse ele, e Hallie o ouviu pigarrear, como se estivesse prestes a começar uma apresentação profissional. — Então, Hal. Escuta. Minha irmã me falou de um evento de *speed dating* para jovens profissionais amanhã. Eu não ia, mas o esquema faz algum sentido para nossa situação, e, já que estamos os dois à caça...

— Está de brincadeira?

Ela nunca tinha ido a um evento de *speed dating*. A premissa deles era simples: duas pessoas se sentam juntas e têm um tempo limitado para conversar. Quando o tempo acaba, "a fila anda" e um novo par se forma para mais uma conversa rápida. A ideia é que todos os participantes tenham a oportunidade de conversar entre si. Hallie tinha certeza de que seria um fracasso espetacular.

— Pensei que esse tipo de evento não existia mais — continuou.

— Eu recebi um folheto — disse ele.

— Parece coisa de seita.

— Vamos, sua covarde.

Hallie balançou a cabeça e respondeu:

— Me manda foto do folheto e o endereço de onde vamos nos encontrar. Eu vou, mas só porque tenho que resolver um problema com minha colega de apartamento e não quero lidar com isso agora.

— Qual é o problema dela? Farra toda noite? Come toda a sua comida? Faz barulho demais quando tem visita?

— Não — disse Hallie. — Vou me mudar para um apartamento sozinha e estou com medo de contar e ela ficar triste.

— Ai, meu Deus, Hallie, você é uma mocinha fofa e carinhosa? Eu *nunca* imaginaria. Porém, em minha defesa, você mordeu meu ombro com tanta força que ficou roxo, então talvez tenha me deixado uma impressão ruim, literalmente.

Ela ficou boquiaberta. Hallie estava dividida entre querer mandar ele calar a boca e pedir para ele confirmar que ela deixara mesmo uma marca, então falou apenas:

— Vou desligar. Me manda as informações, se quiser que eu vá.

Ele soltou uma gargalhada baixa e grave e falou:

— Vou mandar, B-zinha.

Capítulo
SEIS

Hallie

Hallie empurrou a porta e saiu do Starbucks, feliz por ter decidido chegar um pouco mais cedo. Ela estava ridiculamente nervosa por falar com tanta gente em sequência e precisava de uma dose caprichada de cafeína para relaxar.

Não tinha como dar errado, né?

Ela ia encontrar Jack em frente ao café às 19h40, e dali eles iam andar as duas quadras até o bar onde seria o evento de *speed dating*. Antes que ela pudesse parar para pensar sobre isso, lá estava ele.

Jack veio a passos largos pela calçada, e, ao vê-lo se aproximar, Hallie percebeu que ele era ainda mais gato do que ela lembrava.

Ele era alto e bonito e tinha cabelo castanho; disso, ela lembrava. Porém, algo em seu rosto gritava malícia. O olhar de Jack brilhava enquanto ele procurava por algo, provavelmente ela, ali na entrada. Quando ele a viu, abriu um sorriso e seus olhos se enrugaram nos cantos.

Cacete — ele era tão gato que chegava a ser ridículo.

Chegava a ser um erro, na verdade. Completa injustiça com o restante da humanidade.

Graças a Deus, ele era apenas sua dupla dinâmica, porque parecia ser o tipo de cara que deixava corações partidos e um ou outro sutiã para trás.

— Uau. Você está um espetáculo, Bartenderzinha.

Ele olhou para o suéter preto felpudo e para a calça jeans dela, e Hallie não sentiu que ele estava dando em cima dela — Jack só realmente achou que ela estava bonita naquela noite.

Hallie revirou os olhos.

— Você só me acha gata porque a gente trepou.

Ele levantou uma sobrancelha.

— Existe isso?

Ela deu de ombros e se perguntou que tipo de treino deixava um peito largo daquele jeito. Muitos caras tinham peitoral forte, mas ele parecia um atleta profissional com aquele suéter preto de gola V por cima da camisa social. Como se tivesse acabado de sair do chuveiro, pronto para a coletiva de imprensa depois do jogo.

Por um brevíssimo segundo, ela se distraiu olhando para o pomo de adão proeminente dele, o que trouxe uma lembrança de ter lambido aquele pescoço no hotel.

— Acho que é um negócio biológico de homem das cavernas — disse Hallie, enquanto tomava um gole de café para tentar colocar a cabeça no lugar. — O cérebro sabe que você copulou com uma fêmea específica, então agora seu ego garante que você perceba tal fêmea como atraente.

Isso fez ele sorrir até aparecerem as covinhas.

— É isso que você diz a si mesma para se sentir melhor por me achar tão insuportavelmente bonito? Que você só me acha gato porque a gente trepou?

— Primeiro, eu te acho insuportavelmente *repulsivo*. Olhar pra você chega a doer, pra ser sincera.

— Ai — disse ele, botando as mãos nos bolsos da calça.

— É, *suuuuuper* nojento.

— Eu ouço muito isso.

— Não me surpreende. Segundo, é muito desagradável ouvir um homem dizer "trepar". Muita falta de cavalheirismo. Deixe as moças usarem esse tipo de palavra, e se dedique a manter o charme.

— Vou melhorar. Vamos indo?

Hallie fez que sim, e eles começaram a caminhar. Ela sentiu um leve perfume de água-de-colônia — ou de sabonete mesmo, ou alguma coisa de homem —, e estava tentando identificar o cheiro quando ele interrompeu seus pensamentos.

— E aí. Você treinou o roteiro?

— Que roteiro?

— O que você vai falar no evento — disse ele, dando uma cotovelada no braço dela. — Vão fazer muitas perguntas rápidas para você, então é bom estar preparada.

— Droga, eu não preparei nada. Vamos treinar.

Ele pigarreou e, com outra voz, falou:

— E aí, Hallie. O que você faz para se divertir?

Hallie olhou para o rosto dele, e deu um branco.

— Eu, bem, leio muito...?

Ele torceu o nariz.

— Diz a mulher mais chata da história. Tenta de novo.

— Vejo televisão — tentou de novo, percebendo que era mesmo a mulher mais chata da história. — Gosto de correr e nada me deixa mais empolgada do que uma maratona de *New Girl*.

— Fala sério, BT, tenta ser interessante. Pelo menos inventa um sotaque, isso deixa tudo mais atraente.

— Tá bom — disse Hallie, se esforçando para pensar antes de imitar um sotaque sulista inteiramente deplorável. — Eu costuro roupinhas minúsculas para filhotes de esquilos, *tchê*.

— Você faz isso mesmo?

— Claro que não, *tchê*.

— As pessoas do sul não dizem "tchê" em todas as frases.

— Tem certeza, *tchê*?

— Você tem que parar com isso.

— Tá bom — disse ela, e pigarreou. — *Tchê* — acrescentou, em um sussurro.

— Mesmo que você costurasse roupinhas para esquilos, só seria interessante se envolvesse shortinhos.

— Em mim ou nos esquilos?

Ele revirou os olhos.

— Nos esquilos, óbvio.

— Óbvio.

— Bom, vamos torcer para não perguntarem isso. Que tal... com o que você trabalha?

Eles chegaram na esquina e pararam, esperando o sinal.

— Sou contadora — respondeu ela. — E você?

— Taxidermista amador.

Hallie se virou e ergueu o rosto para olhá-lo. Algo no brilho brincalhão no olhar dele lembrava o Chris Evans; os dois tinham cara de quem aprontava muito. Ela tentou fazer um sotaque britânico e respondeu:

— *Bah*, que fascinante. Há quanto tempo você faz isso?

— Desde que me disseram que ser agente funerário amador era ilegal.

— *Bah*, isso é bem preocupante, mas...

— Não — disse Jack, cobrindo a boca de Hallie com sua mão grande antes de se aproximar um pouco mais. — Parou com os sotaques.

Hallie pestanejou.

— Combinado? — perguntou ele, sem afastar a mão, e abriu um sorriso cruel, como um vilão de cabelo escuro e olhos azuis.

Ela concordou com a cabeça, então ele soltou o rosto dela e falou:

— Achei que fosse impossível alguém ser ruim assim de sotaque. Agora que ouvi essas vozes, vejo o mundo de outro modo.

— Meu sotaque irlandês é um sucesso, então você é quem vai sair perdendo por me interromper.

— Posso viver com essa perda.

Quando finalmente chegaram ao bar, Hallie voltou a se sentir nervosa. Ela ajeitou o cabelo, e ele puxou a porta. Jack a olhou com um sorriso relaxado e confiante e segurou a porta aberta.

— Está pronta para encontros ridiculamente rápidos, Piper?

— Acho que sim — respondeu ela, sentindo um embrulho no estômago quando o ruído do bar a envolveu de repente. — Mas não me abandone se rolar uma conexão com alguém, tá?

Ele semicerrou os olhos, e seu sorriso se suavizou de um modo que ela não sabia exatamente interpretar.

— Tá bom.

Assim que eles entraram no bar, uma mulher com um microfone começou a falar do evento. Ela explicou que era um *speed dating* "típico", ou seja, cada conversa teria cinco minutos e um sino avisaria aos participantes que era hora de passar para a pessoa seguinte. Todos receberam um bloquinho (com as palavras *Amor Acontece* na capa — que nojo) e um lápis para anotar o nome dos participantes com quem sentissem uma conexão, para facilitar o contato depois do evento.

— As damas ficarão sentadas ali — disse a mulher, apontando o lado do salão onde as mesas estavam enfileiradas — e os cavalheiros vão passar de mesa em mesa.

— Por quê? — perguntou Hallie, sem a real intenção de interromper. — Segundo um artigo que li ontem, pesquisadores descobriram que, independentemente do gênero, as pessoas que ficam sentadas nesses eventos são mais exigentes com a seleção, enquanto as pessoas que se aproximam são mais acolhedoras.

A mulher não parou de sorrir, mas seu olhar perdeu o ânimo.

— Bem, você vai ficar sentada, isso não beneficia você?

Hallie revirou os olhos.

— Com todo o respeito, me parece incrivelmente machista enfileirar mulheres para receber seus pretendentes, não acha? A gente já não evoluiu?

Ela ouviu Jack rir, e foi aí que percebeu que deveria ter ficado de boca fechada.

Jack

Jack não conseguia conter o riso, porque todos os participantes olhavam para Hallie como se ela tivesse sugerido que todos ficassem pelados. Provavelmente estavam achando que ela era uma feminista militante, mas ele até ficou curioso para saber mais sobre aquela pesquisa.

Além do mais, ela não estava errada.

— Entendo o seu ponto — disse a mulher —, mas é assim que o *speed dating* funciona normalmente. Posso levar suas ideias para...

Jack levantou a mão e interrompeu

— Essa mulher desconhecida tem um bom argumento. Eu gostaria de me sentar. Talvez a gente deva sortear aleatoriamente quem senta e quem fica de pé, para ser mais "moderno".

Ele não dava a mínima para quem sentava e quem ficava de pé, mas não queria que Hallie fosse excluída por ser uma mulher inteligente e independente.

— Hum — disse a organizadora, nervosa, olhando ao redor —, acho que podemos experimentar uma coisa nova.

— É muito progressista da sua parte — comentou Jack, e a organizadora sorriu para ele como se ele tivesse acabado de presenteá-la com um buquê de rosas.

— É, obrigada — acrescentou Hallie, o que fez o sorriso da organizadora murchar.

A mulher a olhou como se desejasse que caísse uma bigorna do céu para esmagá-la.

— Mas como vamos formar pares de homens e mulheres quando tocar o sino? — perguntou a mulher, começando a surtar lentamente, ainda olhando ao redor do salão. — Não vai funcionar.

— Podemos atribuir um número para cada participante, aí quando tocar o sino é só passar para o número seguinte — sugeriu uma loira.

— Não, é muito confuso, e temos que começar daqui a dois minutos — disse a organizadora, levando o microfone à boca e quase gritando. — Vamos nos ater ao plano original. Desculpa.

Hallie olhou para Jack, e ele não conseguiu segurar o sorriso.

— Valeu a tentativa — murmurou ela.

— Foda-se — sussurrou ele. — Agora vou ter que ficar de pé o tempo todo.

Isso fez ela começar a rir. A organizadora a olhou com ainda mais raiva e declarou:

— Talvez a gente se vire com isso dos números. Cinco minutos, pessoal.

Hallie sorriu para a moça à sua esquerda, que revirou os olhos como se Hallie fosse uma idiota.

— Oi — disse para a moça à sua direita.

— Olá — respondeu a mulher, muito rígida.

— Isso está indo muito bem — Jack ouviu Hallie murmurar baixinho.

Jack se perguntou se era estranho ele estar se divertindo tanto só vendo Hallie ser Hallie.

— Sua encrenqueira — comentou.

— Eu deveria ter ficado quieta.

— Não, essa parada é muito engraçada — replicou ele. — E faz sentido o que você falou. Por que as mulheres podem ficar sentadas, só escolhendo? Eu quero ficar sentado, esperando que venham até mim e respeitando o rei que eu sou.

— Não foi *isso* que eu pedi — disse ela, rindo e revirando os olhos.

Nossa, a risada dela é mesmo ótima.

— Tudo bem, pessoal — gritou a organizadora pelo microfone, a voz tensa. — Estamos atrasados, mas acho que conseguimos resolver.

Ela explicou rapidamente o funcionamento do sistema numérico e gritou os números que determinavam quem ficaria sentado e quem ficaria de pé.

No fim, Hallie ficou sentada. E Jack também, na mesa ao lado dela. Ele a viu guardar a bolsa embaixo da mesinha, ajeitar o cabelo e endireitar a postura. Hallie parecia nervosa ao respirar fundo, e ele não fazia ideia de por que sentiu vontade de apertar a mão dela para tranquilizá-la.

Hallie

— Desafio você a usar um sotaque — disse Jack, pelo canto da boca.

— Você não vai ganhar a bola de beisebol, pode esquecer.

— Veremos.

O sinal tocou antes de ela estar pronta. Hallie respirou fundo e um cara se sentou na cadeira à sua frente. Ele tinha um rosto bonito e cabelo loiro cacheado, e, enquanto ela sorria e tentava pensar no que dizer, o cara disse:

— Oi, eu sou o Blayne.

— Hallie, prazer.

— Ai, meu Deus, que nem uma das gêmeas de *Operação Cupido*. Eu amava esse filme.

Ela se forçou para não revirar os olhos.

— Eu também.

— E aí, Hal, o que me conta? — perguntou ele, sorrindo, e apoiou o queixo na mão. — Quero saber tudinho sobre a Hallister McHallie.

— Não — disse ela, fingindo rir, e tentou pensar em uma resposta. — Eu sou contadora, mas você primeiro. Me fala sobre o Blayne.

— Eu sou planejador financeiro e moro em Westfield. Gosto de acampar e de fazer trilhas, qualquer coisa na natureza, e tenho adorado praticar ioga. Você curte ioga?

Ela inclinou a cabeça e tentou imaginar Blayne praticando ioga. Dava para visualizar.

— Só tentei uma vez ou outra.

Isso aparentemente foi o suficiente para ele passar a conversa inteira contando todos os detalhes da aula de ioga que ele organizava em um centro comercial. Ele deu para Hallie o código promocional de desconto, e ela percebeu, enquanto ele discorria sobre as vantagens da ioga, que aquele negócio de *speed dating* era uma ótima oportunidade para se promover.

Hallie olhou de relance para a direita e, nossa, Jack estava conversando com uma mulher estonteante. Ela estava sorrindo e falando, e ele parecia completamente fascinado. Hallie se perguntou — levemente preocupada — se Jack já tinha encontrado o amor da sua vida.

Tocou o sinal e Hallie suspirou. Ela não sabia se estava aliviada com o fim do primeiro encontro ou apavorada com o começo do segundo.

— Seu par parecia incrível — disse Jack, baixinho, e, quando ela olhou, viu que ele sorria discretamente. — Aposto que ele usa coque no fim de semana.

— O Blayne foi simpático — sussurrou ela.

— Blayne? — retrucou Jack, revirando os olhos. — Achei que o Duckie já tivesse provado que esse nome é ridículo.

— Bela referência a *A Garota de Rosa-Shocking*.

Hallie se endireitou ao ver um homem se aproximar da mesa. Pelo canto da boca, murmurou:

— Parece que você estava se divertindo, por sinal.

— É, não. Aquela mulher me falou que decidiu vir aqui porque está determinada a se casar ano que vem.

— Parece perfeita, então — murmurou ela, antes de sorrir para o próximo par e se apresentar. — Oi, eu me chamo Hallie.

— Não — ouviu Jack murmurar antes de começar a conversar com a candidata seguinte.

— Thomas, prazer — disse o novo cara. — Como foi seu primeiro encontro?

Isso a fez sorrir e relaxar um pouco.

— Foi tranquilo, e o seu?

Thomas tinha cabelo e dentes bonitos e estava usando uma camisa da Dolce & Gabbana — ela só não tinha certeza se a roupa de marca era algo bom ou ruim. Hallie não sabia o que esperar, até que ele se aproximou um pouco mais, abaixou a voz e começou a detonar a pobre coitada.

Aparentemente, a primeira candidata dele tinha dentes tortos, frizz no cabelo, perfume forte, e a audácia de falar dos programas de televisão que via.

— Se não tiver nada melhor para falar além da sua obsessão com aquela série *Você*, da Netflix, talvez deva ficar em casa, né? — concluiu ele.

Hallie semicerrou os olhos e esperou ele dizer que era brincadeira. Porque ninguém poderia ser tão escroto assim, né?

Como ele não acrescentou mais nada, ela respondeu:

— Na verdade, eu também sou obcecada pelo Joe Goldberg. Não acredito que você não seja, Thomas.

Ele riu e inclinou a cabeça.

— Está zoando, né?

— Nem um pouco. Queria ter *mais* tempo para ver televisão. E mais tempo ainda para falar disso.

Ele pestanejou rápido, coçou a cabeça e falou:

— Quer saber? Vou pegar uma bebida antes do sinal tocar.

— Tchau, Thomas.

Eeeeee... já tinha perdido um. Hallie o viu se levantar e caminhar em direção ao bar, e se perguntou se agora fazia parte da coleção de histórias de encontros ruins dele. Ela cruzou os braços, olhou para a direita e se surpreendeu ao ver que Jack estava olhando para *ela*. O par dele estava mexendo no celular, apoiada nos cotovelos, como se estivesse entediada. Hallie levantou as sobrancelhas e murmurou:

— *O que você fez?*

Ele se esticou para a esquerda, se aproximou dela e respondeu em voz baixa:

— A gente fez um acordo. Ela não queria vir, mas está tentando agradar uma amiga casada, então eu falei que a gente nem precisava conversar, se ela não quisesse.

Isso fez Hallie soltar uma gargalhada.

— Sério?

— E *você*, o que fez para o seu cara fugir tão rápido?

— Por que você acha que fui eu quem fez alguma coisa?

— Pode me contar, Hal — murmurou ele, com uma voz tranquilizadora. — O que você disse?

Ela revirou os olhos.

— Ele só não gostou de mim.

— Impossível — disse ele, com um sorriso sarcástico.

Ela mostrou o dedo do meio.

E aí o sinal tocou.

Ela viu o par de Jack agradecer e eles trocaram um sorriso de compreensão.

— Não quero mais fazer isso — comentou Hallie, baixinho.

— Nem eu — concordou ele. — Vamos vazar? Tem um Taco Hut na esquina, e eu preciso de um burrito.

Ele parecia estar falando totalmente sério.

— Podemos? Não vai atrapalhar a numeração?

— Não — disse ele, olhando para a mulher que se sentava à sua frente, mas ainda falando com Hallie em voz baixa. — Somos dois, então vai ficar equilibrado. Se esses não forem bons pares, vamos embora quando tocar o sinal.

Hallie recebeu o candidato seguinte com um sorriso enorme, pronta para acabar com a conversa de forma rápida e sem dificuldade.

— Oi, eu sou a Hallie.

— Nick, prazer — apresentou-se o cara, com um sorriso bem simpático.

Nick era bonito — parecia alguém por quem ela se sentiria atraída. Ele estava usando casaco de moletom dos Yankees e calça jeans, tinha cabelo escuro e olhos claros e sorria com tranquilidade, como se fizesse isso o tempo todo.

— Prazer, Nick — disse ela. — Como vai sua noite?

Ele a olhou com a expressão de quem dizia *fala sério*, e os dois riram.

— Tá, entendo — admitiu ela. — Então, hum, o que você faz da vida, Nick? Acho que é isso que devo perguntar.

— Essa é *mesmo* a regra, né? — perguntou ele, e se recostou um pouco na cadeira. — Bom, na real, eu não faço isso de trabalho.

Hallie riu, mas ele não mudou de expressão, então ela perguntou:

— Você está, hum, tipo, entre empregos?

Ele balançou a cabeça.

— Não estou entre emprego *nenhum*. Cresci com grana e investi bem. Tenho o suficiente para viver, então por que trabalhar?

— Uau — disse ela, chocada e impressionada por sua honestidade... e por sua riqueza. — Você está literalmente vivendo o sonho.

— Né? — concordou ele, cruzando os braços. — Agora só preciso de uma esposa e de uns filhos.

Hallie fez que sim com a cabeça, mas não sabia muito bem o que dizer. Ela apertou a boca e perguntou:

— Então o que você faz durante o dia, já que não precisa trabalhar?

Ela não sabia o que esperar, mas com certeza não era:

— Jogo *muito Call of Duty* e *Madden NFL*.

Ela riu, mas ele franziu as sobrancelhas, como se não visse a graça. Como se estivesse falando sério.

— Quando não está, tipo, viajando pelo mundo, né? — perguntou ela.

Ele deu de ombros.

— Não sou muito de viajar. Curto ficar em casa.

Ela concordou com a cabeça, apesar de não se identificar nem um pouco com aquilo. Tinha noção de que deveria mudar de assunto, mas precisava saber mais.

— Então, me conta o que você faz em um dia comum. Tipo… acorda às nove, e…?

Nick contou que nunca acordava antes do meio-dia; fazia mal para o ciático. Depois de levantar, ele basicamente jogava videogame até a hora de jantar. Normalmente ia comer em um restaurante e depois seguia para uns bares se estivessem "bombando".

— Você não fica meio entediado? — perguntou Hallie, revirando os olhos. — Quer dizer, não deve ficar, mas parece…

— Tenho muito dinheiro, Hallie — disse ele. — Se eu ficar de saco cheio da minha vida incrível, e não vou ficar, é só comprar outra.

— Outra vida?

— Isso — respondeu ele, dando de ombros como se não ligasse para nada.

Ela o achou incrivelmente fascinante.

— O que você normalmente come no café da manhã?

Ele a olhou com estranheza.

— Cereal Apple Jacks.

— Você que se serve ou é a empregada?

— A cozinheira — respondeu ele.

— Em um cálice de cristal ou em uma tigela normal?

— Tigela normal.

O sinal tocou e o cara se levantou devagar, como se não tivesse pressa nenhuma. Porque, afinal, não tinha mesmo — ele tinha todo o tempo do mundo. *Fascinante*.

— Foi um prazer te conhecer, Nick.

Ele a cumprimentou com um aceno de cabeça.

— Você também, Hallie.

— Pronta? — chamou Jack, com as sobrancelhas levantadas. — A gente tem que ir agora, antes…

Hallie se virou pegou o braço dele e o levou até a porta.

— Vamos embora daqui.

Capítulo
SETE

Hallie

— O cara estava mentindo.

— Acho que não — disse Hallie, pegando a cerveja. — Ele não falou de carros, nem de casas, nem se gabou de nada que fosse impressionar uma mulher; literalmente só disse que não trabalha porque não precisa.

— Aposto que a gente vai ver ele sair de lá num carro fuleiro — replicou Jack. — Com fita grudando o para-choque.

Hallie virou o resto da cerveja.

— Aposto que a gente vai ver ele sair de lá num carro fuleiro com fita grudando o para-choque e uma pilha de diamantes na mala.

Ele a olhou.

— Diamantes, é?

— Diamantes.

Hallie sorriu para Jack, chocada por estar se divertindo tanto. Ela achou que a noite ia ser um fracasso total, mas Hallie até que estava curtindo desde que saíram da maratona amorosa e pegaram uma mesa na área externa do Taco Hut.

— Aqui está — disse o garçom, entregando a cesta de tacos de Hallie. — Dois tacos de frango com queijo por baixo para você.

Jack a olhou e balançou a cabeça devagar, como se ela fosse ridícula.

— E quatro tacos de carne completos para você — acrescentou o garçom, servindo-o.

Assim que o garçom foi embora, Jack falou:

— Sério, Piper? Queijo por baixo?

Hallie deu de ombros e pegou um dos tacos.

— Se o queijo vem por cima do alface, não derrete, e de que adianta queijo frio e duro?

Ele a olhou por um longo minuto antes de dizer:

— Não faço ideia.

Era uma noite linda, as ruas do centro estavam vibrando, e Hallie também, por causa das duas cervejas que tomara rápido. Jack estava descrevendo as conversas que tivera, e gargalhou sem parar, jogando a cabeça para trás, quando ela contou do cara que odiava televisão.

— Então *speed dating* é uma merda — concluiu Jack, bebendo o último gole da tequila com gelo antes de bater o copo na mesa em um gesto dramático. — Nunca mais.

— Concordo.

— Quer mais uma cerveja? — ofereceu ele.

Ela recusou com a cabeça.

— Não, valeu. Já estou tão altinha que vou precisar acampar no Starbucks até o álcool evaporar.

— Patético. O que aconteceu com minha colega amante de uísque puro?

— Ela chegou ao fundo do poço quando acordou no quarto de hotel de um desconhecido.

— Uau — disse Jack, parecendo ofendido. — Você me considera seu fundo do poço?

— Não — soltou ela, rindo —, mas considero o *acontecimento* meu fundo do poço.

— Bem — retrucou ele, parecendo achar graça —, eu acho que seu fundo do poço foi bom pra caralho.

Hallie riu do absurdo da situação. Estar com Jack era muito diferente de estar com Ben; era tão relaxante — apesar de ser ridículo comparar os dois, já que ela mal conhecia Jack Marshall.

— Tá. Jack — disse Hallie, pigarreando, e olhou bem em seus olhos endiabrados. — Só nos vimos na noite do fundo do poço e conversamos pelo aplicativo de namoro. Mas a gente não se *conhece* direito, né? Você nasceu aqui? Quantos irmãos você tem? O que faz um arquiteto paisagista?

— Você obviamente ainda está no espírito do *speed dating* — observou ele. — Eu cresci aqui, sim. Tenho uma irmã, Olivia, a noiva da noite do fundo do poço, e um irmão, Will. Também tenho uma cunhada, um cunhado que por acaso é meu melhor amigo, e dois sobrinhos.

— E o trabalho...?

Hallie imaginava que era como fazer jardinagem, mas sabia que estava errada.

— Bem — disse ele, pegando um canudo do meio da mesa. — A definição simples é que eu projeto espaços externos. E você? Contabilidade é tão emocionante quanto parece?

— Eu sei... é um emprego que os filmes literalmente usam para mostrar que um personagem é chato. — Hallie riu. — Quer que o espectador entenda que o encontro foi ruim? É só dizer que o cara era contador. Mas eu não acho chato. É sem graça, mas existe algo muito satisfatório em números e reconciliação.

Hallie viu Jack começar a dobrar o canudo transparente, como ela fazia com os amigos na escola.

— Parece muito... — começou ele.

— Não diz que é legal. Não é legal. Eu gosto do meu trabalho, mas não é nada legal.

Ele riu um pouquinho, esticando o canudo e fazendo um gesto para ela dar um peteleco.

— Tá, é sem graça pra caralho.

— Calma aí — disse ela, dando um peteleco no canudo e sorrindo com o estalido alto —, você está falando da minha carreira.

— O que você quer, Hal? — retrucou ele, largando o canudo arrebentado na mesa. — Difícil de agradar, né?

Hallie se recostou na cadeira e esticou as pernas. Era uma noite muito agradável de fim de verão, e ela ficou feliz de estar aproveitando na rua, em vez de em casa de pijama.

— Então, há quanto tempo você está solteira, BT?

Hallie olhou de relance para Jack, que também parecia relaxado, recostado exatamente do mesmo jeito e olhando para ela com curiosidade, sem nenhum julgamento.

— Hum... — começou ela, e olhou a data no celular. — Um ano?

— Puta merda — exclamou ele, olhando-a como se ela tivesse acabado de afirmar que era uma lhama. — Está de brincadeira, né?
— Por que está tão chocado?
Ela sabia o porquê. Há menos de um mês, o cara estava pronto para casar, mas já tinha voltado ao ataque — obviamente era viciado em relacionamentos.
— Não estou — disse ele, franzindo um pouquinho a testa. — Mas, quando você falou aquilo do inverno dos seus vinte anos, achei que o término fosse mais recente.
— Ah.
Fazia sentido.
— Mas... você saiu com uns caras nesse tempo, né?
Ela pigarreou.
— Antes do aplicativo?
Ele a olhou como se fosse óbvio.
— Hum, então, não — respondeu ela.
— Meu Deus, BT, estou pasmo.
Era óbvio que ele nunca tinha considerado que alguém pudesse viver sem namorar por um período tão longo.
— Não é tanto tempo, sabe — comentou Hallie. — Eu só não estava pronta para entrar em um relacionamento.
— Isso até que foi uma boa decisão — disse ele, e pareceu ser sincero.
— E *foi* o inverno dos meus vinte anos.
Ela começou a explicar a lógica e os objetivos daquele ano, sentindo-se compelida a defender suas escolhas, apesar de ele não ter perguntado nada.
— Então você decidiu que, já que o escroto do seu ex te magoou, era melhor você passar o ano todo se sentindo miserável...?
— Ai, meu Deus, você está me interpretando mal de propósito. Eu usei esse tempo de merda para poupar dinheiro e me cuidar, para estar pronta para enfrentar o mundo quando chegasse minha primavera.
Ele levantou a sobrancelha.
— E já estamos na sua primavera?
Ela inclinou a cabeça e semicerrou os olhos.
— Acho que sim.

Depois disso, decidiram voltar andando até os carros. Hallie falou sobre Ruthie, e ele não acreditou que alguém poderia ser tão excêntrico assim. Depois ela falou do novo apartamento, e quando disse onde era, Jack sugeriu que caminhassem até lá, para ver como era à noite e garantir que o bairro não era perigoso.

No caminho, ele apontou um prédio e falou:

— Eu morava ali.

— Sério? — perguntou Hallie, olhando o arranha-céu que era praticamente um monumento histórico em Omaha. — Que chique.

— Meu amigo ganhou uma caralhada de dinheiro e me deixou morar no apartamento dele pagando uma mixaria de aluguel, então eu era basicamente um parasita.

— Sempre quis ver esse prédio por dentro. Eles costumavam iluminar tudo no Natal, queria ver de perto.

— Quer entrar?

— Como assim?

— Vem.

Ele pegou a mão dela e a puxou para a entrada.

— Jack...

— Cala a boca e vem logo.

Ele apertou um botão no interfone junto à porta.

Um segundo depois, uma voz respondeu:

— Pois não?

— Olivia, é o Jack. Posso mostrar seu apartamento para a Hallie?

— Quem é Hallie? — perguntou a mulher.

— Jack, fala sério — sussurrou Hallie, de repente se sentindo idiota.

— É a bartender do casamento — disse Jack.

— Espera aí... sua parceira de encontros? — questionou Olivia, surpresa.

— Isso.

— Podem subir.

Hallie o olhou de soslaio quando a porta se abriu.

— É a sua irmã, Olivia, né? Como ela sabe de mim? Você está obcecado, é?

Ele a empurrou de leve.

— Sim, é a minha irmã. Ela que fez meu perfil no aplicativo, só por isso ela sabe.

— Então sua irmã é...

— Casada com meu melhor amigo, com quem eu morava.

Hallie entrou no prédio atrás dele, e a estrutura do início do século XX não decepcionou. Tudo era meticulosamente projetado e cuidado.

— Sinto falta desse prédio — disse Jack, recostado na parede, depois de bater na porta da irmã. — É tão silencioso.

Depois de alguns segundos, a porta se abriu e a irmã dele — de quem Hallie se lembrou no instante em que a viu — sorriu com simpatia.

— Olá. Bom ver você sem a namorada do meu irmão jogando bebida na sua cara.

Hallie sorriu de volta.

— Não é?

— Cadê o Col? — perguntou Jack, conduzindo Hallie para dentro do apartamento enquanto Olivia segurava a porta aberta.

— Colin — gritou Olivia —, seu amiguinho tá aqui.

Uma porta se abriu, revelando um cômodo que parecia um escritório, e de lá saiu um homem. Hallie se lembrava dele do casamento, porque talvez fosse a pessoa mais atraente que ela já vira, e ele sorriu ao ver Jack.

— Veio ver o jogo? — perguntou ele, indo até a sala de estar e pegando um controle remoto. — Só tem mais três minutos, sem acréscimos.

— Não, já perdi tudo mesmo — disse Jack.

— Essa é a Hallie, por sinal — comentou Olivia, que se aproximou mancando. — Hallie, esse é meu marido, Colin.

Ele sorriu do outro lado da sala.

— A bartender do casamento. Muito prazer.

Ela se sentia meio constrangida por eles dois saberem de sua existência, até que Jack falou:

— Minha família inteira vê você como uma heroína, porque você me fez terminar com a Vanessa.

— *Eu* não fiz nada — retrucou ela.

— Não estrague nossa fantasia — disse Olivia, rindo. — Você é uma lenda.

Antes que Jack tivesse a oportunidade de mostrar o apartamento, Olivia deu o braço para Hallie e acrescentou:

— Vamos bater um papo na varanda. Não nos perturbe.

Jack

— Ela vai encher a Hallie de perguntas? — questionou Jack, vendo Olivia fechar a porta de correr da varanda.

— É a *sua* irmã... o que você acha?

Jack olhou para as mulheres pela janela.

— Talvez eu deva me meter.

— Mas você se importa? — perguntou Colin, virando o resto da garrafa. — Quer dizer, se ela é mesmo só sua amiga, e daí se a Liv se intrometer?

— Quer saber? — Jack olhou para Colin por um segundo. — É verdade. Não tem problema.

— Mas ela é bonitinha.

— Hein?

— Sua bartender. Não é nada mal, né?

Jack olhou para Hallie, que conversava com Olivia na varanda.

Não era, não.

Ele nem reparara na aparência de Hallie quando a conhecera na joalheria — provavelmente por ela ter sido tão sarcástica ao mostrar as alianças —, mas, no momento, achava até difícil de acreditar.

Os olhos verdes, a boca carnuda, a gargalhada que vinha fácil — BT era uma gostosa da porra. A imagem dela com aquela calcinha de esquilos lhe veio à mente, e ele rapidamente afastou a memória. Aquela roupa ridícula não deveria ser sexy, mas nela era sexy pra caralho.

Cacete.

Jack precisava esquecer — ou pelo menos *tentar* esquecer — os detalhes do histórico sexual deles. Ele gostava da parceria (amizade?) dela, e não queria que a atração o confundisse.

De novo.

Hallie

— Então — disse Olivia, sentando-se em uma espreguiçadeira e apoiando o pé na mesinha combinando. — Jack me disse que vocês são, tipo, o braço direito oficial um do outro no mundo do romance, é isso?

— É a descrição perfeita — afirmou Hallie, sentando-se na outra espreguiçadeira e relaxando um pouco ao perceber que Olivia não estava tentando interrogá-la nem nada. — Nós dois estamos tentando encontrar alguém no aplicativo, então nos apoiamos.

— Mas vocês... não estão.... tipo, interessados um no outro, nem nada?

— Nossa, não, nada disso — respondeu Hallie, e balançou a cabeça. — É inteiramente platônico.

— E vocês conversaram sobre isso?

— Espera aí, você acha que ele está a fim de mim, é isso? — perguntou Hallie. — Ele não está, sério.

— Não, não, não é isso. Posso ser sincera?

— Claro.

— O Jack está meio perdido. Ele sempre se deixou levar pela vida, curtindo sem se comprometer, que nem um moleque. Mas ano passado...

Olivia esticou a cabeça na direção da porta, para garantir que não havia ninguém por perto.

— Ano passado — continuou —, a vida dele virou de ponta-cabeça. Primeiro, eu e Colin nos apaixonamos e fomos morar juntos, então ele meio que perdeu o melhor amigo. Depois, nosso tio Mack, o herói dele, faleceu de repente.

Hallie lembrou que Jack mencionara a presença do tio Mack no tal jogo da bola de beisebol da aposta.

— Ah, meus pêsames.

— Tudo bem. Mas, para o Jack, foi como se tudo tivesse mudado de uma vez. Quando o tio Mack morreu, só a família foi ao enterro, e isso bagunçou bastante a cabeça do Jack.

— Nenhum amigo apareceu?

— Nenhum — confirmou Olivia, cruzando os braços. — Era inacreditável que aquele cara, puro arroz de festa, todo sedutor, morreria sozinho. Nenhum amigo, nenhuma namorada, e olha que ele teve muitas, ninguém era próximo o suficiente para sentir vontade de aparecer no enterro. Tipo, que coisa, né?

— Eita — disse Hallie.

— Eita mesmo — concordou Olivia. — Foi mais ou menos nessa época que Jack começou a namorar a Vanessa.

— Ah.

— Minha teoria é que ele teve uma minicrise e grudou na Vanessa por conta do pânico — disse Olivia, balançando a cabeça de leve. — Ele passou a vida toda querendo ser igual ao tio Mack, idolatrando esse homem divertido e festeiro, até que, de repente, percebeu que estava totalmente equivocado.

— Faz sentido — comentou Hallie, baixinho.

Isso explicava por que alguém como ele ficaria com alguém como aquela ex horrível. Também explicava por que ele tinha entrado imediatamente no aplicativo para tentar achar o amor.

— Ele foi de solteiro e na pista para morar com a nova namorada. Pouco depois, falou de casamento e foi comprar uma aliança.

Hallie ainda se lembrava do rosto lindo e escroto de Vanessa.

— Não vou mentir, fiquei felicíssima com o término — continuou Olivia. — Sinto muito pelo vinho, por sinal.

— Acontece.

Hallie deu de ombros, sorrindo ao lembrar.

— Fiz ele entrar no aplicativo imediatamente, na esperança de ele conhecer uma mulher legal e normal, que não estivesse com pressa de subir ao altar.

— O contrário de Vanessa.

— Bingo — disse Olivia. — Então, quando ele me falou que estava conversando com a bartender do casamento, eu fiquei apavorada. Não que você não seja ótima.

Hallie riu, engasgando.

— Saquei.

— É que eu tenho medo de ele se jogar rápido assim outra vez — explicou Olivia. — Ele estava tão solitário que temi que ele começasse a namorar você logo de cara.

— Mamão com açúcar, né?

— É. Assim, sem ofensa, mamão com açúcar é uma sobremesa ótima, mas a gente tem que dar uma olhada no cardápio inteiro para decidir.

Hallie fez que sim com a cabeça.

— Não sei se sua analogia é perfeita ou horrível.

— Perfeitamente horrível — disse Olivia, rindo. — Foi muito esquisito como as coisas andaram depressa com a Van. Não parecia que ele a amava de verdade, mas que ele estava forçando, tentando fazer algo encaixar.

Acho que eu estava apaixonado pela ideia de quem você é, Hallie, em vez de por quem você é de verdade.

É... ela entendia o conceito. Ben e Jack eram mais parecidos do que ela imaginava.

— Mas, agora, estou muito feliz por ele. Jack está se esforçando, e tem você para incentivá-lo. Só vantagens.

— Para mim também — comentou Hallie.

Em seguida, Olivia contou uma história hilária de quando ela e Colin começaram a ficar e Jack tentara meter a porrada em Colin. Quando elas voltaram para a sala, Hallie foi apresentada ao apartamento inteiro e, vinte minutos depois, ela e Jack foram embora.

— Espero que minha irmã não tenha te interrogado — disse Jack, com um olhar questionador.

— Não interrogou. Ela parece ótima. Mas... preciso fazer uma pergunta, e estou com medo da sua resposta.

— Ai, não.

— Aquela sua reação aos acréscimos está me deixando apavorada. Me diga que você não torce para os Bears, cara.

Eles discutiram futebol americano a caminho do novo apartamento de Hallie, e ela ficou decepcionada ao descobrir que ele não apenas torcia para os Bears, como também gostava dos Bulls. Ela conseguia aceitar qualquer coisa, mas o Chicago Bulls?

Francamente.

Por sorte, os dois torciam para o Liverpool, então pelo menos havia algo em comum. Na frente do prédio, ela apontou a varanda dela, e ele fingiu enxergar no meio de tantas outras janelas no escuro.

Ela sabia que ele não conseguia ver, mas era bom ter com quem sonhar.

Capítulo
OITO

Hallie

Jack: Bom dia, minha contadorinha.

Hallie grunhiu ao ler a mensagem. A mensagem que a acordara, porque ela havia se esquecido de desativar as notificações.

Hallie: São 5h30 de domingo. Vai comer vidro.
Jack: Só queria ser o primeiro a te desejar um bom dia.
Hallie: Valeu, cuzão.
Jack: Calma aí. E não esquece de visitar o aplicativo hoje e procurar seu próximo encontro.

Hallie lembrou-se dos pares do *speed dating* e balançou a cabeça. Ela acendeu a luz da cabeceira para responder.

Hallie: Parece uma ideia horrível.
Jack: Você tenta, eu tento. Vamos juntos, Piper. O sr. Perfeito, o cara que gosta mais de você do que qualquer outra pessoa, está por aí, só esperando seu dedinho deslizar no perfil nele.
Hallie: Que nojo. Só aceito outro encontro se eu puder comer no Taco Hut depois.
Jack: Na verdade, é uma ótima ideia. Vamos marcar os encontros no bar do speed dating, porque aí, se der errado, a gente pode comer taco depois. Com queijo por baixo, é claro.
Hallie: É claro. ;) Tá... por que parece uma boa ideia? Com certeza tem alguma coisa errada, eu só não sei o que é ainda.

Jack: Não, é genial. Converse com alguém hoje e, se rolar um encontro, me mande mensagem para a gente planejar.
Hallie: Ok.
Jack: Isso aí.
Hallie: Por que você acordou tão cedo, afinal?
Jack: Eu gosto de sair para correr antes de trabalhar.
Hallie: Eu também. Mas é DOMINGO. Por que está trabalhando no domingo?
Jack: Porque tenho trabalho pra fazer.
Hallie: E, por favor, me diga que você não usa aqueles shortinhos minúsculos de corrida.
Jack: Pare de tentar imaginar minhas coxas deliciosas, sua tarada.
Hallie: Isso é o que eu NÃO tô fazendo.
Jack: Espera, você queria uma foto? Era isso?
Hallie: Por favor, não me obrigue a te bloquear.
Jack: Tenha um ótimo dia, BT.

Hallie aproveitou que tinha acordado para se levantar e sair para correr. Durante a corrida, ensaiou mentalmente o que diria para Ruthie ao voltar para casa. *Amo morar com você, mas acho que é hora de eu ter minha própria casa, como uma adulta. Mas a gente ainda vai poder se ver o tempo todo.*

Só que Ruthie não apareceu em casa. Ela mandou uma mensagem por volta das dez da manhã, dizendo Estou me divertindo demais para voltar aos EUA — volto semana que vem, e Hallie nem se surpreendeu ao descobrir que a amiga estava fora do país.

Depois de tomar um banho e dar um pulinho no Starbucks, ela se acomodou no sofá e entrou no aplicativo. Levou um tempo, mas encontrou um cara cujo perfil parecia bom o suficiente para dar like e começar a trocar mensagens.

Ele parecia engraçado e simpático, então, quando perguntou se ela queria jantar e tomar alguma coisa na quarta, depois do trabalho, ela ligou para Jack.

Ele atendeu imediatamente, e Hallie se perguntou se Jack estava trabalhando, pois ele falou:

— Aqui é o Jack.

— Oi, é a Hallie. Tudo bem?

Ela ouviu o sorriso na voz dele ao responder:

— Não acredito que você me ligou em vez de mandar mensagem, sua velha.

— Tem um segundinho?

— Claro — respondeu ele, e ela se perguntou se Jack estava em casa ou no escritório.

— Você ainda está no trabalho?

— Estou, mas vou parar daqui a pouco.

— Tá, então, um cara do aplicativo acabou de me chamar para sair. Você tem algum encontro em potencial que possa marcar na quarta, por volta das seis e meia?

— Quem é o cara?

— Ele se chama Stephen, não caça nem pesca, e é dentista. Gosta de correr, de maratonar séries da Netflix, e de um rala e rola.

— Uau, dentista? Merece até pontos extras.

— Né? Mas provavelmente vou passar o tempo todo com medo de ele estar conferindo se estou com placa.

— "Placas e tetas", aposto que é o lema do Stephen.

— Seu nojento.

— Relaxa. O lema é do Stephen, não meu.

— E aí, consegue marcar um encontro na quarta? — perguntou Hallie, rindo.

— Consigo dois, na verdade.

— Ah, tá de brincadeira! — gritou Hallie ao telefone. — Desde ontem à noite você já conversou com duas mulheres?

— Para sua informação — retrucou ele —, comecei a falar com uma delas ontem mais cedo, antes do *speed dating*.

Isso fez Hallie hesitar. Ela não tinha motivo para esperar que ele contasse tudo a ela, mas ainda assim se sentiu meio... esquisita... por ele nem ter mencionado.

— Então, quarta…?

— Pode ser.

Ela voltou ao aplicativo depois de desligar e marcou o encontro com o dentista. Quando eles se despediram porque ele precisava treinar o time de futebol mirim da sobrinha, Hallie — com os ovários explodindo — estava surpreendentemente animada para o encontro.

Stephen parecia promissor. E, se tudo desse errado, ela comeria tacos.

Jack

Jack olhou o nome na tela antes de atender o celular.
— O que houve?
— Nada — disse Olivia, confusa. — Por quê?
— Porque a gente nunca conversa por telefone. Que esquisito.
— É, mas eu estou morrendo de tédio. Dedos do pé quebrados, lembra?
— Ah, é, verdade — respondeu ele, arrependido de ter atendido o celular.

Ele estava tentando terminar de trabalhar e voltar para casa, e sabia que o tédio de Olivia ia atrasá-lo. Ainda assim, perguntou:
— Como vai seu pezinho, por sinal?
— Menos inchado — disse ela. — E um pouco menos roxo.
— Que nojo.
— Né?
— Escuta, Liv, eu tenho que terminar aqui umas coisas no trabalho. Você *precisa* de alguma coisa?
— Que grosseria — replicou ela, baixinho. — Só queria dizer que eu gostei muito da Hallie. É isso.
— Tá...? Eu também. E daí?
— Nada. Só estou muito feliz por ela estar aí te incentivando a encontrar o amor.
— Puta merda, Liv, por que você está tão obcecada pela minha vida amorosa?
— Porque eu me preocupo, não quero ver você triste de novo — disse ela. — Não posso me importar?

— Eu estava trêbado naquela noite no Billy. Você pode, por favor, pelo amor de Deus, esquecer o que eu disse?

— Você pareceu tão triste e solitário, Jack.

— Eu estava mamado, não solitário.

Ele se sentia patético pra caralho sempre que ela tocava naquele assunto, porque *estava* mesmo passando por uma fase meio emo nos últimos anos. Tinha amigos, colegas, família, vivia rodeado de pessoas queridas, mas frequentemente se sentia sozinho.

Mesmo quando estava com eles.

Merda... solidão é literalmente isso, não é?

— Tá, você não está solitário — disse ela, sem soar nada convencida. — Só prometa que vai levar o aplicativo a sério e continuar tentando, mesmo quando estiver um saco.

— Prometo se você prometer largar do meu pé.

— Combinado.

Hallie

Antes de Hallie conseguir se levantar do sofá, o celular dela tocou.

— Alô?

— Oi, hum, é a Hallie?

— Sou eu...

— Ah, que bom. Oi, aqui é a Lydia, da imobiliária do Commons. Houve uma falha de comunicação no nosso escritório e o apartamento que você alugou já está limpo e pronto, caso você queira se mudar mais cedo.

— Ah.

Hallie *não* estava esperando aquilo.

— Bem, quanto mais custaria? — perguntou.

— Bom — disse a corretora, e abaixou a voz. — Para ser sincera, eu fiz besteira nos documentos, então, basicamente, se você quiser se mudar agora, o preço não vai mudar. O aluguel deve ser pago no dia 1º, no valor detalhado no seu contrato.

— Então eu posso me mudar agora sem pagar nada a mais?

Ela não acreditava. Hallie não era especialmente azarada, mas também nunca fora especialmente *sortuda*.

— Se vier durante *o meu* turno.

De repente, Hallie estava animada a ponto de gritar.

— Até que horas você trabalha hoje?

— Até as quatro.

— Ai, meu Deus, já estou indo.

Hallie correu até o carro, ligou o rádio no máximo e voou para o centro, transbordando de animação por conta daquela reviravolta. Ela nunca tinha morado sozinha, muito menos em um apartamento descolado (apesar de minúsculo), e estava empolgada para se mudar logo.

Talvez, pensou, enquanto pegava a saída da estrada, pudesse fazer a mudança toda antes de Ruthie voltar (os móveis da sala eram todos de Ruthie, então não seria algo escroto da parte de Hallie). Assim não teria que passar pelo constrangimento de tentar empacotar as coisas em silêncio no quarto, e, se Ruthie reagisse mal à notícia, era só Hallie ir embora e não voltar mais.

Quando ela chegou ao escritório, o celular vibrou.

Jack: Já perdi uma das duas mulheres.

Isso fez Hallie rir.

Hallie: O que você fez?
Jack: Falei que não gosto de orangotangos.
Hallie: Primeiro: é verdade? Segundo: isso magoou ela?
Jack: Sei que é uma falha de caráter, mas morro de medo de criaturas símias, sempre morri. Vi uma mulher na Oprah que foi atacada por um macaco e nunca superei. Então, quando ela começou a me falar de uma reserva de orangotangos que queria visitar, eu talvez tenha dito alguma coisa do tipo "Prefiro morrer a ir nesse lugar".
Hallie: Você é um monstro. Eu tenho uma amiga que literalmente chora quando vê um orangotango fofo, de tanto que os ama. MAS. Ela se sentiu tão ofendida assim?

Jack: Demais. Ela mandou todo um textão sobre orangotangos, que eu mereci, e depois outro sobre homens impossíveis de namorar, o que eu achei golpe baixo.
Hallie: Por que estou rindo tanto dessa história?
Jack: Porque você é uma escrota. O que está fazendo agora?
Hallie: Acabei de chegar no prédio novo. Vão me deixar me mudar mais cedo!!!
Jack: E a Ruthie?

Hallie riu e olhou para fora do carro. Era engraçado ele lembrar o nome de Ruthie.

Hallie: Ela me mandou msg dizendo que só volta semana que vem.
Jack: Então você vai simplesmente sumir?
Hallie: Não, mas já posso levar minhas coisas. Tudo na sala é dela, então ela nem vai notar, porque eu sempre deixo o quarto fechado.
Jack: Me avisa se precisar de ajuda na mudança.
Hallie: Sério?
Jack: Eu sou legal.
Hallie: Mesmo?
Jack: Às vezes. E moro perto.
Hallie: Então tá. Quero ajuda. Por favor, por favor me ajude.
Jack: Quando?
Hallie: Vou pegar a chave agora, e aí acho que podemos nos encontrar hoje mesmo, quando você estiver livre. Você por acaso não tem uma caminhonete, né?
Jack: Na verdade, eu tenho, sim.
Hallie: Fala sério.
Jack: Estou falando.
Hallie: Você não tem cara de quem dirige uma caminhonete.
Jack: Está me chamando de fracote?
Hallie: Não. Acho que a maioria dos caras que dirigem caminhonete querem provar que são machos. Você tem cara de

quem tem confiança suficiente em sua masculinidade para dirigir um Prius.

Jack: Então está SIM me chamando de fracote.

Hallie: Você é um idiota.

Jack: Melhor assim, valeu. Me ligue quando acabar, que a gente combina.

No fim, eles combinaram apenas um "vamos nessa". Depois de pegar a chave, subir correndo até o apartamento novo, ligar para Jack e dançar que nem uma doida, Hallie voltou para casa e arrumou as coisas com pressa.

Jack chegou uma hora depois e pegou no batente. Carregou a cama, a cômoda, a mesa de cabeceira e a escrivaninha que nem o The Rock. Ela ajudou, mas os dois sabiam que Hallie não ia carregar muita coisa.

Por sinal, ele ficava muito bonito de roupa casual. Ela só o tinha visto de terno, nu e arrumado para um encontro, mas, naquele dia, estava de calça jeans velha e desbotada e camiseta dos Cubs, tão gasta que parecia muito macia. Jack poderia estar em alguma propaganda de cerveja tomando uma com os parceiros ou comprando tábuas numa loja de construção.

Quando a caminhonete estava cheia e o quarto vazio, Hallie pegou o próprio carro e o seguiu em direção ao centro. Ela ficou um pouco chocada. Horas antes não tinha planos para o dia e, de repente, estava se mudando para o apartamento novo, mas isso era bom.

Hallie estava *mesmo* vivendo sua primavera.

Capítulo
NOVE

Hallie

— Você está completamente errada — disse Jack, balançando a cabeça em negativa. Foi a expressão dele quando ela apareceu em Pemberley com os parentes. O cara nem precisou dizer nada. Estava sorrindo que nem um tonto apaixonado.

Os dois estavam deitados de bruços no chão do apartamento novo dela (que ainda não tinha sofá), vendo o final de *Orgulho e Preconceito*. Depois de arrumar tudo, decidiram pedir cerveja e pizza e ver um filme, já que nenhum dos dois tinha mais o que fazer.

— Eu gosto *mesmo* da cara dele nesse momento — concordou, imaginando o sorriso doce de Matthew Macfadyen. — Mas o quase beijo na chuva é a melhor parte.

— Discordo — disse Jack, se virando de lado para ela. — É devastador demais quando eles se afastam.

— Se eu não te conhecesse bem, mas conheço, então não se preocupe, acharia que você é um romântico incorrigível.

Hallie sorriu, olhando para ele. Jack Marshall era um mistério.

— Então, quantas vezes você já viu esse filme, já que não é um romântico? — perguntou.

— Umas cinco, no mínimo, mas só porque a Livvie ama e ela sempre fazia um chororô pra conseguir o que queria. Normalmente acabava ganhando controle da televisão.

— Você é um sujeito muito complexo, Marshall — disse ela, e ele sorriu.

— É, eu estou ciente — respondeu, e percorreu o rosto dela com seus olhos azuis.

O olhar se sustentou, e algo surgiu entre eles. Era quase como se a memória do passado — aquela noite que passaram juntos — de repente ressurgisse com força, e Hallie a sentiu muito presente.

— Preciso de outra cerveja — comentou ela, se levantando e forçando um sorriso, apesar de sentir-se confusa de repente. — Quer alguma coisa?

— Não, na real eu preciso ir — afirmou ele, e pigarreou ao pegar a garrafa de cerveja e se levantar.

— Bom, obrigada pela ajuda com a mudança — disse Hallie, a caminho da cozinha, onde abriu a caixa da pizza e pegou uma fatia morna. — Quer levar uma fatia?

— Não, valeu — respondeu Jack, calçando os sapatos e vestindo a jaqueta.

Depois de ele ir embora e Hallie jogar fora a caixa de pizza, ela começou a ficar preocupada. Enquanto vestia o pijama de flanela, temia que aquele momento estranho fosse mudar as coisas entre eles. Não queria que mudasse, porque gostava muito de tê-lo por perto.

O celular de Hallie vibrou, e ela se decepcionou ao ver que era uma mensagem da mãe.

Mãe: Já foi fazer os últimos ajustes na costureira?

A mãe ainda achava que ela tinha dez anos.

Hallie: Já.
Mãe: O que achou do vestido?
Hallie: Não lembro. Acho que tudo bem?
Mãe: Engraçadinha. Você vem essa semana?

A mãe preparava espaguete com almôndegas para jantar quase toda quarta-feira, e Hallie sempre tentava ir.

Porém, no último mês, ela andava evitando a família, porque o planejamento do casamento de sua irmã estava a mil. A mãe e a irmã só falavam daquilo, o que ela compreendia, mas normalmente acabava em uma discussão sobre o convidado a mais que poderiam chamar já que Hallie não ia levar ninguém.

Ou sobre como seria desconfortável para ela, já que Ben era padrinho.

A irmã dela ia se casar com o melhor amigo do homem que tinha destruído o coração de Hallie.

Normalmente, elas abaixavam a voz quando tocavam no assunto, como se aquilo fosse a pior coisa que pudesse acontecer na vida de Hallie. Por isso, ela havia decidido que era melhor perder as almôndegas a agredir um parente.

> **Hallie:** Quarta estou ocupada, mas dou um pulo aí na quinta para ver *Dança dos Modelos* com você.
> **Mãe:** Tomara que eliminem a Darla. O chá-chá-chá dela foi uma porcaria.
> **Hallie:** O samba do Delvin foi pior ainda.
> **Mãe:** Mas a bundinha dele compensa.

Hallie saiu para a varanda e respirou fundo o ar fresco de setembro, emocionada com a vista. A cidade cintilava à sua frente, abaixo dela, e ela desejou nunca mais voltar a morar no subúrbio.

Ela amava o movimento do centro e a sensação de ser uma adulta morando sozinha.

O celular vibrou de novo e, dessa vez, era Jack.

> **Jack:** Oi, BT. Estamos de boa?
> **Hallie:** Eu estou. De boaça.
> **Jack:** Mandando a real: você não surtou com aquele momento esquisito na sua sala?

Então não era coisa da cabeça dela. Ele também tinha sentido.

> **Hallie:** Pois é, o QUE rolou?
> **Jack:** Acho que foi um milissegundo de química natural entre duas pessoas jovens e saudáveis. Deve ter rolado só porque a gente já trepou, então nossos corpos já se conhecem.

Hallie: Eca, não fala desse jeito.
Jack: É totalmente natural a emoção da trepada surgir assim. O importante é que nos lembramos na hora que a gente não se gosta desse jeito, né?
Hallie: Não tem uma música que é assim? "Como é grande a emoção de trepar com você"?

Ela riu, se recostando no parapeito da varanda.

Hallie: Bom, estou tranquila com o que rolou, desde que você também esteja.
Jack: Estou. Não aconteceu nada.
Hallie: Que bom.
Jack: Ótimo. E aí, falou com o dentista hoje?
Hallie: Só de manhã, quando ele me disse que é técnico do time de futebol da sobrinha.
Jack: Uau, ele mandou uma bomba de hormônio logo de cara, né?
Hallie: Pois é.
Jack: Funcionou?
Hallie: Mal não fez.

Ela não conseguia se lembrar do rosto de Stephen, mas se lembrava do de Jack, então mandou: Me conta da sua garota.

Jack: Ela se chama Carlie, dá aula de matemática para o oitavo ano e é ruiva. Gosta de vôlei de praia e de rala e rola.
Hallie: Ela é boa de papo?
Jack: Ainda não tenho certeza.
Hallie: Quarta tá aí pra isso, né?
Jack: Acho que sim. Então a gente se vê quarta.
Hallie: Até lá.

Capítulo
DEZ

Hallie

— Oi, hum, eu vim encontrar uma pessoa...

— Hallie?

Stephen apareceu ao lado da hostess, sorriu e tocou o braço da mulher, indicando que era ele quem Hallie estava procurando.

— Oi, Stephen.

Uau. Ele estava bonito; tipo, muito bonito mesmo. Usava calça cáqui e suéter preto de caxemira. O cabelo castanho e grosso estava penteado naquele equilíbrio perfeito entre arrumado e bagunçado, e seus óculos davam a impressão de que ele precisava de um livro nas mãos.

— Que prazer conhecê-la finalmente — disse ele, com o sorriso mais gentil do mundo.

— Você também — respondeu ela, sem conseguir conter o sorriso encantado.

Stephen indicou a mesa e Hallie o acompanhou. Ela quase tropeçou ao ver Jack, sentado à mesa bem ao lado. Ele a viu e arregalou os olhos, mostrando que estava igualmente surpreso por estarem em mesas tão próximas.

Ela se recuperou e se sentou, lembrando-se de se concentrar em Stephen.

— Eu comia muito aqui na época da faculdade — comentou, pegando o cardápio. — Fiquei muito feliz com sua sugestão.

— Eu também — disse ela, e pegou o cardápio também. — Quer dizer, a parte de ficar feliz, não da faculdade de odonto — acrescentou, rapidamente. — É minha primeira vez aqui.

Ele riu um pouquinho.

— Entendi.

— Então, qual é o melhor prato aqui? — perguntou ela, de olho nas entradas. — Qual era o seu preferido?

— O cordeiro com risoto de cogumelo — respondeu Stephen, e Hallie percebeu que a experiência universitária dele envolvia muito menos miojo do que a dela. — Você tem que experimentar.

Merda. Hallie era muito seletiva com comida. A maioria das crianças tinha um paladar mais amplo do que o dela. Ela gostava de hambúrguer, de frango empanado e às vezes de espaguete, mas cordeiro? Com risoto de *cogumelo*? Não, obrigada. Mas, já que tinha pedido a opinião dele, ela precisava aceitar a sugestão, né?

— Eu estava mais no clima de hambúrguer, mas quem sabe...

Ela deixou a frase no ar, na esperança de que ele dissesse "Escolhe o que preferir".

— Pede o cordeiro — reforçou ele, sorrindo, e pegou o cardápio da mão dela. — Não vai se arrepender. Por sinal, eu pedi esse Chardonnay pra gente.

— Ok — respondeu Hallie, aceitando a taça. — Obrigada. E vou confiar na sua sugestão.

— Boa menina — disse ele, e pigarreou ao pegar a taça. — E aí, como foi o trabalho hoje? Sobreviveu à maratona de reuniões?

Ela havia contado das reuniões trimestrais que estavam rolando desde segunda, e ficou impressionada por ele se lembrar.

— Sobrevivi. É desafiador ter que fingir estar interessada em informações muito chatas.

— Acredito.

Ela comentou:

— Aposto que você tem que escutar muita asneira dos pacientes.

— É, mas eu posso enfiar as mãos na boca deles até eles pararem — brincou Stephen, e ela riu.

Hallie olhou de relance para a mesa de Jack, onde ele parecia estar no meio de uma conversa intensa com a moça. Ela era muito bonita e estava usando um vestido vermelho lindo, então, a não ser que a conversa fosse um tédio sem fim, era um par promissor para Jack.

Ela voltou a olhar para Stephen, o dentista, e sentiu que também era muito promissor.

Eles continuaram a conversar sobre trabalho, e ele se mostrou muito interessante e engraçado ao contar histórias de terror do consultório. Ela também contou suas próprias histórias e se sentiu surpreendentemente relaxada e confortável.

Estava mesmo se divertindo no encontro.

Chegou a comida, e ela não queria comer cordeiro *nem* risoto. Começou com a carne, que era tolerável se ela não imaginasse carneirinhos fofos, e mexeu no risoto para fingir que estava comendo.

Enquanto isso, dizia muito "Hummm, que delícia".

— Então, talvez devêssemos conversar sobre relacionamentos anteriores, né? Não é coisa de primeiro encontro?

Isso fez Hallie largar o garfo e tomar um grande gole de Chardonnay antes de responder.

— Hum, pode ser?

— Só quero deixar claro logo que eu sou divorciado.

— Ah.

Hallie não sabia bem o que dizer. Ela não tinha nenhum problema com ele ser divorciado, mas também não queria dizer nenhuma besteira do tipo *Eu amo divórcio*. Na opinião dela, divórcio não era diferente do término com Ben, exceto que ele tinha dado uma festa formal, e ela, não.

— Acho que a gente se casou muito jovem e percebeu tarde demais que não tinha tanto assim em comum.

Hallie fez que sim com a cabeça.

— Acontece.

— O pior foi contar para os gêmeos.

— Ai, meu Deus — disse Hallie, abaixando a taça, e pigarreou. — Não sabia que você tinha gêmeos. Que idade eles têm?

— Quatro anos — respondeu ele, e o sorriso voltou ao falar dos filhos, que nitidamente adorava. — Eles são incríveis.

— Essa é uma idade boa — comentou ela, um pouco chocada por ele não ter incluído essa informação no perfil.

Ela nunca considerara a possibilidade de encontrar alguém que tivesse filhos naquele aplicativo. Ela poderia virar madrasta? Nossa, nem queria pensar naquilo.

— Pois é. Eles finalmente pararam de botar tudo na boca e de pegar no sono em cima de mim.

Hallie se derreteu toda ao imaginar aquele homem lindo com criancinhas dormindo no colo. Ele lançava umas baita bombas de hormônio mesmo, né?

— Uau, e como foi conversar sobre divórcio com eles, tão pequenos assim? — perguntou.

Os pais dela simplesmente seguiam a linha "até que a morte nos separe", por mais que eles se irritassem.

— Eu e minha ex estávamos muito emocionados quando conversamos com eles — contou Stephen, segurando o choro —, mas fomos honestos. Dissemos: "Escutem, quando compramos vocês dois e trouxemos para casa, tínhamos total intenção de ficarmos juntos para sempre."

Hallie semicerrou os olhos. Ele tinha dito "compramos"?

— "Mas às vezes para sempre não é possível, e tudo bem. Amamos vocês, mas vamos precisar nos separar."

Enquanto ele falava, Hallie só conseguia ouvir a palavra *compramos*. Stephen estava segurando as lágrimas, nitidamente muito emocionado, mas ela se encontrava com dificuldade de sentir compaixão, porque não conseguia entender o que ele tinha dito. *Compramos?!*

— Nunca é ideal dividir os filhos, cada um ficar com um e se separar assim, mas parece melhor do que uma vida de interações forçadas que certamente acabariam em briga, né?

Hallie torceu a boca antes de perguntar:

— Então os gêmeos foram adotados?

Ele sorriu, um pouco culpado, e falou:

— Não diria exatamente que foram adotados, porque queríamos ter certeza de conseguir exatamente o tipo que a gente preferia.

Hallie o encarou, e o derretimento foi todo embora. Secou. Evaporou.

— É, eu sei, resgate é o melhor — disse ele, com um suspiro, e cruzou as mãos embaixo do queixo. — Mas a gente queria muito que fossem labradoodles da mesma mãe.

Cachorros? Ele estava falando dos *cachorros*? Não dava para ele achar que tinha sido óbvio, né? Hallie não conseguiu deixar de franzir a testa.

— Então não são gêmeos de verdade — replicou.

Ele franziu as sobrancelhas.

— São, sim.

— Na verdade, é muito raro ter cães gêmeos — comentou Hallie, que de repente estava extremamente irritada com o dentista. — Uma gestação com só dois filhotes na ninhada.

— Ah — disse ele e pigarreou, parecendo confuso com a resposta dela. — Bom, eles são labradoodles idênticos da mesma ninhada, então.

Hallie apertou a boca e tentou pensar que isso não era um problema. E daí que o cara falava dos cachorros como se fossem filhos... isso não era um problema, era? Pelo menos Stephen não era um escroto que odiava bichos. Ela inspirou fundo pelo nariz — *calma, Hal* — antes de responder.

— Então, quando vocês se separaram, cada um levou um dos cachorros?

Ele confirmou com a cabeça, e os olhos voltaram a marejar.

— Um dos motivos para a gente escolher labradoodles foi que eles são animais muito emotivos, mas por isso foi tão difícil explicar para eles, sabe?

Hallie assentiu, mas estava com dificuldade para enfiar aquilo na cabeça.

— Nem imagino.

Ela tentava encontrar compaixão, porque era uma pessoa muito compreensiva, mas o dr. Stephen estava literalmente chorando no jantar de tanta preocupação com o trauma emocional que ele e a ex-esposa podiam ter causado nos cães.

Cães que, cinco minutos antes, ela achou que fossem crianças.

Quando ele secou os olhos e mudou de assunto — o cinema novo da zona oeste da cidade —, Hallie se levantou para ir ao banheiro. Enquanto atravessava o restaurante a caminho do corredor que levava ao toalete, sentiu-se decepcionada.

Afinal, a conversa sobre os cachorros, ou talvez o mal-entendido sobre as crianças, a fizera perder toda a atração que sentia pelo dentista, e sabia que isso não ia mudar.

— Como anda com o doutor, BT?

Ela se virou e lá estava Jack, também entrando no corredor do banheiro. Ele sorriu para ela e Hallie sentiu um sorriso enorme abrir no próprio rosto, reconfortada pela presença de sua dupla dinâmica.

— Ai, meu Deus, Jack, você não imagina.

Hallie pegou a manga da camisa dele e o puxou para mais perto do banheiro feminino, para se esconderem das mesas. Ela encarou aqueles olhos azuis provocantes e rapidamente contou a história absurda.

— Assim, estou sendo babaca? Será que ele é um fofo que ama animais e eu que sou uma chata?

Jack semicerrou os olhos e, ao fitá-la, ela se impressionou novamente com a altura dele.

— Ele literalmente chamou os cachorros de filhos, ou foi interpretação sua?

Ela semicerrou os olhos, se lembrando da conversa.

— Primeiro chamou só de gêmeos, mas depois, sim, chamou os cachorros de filhos mesmo.

— Você não está errada; é uma loucura.

— *Obrigada* — disse Hallie, um pouco aliviada. — E a Carlie, como é?

— Ótima, só que me falou que quer ser "tratada como uma rainha".

— E daí?

Jack parecia alguém que trataria bem sua parceira.

— É tão difícil assim tratar bem uma mulher? — insistiu ela.

— Não, uma rainha pra valer — disse ele, olhando rápido para trás como se temesse ser pego no flagra. — Ela quer que um homem a idolatre, a encha de presentes, ceda sempre aos desejos dela e nunca mais olhe para outra mulher. Palavras dela, não minhas.

— Mentira — replicou Hallie, se encostando na parede. — Ninguém diria isso em um primeiro encontro.

— Foi culpa minha — disse ele, botando as mãos no bolso. — Eu cometi o erro de dizer que "respeitaria totalmente uma mulher que dissesse de cara o que está procurando".

— Bom — respondeu Hallie, e revirou os olhos. — Foi você quem pediu.

— Né?

— Stephen logo vai vir me procurar, ou achar que estou com diarreia... Tenho que voltar.

— Quer vazar? — perguntou Jack, preocupado, e ela não sabia bem por que a expressão doce em seu rosto fez o estômago dela dar um pulo.

— Como assim?

— Quer vazar logo do encontro ou ainda está sentindo um clima? Isso a fez rir.

— Ele chama os cachorros de "os gêmeos", então quero vazar, sim. Mas não quero ser grossa, o Stephen é um cara legal.

Jack avançou na direção do banheiro masculino e falou:

— Eu te ajudo. Só piscar três vezes quando quiser largar tudo e ir comer taco.

Hallie riu e piscou três vezes com uma força insuportavelmente óbvia.

Ele acenou com a cabeça antes de os dois irem a seus respectivos banheiros. Quando Hallie voltou à mesa, Stephen estava mexendo no celular.

— Desculpa a demora — disse ela, culpada —, é que minha mãe mandou mensagem, e foi todo um drama.

— Ah, está tudo bem?

Stephen parecia sinceramente preocupado, e Hallie ficou meio triste por ter perdido a atração. Porque ele era atraente, bem-sucedido e simpático — um partidão para muita gente. Deveria ser o homem perfeito para *ela*, mas, não, ele gostava um pouco demais dos cachorros.

Um problema que ela nem sabia que existia.

Ela era um monstro?

— Ah, está tudo bem, é que minha mãe...

A hostess apareceu à mesa e falou:

— Com licença, a senhora é a Hallie Piper?

— Pois não...?

Hallie olhou para Stephen e de volta para a hostess.

— Sua mãe telefonou e disse para passar o recado de que sua "tia Helen aprontou de novo e você precisa encontrá-las daqui a dez minutos para tentar impedi-la de cometer o maior equívoco da vida dela".

Hallie engoliu em seco.

— Como é que é?

— Foi por isso que sua mãe mandou mensagem? — perguntou Stephen.

— Oi?

Hallie olhou para Stephen.

— No banheiro — respondeu ele, como se esperasse ela entender.

— Você disse que foi um drama...

— Ah.

Ela pestanejou, tentando entender o que estava acontecendo. Tinha mentido sobre as mensagens da mãe, e o plano de Jack... envolvia a mãe? Hallie confirmou com a cabeça e falou:

— É, foi isso. Esse drama todo. Bem, achei que tivesse resolvido, mas nitidamente ela ainda acha que minha tia precisa de ajuda.

Hallie revirou os olhos e balançou a cabeça, como se achasse aquela história exaustiva.

— Precisa ir encontrar elas? — perguntou ele.

— É melhor — disse Hallie. — A gente já acabou de jantar, então não íamos demorar muito né?

Stephen parecia estar tentando descobrir se ela estava fugindo do encontro ou se realmente tinha uma tia doida e uma mãe invasiva. Ele fez que sim com a cabeça.

— É. É, melhor você ir.

Ela pegou a bolsa antes de eles se despedirem com o clássico *Eu te ligo* que quase nunca acontecia.

— Muito obrigada pelo jantar de hoje, Stephen.

— De nada — disse ele, e finalmente ela acenou e saiu do restaurante quase correndo.

Ela pediu uma margarita no bar do Taco Hut e seguiu imediatamente para o pátio dos fundos. Sabia que Jack estaria ali — e estava certa. Ele se encontrava recostado em uma cadeira com um copo de tequila, sorrindo ao vê-la chegar.

O olhar dele para ela poderia parecer *alguma coisa* em outro momento, mas ela estava convencida de que Jack estava certo: era apenas a química normal que existia entre duas pessoas que já tinham transado.

— Bom, essa foi a fuga mais esquisita da história dos encontros — comentou Hallie.

— Por isso é genial — explicou Jack, e empurrou com o pé a cadeira do outro lado da mesa, para ela se sentar. — A desculpa é tão confusa e doida que a outra pessoa não tem opção e diz apenas "Pode ir".

— Não sei se eu chamaria de genial, mas certamente foi engraçado — disse Hallie, se jogando na cadeira e tomando um gole da bebida. — Sei que acabamos de jantar, mas até que eu comeria um taco.

— Já pedi para você.

— Pediu?

— Frango com queijo por baixo.

Ela quase engasgou ao rir e engolir ao mesmo tempo.

— Você lembrou!

— Afinal, do que adianta comer queijo frio e duro?

Era quase impossível não sorrir para Jack, tão atencioso, convencido e incrivelmente adorável.

— Você nunca foi tão inteligente, Marshall.

Ele ergueu o copo em um brinde.

— Ora, Piper, obrigado.

Eles ficaram um minuto ali, sorrindo da situação ridícula.

— Então, quer ouvir uma coisa estranha? — perguntou Hallie, mexendo a bebida com o canudo.

— Sempre.

— Quando eu estava vindo para cá, percebi que meu encontro de hoje, mesmo que tenha dado errado, me deu esperança de encontrar minha alma gêmea.

Ele inclinou um pouco a cabeça.

— Como assim?

— É porque Stephen é um cara legal. Não é minha praia, mas é um bom partido: bem-sucedido, legal, atraente. Então, apesar de não ter dado certo, tenho esperança nas possibilidades. O próximo Stephen *pode* ser o certo.

Jack concordou com a cabeça.

— Bom, acho que é assim que procurar um namorado funciona. Você sai com várias pessoas até encontrar a ideal.

— Não é? — respondeu ela, cruzando os braços. — Eu sinto que pode rolar logo.

Eles acabaram ficando no Taco Hut até fechar, porque inventaram de fazer uma competição de conhecimentos gerais. Hallie era ótima em cultura pop e Jack sabia muito de história, então era impossível ir embora.

Quando o restaurante fechou, eles seguiram para casa a pé, e, meio bêbada, Hallie concluiu que era a maior vantagem de morar no centro.

— Sério, eu deveria vender meu carro — disse ela, amando o clima da cidade à noite. As luzes coloridas, o ruído dos carros, os cheiros de lixo e de comida deliciosa... era inebriante. — Eu amo isso aqui.

— Cuidado com a lama — avisou Jack, apontando a sujeira na calçada. — Senão vai estragar suas botas.

Hallie sorriu e esbarrou no braço no dele.

— Eu *sabia* que você ia notar minhas botinhas lindas de camurça.

— Só notei porque você começou a cambalear depois da cerveja — disse ele, e pegou o braço dela para interromper o movimento. — Olha.

Eles tinham chegado a um lugar que aparentemente ficava no ponto mais baixo da ladeira, porque a calçada inteira estava coberta de lama grossa.

— Ai... vou estragar as botas — choramingou ela.

Jack balançou a cabeça, suspirou e falou:
— Sobe aqui.
— Como é que é?
Ele se curvou um pouco e apontou as costas.
— Eu te carrego.
De queixo caído, ela não conseguiu segurar o riso.
— Está falando sério, Jack?
— Sobe e cala a boca, Hal.

Ela pulou nas costas dele, e Jack se endireitou e a carregou até o prédio como se Hallie não pesasse nada. Ela afundou o nariz frio no pescoço quente dele, curtindo o cheiro de sabonete de Jack, mas ele não reclamou *tanto* assim.

— Seu nariz está gelado — comentou.
— Mas seu pescoço está quentinho, não resisto — respondeu ela, afundando ainda mais o nariz no colarinho da camisa dele.
— Tá bom.

Quando finalmente chegaram ao prédio dela, Hallie desceu das costas dele e tirou uma nota de um dólar da bolsa.

— Para o senhor — brincou ela, estendendo a nota. — Obrigada por me acompanhar até em casa.

— Um dólar? — retrucou ele, com uma careta, e pegou o dinheiro da mão dela. — Eu valho mais que isso, só para você saber, mas aceito.

— Esquece. E toma cuidado no resto do caminho, tá?

Ele levantou as sobrancelhas.

— Está preocupada comigo?

— Até parece — respondeu Hallie, levantando a tag da chave para empurrar a porta depois do apito. — Estou é com medo de você morrer antes de eu ganhar aquelas férias grátis.

Capítulo ONZE

Hallie

Hallie fechou a planilha e olhou as horas: quatro e meia.

Tinha ido trabalhar com roupas de sair, porque, assim que acabasse o expediente, ia encontrar Alex para um drinque com petiscos. Hallie e Jack foram em mais dois encontros sem graça que acabaram no Taco Hut, mas, depois do último, ela havia começado a conversar com um cara chamado Alex, que parecia surpreendentemente promissor.

Ele era um corretor de imóveis loiro e fofo, que tinha bom papo por mensagem e era esperto e engraçado, que nem o Jack.

E, quando ele telefonara, rolou uma paquera e ela sentiu a química.

— Hallie — chamou Claire, a nova recepcionista, aparecendo na porta da sala dela. — Tem uma tal de Ruthie aqui querendo te ver.

— Ah, merda.

A recepcionista pareceu preocupada.

— Desculpa, era para eu...

— Não, não, é confusão minha, Claire. Pode por favor pedir para ela entrar?

— Pode deixar.

Hallie respirou fundo pelo nariz, e, antes mesmo de pensar, Ruthie entrou correndo na sala, fechou a porta e se jogou na cadeira.

— Que porra foi essa, Hallie?

Ruthie não parecia irritada, nem triste. Estava... confusa, talvez? Usava um vestido preto e comprido, um chapéu de capitão e óculos vermelhos.

Hallie tentou pensar no que dizer.

— Ruthie, eu queria conversar com você antes de você ver...

— Que todas as suas coisas sumiram? Já era, meu chapa. Não acredito que você se mudou.

— Tá, foi o seguinte... — começou Hallie.

— É por causa da minha alergia, né?

— Quê?

— Sei que você quer um gato, Hallie — disse Ruthie.

Hallie fechou a boca de repente. Havia pensado em adotar um gato em algum momento depois do término com Ben, mas nunca mais tinha pensado sobre aquilo — literalmente.

— Ah, Ruthie, não...

— Eu entendo, mas posso pelo menos ir com você para adotar?

Hallie nem sabia o que dizer além de:

— Como é que é?

— Porque eu também sempre quis um gato. Se eu fosse você, sem dúvida me mudaria também. Mas, já que não posso, deixa eu pelo menos tomar uma caralhada de antialérgico e te acompanhar?

— Hum...

— Ai, meu Deus — disse Ruthie, e arregalou os olhos. — Foi outra coisa? Tem algum outro motivo para você se mudar?

— Não, não, foi só, hum, o gato.

— Então você vai mesmo amanhã com ela no abrigo?

Hallie sorriu e levantou a bebida.

— Um brinde à covardia.

Alex também ergueu o copo e respondeu:

— À covardia. E aos gatos.

Hallie riu; ela estava se divertindo muito. Ela e Alex tinham dividido um prato de nachos e estavam comendo muçarela empanada. Os dois pareciam estar curtindo. Ela nem acreditava, mas sentia que havia algo promissor ali.

— Preciso pesquisar bons nomes de gato — disse Hallie.
— Que tal Bigode? — perguntou Alex.
— Clichê.
— Garfield? — sugeriu ele.
— Sem graça.
— Ann-Margret?

Hallie levantou as sobrancelhas e inclinou a cabeça.

— Agora sim.

Eles passaram mais dez minutos rindo enquanto Alex procurava no Google nomes horríveis para gato. Ela pediu licença para ir ao banheiro e, assim que entrou no corredor, se virou e esperou Jack.

Ele não decepcionou.

Chegou logo, com o sorriso sarcástico de sempre. Estava *muito* bonito, de colete de tricô preto, camisa social branca e calça preta.

Ele se vestia muito bem para os encontros.

— E aí...? — perguntou ele, e o cheiro da água-de-colônia cara, mas sutil, chegou ao nariz dela.

— E aí que estou me divertindo à beça.

— Fala sério — disse ele, franzindo as sobrancelhas bruscamente e fitando o rosto dela, como se procurasse a resposta. — Jura?

— Também nem acredito. O Alex é gato, engraçado e muito, muito divertido. Você gostaria dele.

Ele revirou os olhos.

— Duvido.

— E você? Como vai com a Kayla?

O par dele era uma doutoranda estonteante que parecia até a irmã mais velha da Zendaya. Hallie quis vomitar ao vê-los juntos — pareciam um casal de celebridades —, então imaginava que Jack também estivesse se divertindo.

— Ainda não sentiu vontade de correr? — perguntou ela.

Ele engoliu em seco e respondeu simplesmente:

— Ainda não.

Hallie aproximou ainda mais o rosto e o viu fungar. Ela se perguntou se seu perfume estava forte demais.

— Nem acredito que vou dizer isso, Jack, mas não quero fugir hoje.

— Bom — disse ele, com a expressão indecifrável, e deu de ombros —, ainda está cedo. Tem tempo...

— Não, estou falando sério. Dá para notar. Não preciso de tacos.

Hallie sabia que estava sorrindo que nem uma boba, mas não conseguia se conter. Estava finalmente em um encontro bom e queria pular de alegria.

— Tipo, eu nem quero que acabe o jantar... — continuou. — Está bom mesmo.

Jack deu uma piscadela para ela.

— Alguém está chegando mais perto daquelas férias.

— Tomara — disse ela, com uma piscadela, e entrou no banheiro.

Jack

— Aí tive que passar o fim de semana toda trancada no laboratório.

Ele sorriu e pegou o copo d'água.

— Não era bem seu plano, né?

— De jeito nenhum.

Kayla sorriu e voltou a contar a história, mas Jack estava distraído olhando para a mesa atrás dela.

Hallie ria e sorria para o seu parceiro como se quisesse devorá-lo. *É impossível esse cara ser engraçado assim. Impossível.* Porém, sempre que ela ria, era como se o som chegasse aos ouvidos dele; ele não tinha como *deixar* de escutar. E o sorriso de cantinho de boca com aqueles lábios vermelhos... ela não se dava conta da mensagem que estava passando? O cara ia achar que ela estava no papo, cacete, só por aquele sorrisinho de paquera.

Jack genuinamente queria que Hal encontrasse alguém, mas não seria aquele cara. O cabelo dele estava tão cheio de gel que ele provavelmente pegaria fogo se passasse perto de uma chama, e tinha uma coisa meio bizarra no olhar dele para Hallie.

Ver aquele sorrisão metido dele deixava Jack irritado pra cacete.

E o cara estava usando All Star com terno; ele achava que era um apresentador de *talk show*, por acaso?

— Então, resumindo, fecharam tudo na faculdade e prenderam o cara — prosseguiu Kayla, ajeitando o cabelo atrás da orelha. — Dá pra acreditar?

— Não dá — disse ele, sentindo-se uma merda por se distrair.

Ele não era escroto, e Kayla merecia toda a sua atenção no jantar, mesmo que não rolasse uma conexão.

— Foi uma loucura daque... — continuou ela, mas parou quando o celular tocou e ela olhou a tela. — Preciso atender, é minha colega de apartamento. Me dá licença um segundo?

— Claro — disse Jack, se perguntando se ela estava inventando uma desculpa para fugir.

Ele achava que todo mundo tinha um esquema desses para primeiros encontros, então não se irritaria se fosse o caso.

Assim que ela saiu da mesa, ele pegou o celular.

Digitou: *Certeza que não quer taco, BT?*

Mandou.

E... *esperou*. Ele viu Hallie olhar de relance o celular, ler a mensagem e guardar o aparelho no bolso sem responder.

Ela ignorou a mensagem dele.

Sério?

Por motivos inexplicáveis, aquilo o irritou. Muito. Ela não era sua dupla dinâmica? A parceria deles tinha acabado, agora que ela havia encontrado um cara que achava razoável? Ele se sentiu meio rejeitado enquanto ela continuava o jantar como se mal o conhecesse.

Kayla voltou à mesa e Jack conseguiu aproveitar o jantar agradável com ela. Ela era doce, inteligente e engraçada, não havia nada de errado com ela.

Então por que estava com tanta pressa para acabar com aquele encontro?

Ele notou que ela queria beijá-lo quando a acompanhou até o carro, mas ele não estava no clima e não queria fingir. Disse que ia ligar para ela e voltou para casa.

Irritado pra caralho e completamente perturbado por aquele loiro escroto.

Ele esperou algumas horas e, à meia-noite, finalmente cedeu à vontade.

> **Jack:** Chegou bem em casa?
> **Hallie:** Ai mddc, Jack, eu queria te mandar mensagem, mas estava com medo de você estar trepando com a doutoranda ou já dormindo em casa!
> **Jack:** Estou fazendo essas duas coisas mesmo. E aí?
> **Hallie:** O jantar foi ótimo, e ele me acompanhou a pé até em casa. A gente conversou muito, não tinha nenhum clima esquisito, e aí ele ME BEIJOU.
> **Jack:** E...?
> **Hallie:** INCRÍVEL!!! Ele fez aquele negócio de segurar o rosto e eu me derreti toda. Um pouquinho de língua, mas sem exagero. Foi um beijo perfeito.
> **Jack:** Parece meio precipitado, né?
> **Hallie:** O quê? Um beijo no primeiro encontro? Virou puritano, é?
> **Jack:** É só que você nem conhece esse cara.
> **Hallie:** Conheço, sim. Ele é corretor de imóveis, joga softball, a cor preferida dele é salmão e ele gosta de trepar.

A cor preferida dele era salmão? Puta merda.

> **Jack:** Parece um idiota.
> **Hallie:** EU SEI O QUE VOCÊ TÁ FAZENDO.

Jack não sabia por quê, mas as palavras dela fizeram ele se sentir culpado por alguma coisa.

> **Jack:** Como assim?
> **Hallie:** Você quer ganhar a aposta, então está tentando sabotar meu primeiro match bom.
> **Jack:** Como ele se chama mesmo?
> **Hallie:** Alex Anderson.
> **Jack:** Vou stalkear ele.

Hallie: É o quê? Não. Não faz nenhuma besteira.
Jack: Não vou fazer besteira. Só vou catar o sr. AA no Google.
Hallie: Você deu uma stalkeada na dra. Lindona?
Jack: Eu a acompanhei até o carro e voltei para casa a pé e sozinho porque você me largou.
Hallie: A gente estava precisando de um descanso do Taco Hut mesmo. Já engordei um quilo desde que começamos esse esquema.
Jack: Você está linda... não desista.
Hallie: Ei. Quer ir comigo e com a Ruthie adotar um gato amanhã?
Jack: Primeiro, como assim, um gato? Segundo, você ainda não contou para ela?
Hallie: Vou te ligar.

O celular tocou e ele o levou ao ouvido enquanto se recostava na cama, vendo um canal de esportes.

— Oi, Piper.

— Então, a Ruthie apareceu hoje no meu escritório, perguntando onde tinham ido parar minhas coisas.

— Opa!

— Né?

Jack a escutou contar uma história maluca sobre a colega de apartamento esquisita e a adoção de bichos. O modo como Hallie contava a história lembrava-o do jeito dela na cozinha do hotel na noite do casamento.

Mandona, autodepreciativa, engraçada e charmosa pra cacete.

— Então a gente vai adotar um gato às oito da manhã, logo antes do trabalho. A Ruthie é uma *figura* e adoraria que você topasse ir com a gente. Para servir de pessoa sã no nosso trio gateiro.

— Talvez você deva chamar o Alex — replicou ele, e se arrependeu imediatamente.

— Não quero associar meu gatinho a um possível namorado — disse Hallie, e Jack achou que ela soava sonolenta, com a voz um pouquinho mais grave, um tiquinho mais baixa, do que de costume. — Pode complicar muito as coisas. Prefiro escolher o gato com amigos, para não ter nenhum rancor felino se eu magoá-lo, ou vice-versa.

— Não acredito que você vai adotar um gato só para não chatear a Ruthie.

— É um preço até baixo.

Isso fez ele rir, de tão ridículo.

— Um bicho que você tem que alimentar e cuidar, até que a morte os separe, custa pouco?

— Eu sempre quis ter gato — respondeu Hallie, e Jack quase a ouviu dar de ombros. — E se *você* consegue cuidar de um gato, *eu* sem dúvidas também consigo.

Jack olhou para Miaugi, dormindo no seu colo.

— Tá bom — concordou, porque não odiava a ideia de encontrar Hallie antes do trabalho e, como sempre se levantava às cinco e meia para correr, já estaria acordado de qualquer maneira. — Eu te busco às sete. Preciso de café antes disso aí.

— Que querido — disse Hallie, e Jack imaginou que ela estava sorrindo. — Vou pedir para Ruthie nos encontrar no abrigo, porque você não vai querer dar carona para ela, é impossível tirar o cheiro dela do carro.

— Ai, meu Deus — soltou ele, morrendo de curiosidade para conhecer a amiga dela. — Que cheiro?

— É uma mistura de patchuli, cebola e baunilha.

— Me explica isso?

— Não dá — disse ela, que parecia estar em movimento. — Ela tem esse cheiro desde que eu a conheço. Eu sei que ela toma banho pelo menos três vezes ao dia, então não é nenhum tipo de odor corporal.

— Estou apavorado e encantado para finalmente conhecer a Ruthie.

— Também estou apavorada e encantada. Durma bem, Jack.

— Durma bem, BT.

Capítulo
DOZE

Jack

— Por favor, Jack — disse Hallie, sorrindo, sentada no chão com um gato laranja enorme no colo. — Ruthie está certa. Preciso ver se vocês passam no teste da compatibilidade de amizade.

Foi ridículo. A visita inteira foi totalmente ridícula. Ele riu tanto que estava com dor no abdômen, parecia até que tinha ido malhar.

Ruthie, a linda amiga careca de Hallie, que usava o que parecia uma camisa de pirata e shortinhos minúsculos (além de coturnos, é claro), insistira que o gato que Hallie escolhesse precisava se conectar emocionalmente com eles três.

Hallie tinha se apaixonado instantaneamente pelo gato mais velho e gordo que tinha visto e, ao colocá-lo no colo, pareceu coisa do destino. O gato tinha começado a ronronar e a se esfregar na mão dela e, puta merda, Hallie sentiu que tinha encontrado seu gatinho.

Até que a louca de pedra da Ruthie falou sobre a importância do teste da compatibilidade de amizade e pegou o gato no colo. Assim que ela o abraçou, ele levantou uma das patas gigantescas e deu três socos com vontade bem na testa dela.

Jack caíra na gargalhada.

Ruthie não soltou o gato. Disse que tinha amado a energia dele e que se conectava com sua impulsividade, então continuou abraçando o gato, que dera mais dois tapas nela antes de sair correndo.

Ruthie tinha começado a espirrar de alergia, e, assim que Hallie pegara o gato de volta, ele se acomodara em seu colo e voltara a ronronar.

— Vem sentar do lado da Halliezinha — cantarolou Hallie, dando um tapinha no chão a seu lado. — Quero ver se ele mete a porrada em você.

O rosto dela ficava diferente quando estava fazendo graça. Os olhos de Hallie quase brilhavam, e Jack imaginou que ela devia fazer essa mesma cara quando era uma menininha arteira.

— Ele não vai meter a porrada em mim — declarou Jack, indo até lá e se sentando no chão ao lado dela. — Porque não vou deixar.

— Vou sair para respirar — disse Ruthie.

Jack olhou para ela. A amiga de Hallie era tão magrela, e tinha uma aparência tão infantil e um tão jeito estranho, que ele se sentiu um pouco protetor.

— Quer companhia?

Ela revirou os olhos.

— Olha só o Príncipe Encantado, com tanto medo de uma porradaria com um gato que vai me acompanhar até o estacionamento. Vai catar coquinho.

— Vai você catar coquinho, Ruthie — respondeu ele, o que fez ela rir descontroladamente ao sair da sala.

— Ai, meu Deus... ela te ama, Jack — disse Hallie, sorrindo, enquanto fazia carinho na fera. — Nunca vi Ruthie ser tão fofa com homem nenhum.

Ele a olhou de soslaio e acariciou o gato.

— A primeira coisa que ela me disse foi: "Seu carro é um símbolo de tudo de errado no mundo."

Hallie riu.

— E *depois*, o que ela disse?

— Que pelo menos não tinha uma placa personalizada tosca...?

— Viu? Esse comentário significa que ela perdoa sua natureza capitalista.

— Ah, graças a Deus.

Ele riu e, apesar do cheiro de animais, sentiu o perfume dela. Não sabia o que ela usava, mas sempre chegava até ele, do mesmo modo que ele sempre sentia o cheiro de churrasco ao entrar em um restaurante.

— Não acredito que você tem um Audi *e* uma caminhonete, por sinal — disse ela, franzindo a testa. — Você deve ser muito bom paisageiro.

— Você me chamou de *paisageiro*?

Ela revirou os olhos e fez que sim com a cabeça.

— Juro que estou sóbria.

Ele coçou a cabeça imensa do gato.

— Que bom... são sete e meia da manhã.

— Quer pegar ele no colo?

— Depois de ver a surra que a Ruthie levou? — perguntou ele, olhando o rosto dela e resistindo à vontade de acariciar a fileira de sardas em sua bochecha. — Não, valeu.

— Cagão.

— Escuta — disse Jack, vendo o gato olhá-lo. — Esse cara aí sabe que você é dele. Ele encontrou a pessoa certa. Não *quer* ir para o colo de mais ninguém agora que te conheceu.

— Você acha mesmo que é isso? — indagou ela, sorrindo como uma criança empolgada com o Natal.

— Acho.

— Você acha que eu sou dele? — perguntou, olhando-o. — Que coisa linda, Marshall.

Ele deu de ombros.

— Eu sei, sou um gênio lindo da porra.

Isso fez ela rir e dar um tapa no braço dele.

— Acho que é hora de a gente ir trabalhar, né?

Ele parou de fazer carinho no gato e se perguntou se o condomínio dela permitia animais de estimação, e se ela ao menos havia se lembrado de verificar.

— Provavelmente.

— Se eu te pagar — disse ela, se levantando com o gato gigante no colo —, você passa aqui depois do trabalho para eu levar ele para casa?

Ele também se levantou.

— Pode ser, mas só mediante pagamento.

Ela o olhou e respondeu:

— Pode botar na minha conta.

Depois de ela devolver o gato e preencher a documentação, Hallie recebeu uma mensagem de Ruthie.

— Tá bom — murmurou, lendo a mensagem e balançando a cabeça enquanto eles iam em direção ao estacionamento. — Ruthie disse que ficou de saco cheio e arranjou uma carona para casa, e também que vai dar uma festa de adoção para mim e para o Sir Gathony Ronpkiss no fim de semana.

— Você não vai dar esse nome para ele, né?

Ela sorriu e deu de ombros.

— Eu acho difícil dizer não para a Ruthie.

— Pode falar para a Ruthie que eu já batizei ele, e que é difícil dizer não para *mim*.

Ela riu, bufando.

— E você batizou ele de quê?

Ele destrancou o carro e ela abriu a porta do carona.

— Hum... Tigrão.

Ela entrou no carro e, antes de fechar a porta, respondeu:

— Até que não odiei.

Quando ele entrou e prendeu o cinto de segurança, viu que ela estava sorrindo para o celular.

— Alex disse que gostou do nome da Ruthie.

Por que isso fazia Jack querer roubar o celular dela e tacar pela janela?

— Parece que o Alex é um idiota.

Ela revirou os olhos, rindo.

— Você não vai ganhar a bola de beisebol, seu otário.

Ela continuou conversando com Alex por mensagem enquanto Jack dirigia um pouco rápido demais, e o jeito dela de sorrir e soltar uns barulhinhos o deixava frustrado pra cacete. Que irritante. Quando ele finalmente parou na frente do escritório dela, Hallie levantou o rosto e falou:

— Nossa, nem acredito que já chegamos.

— Pois é — ele conseguiu responder, irritado por ela estar tão focada no celular.

— Bom, obrigada por hoje. Estou muito animada para voltar e buscar o Tigrão, se você ainda topar.

— Claro. Que horas você sai?

— Às cinco, mas posso ir quando você chegar. E você se incomodaria se a gente fosse primeiro fazer compras? Porque eu preciso de areia e uma caminha de gato fofa para ele.

— Sejamos sinceros — replicou ele, se distraindo com a curva dos cílios dela ao pestanejar. — Se a gente for comprar coisas pra gato, você sabe muito bem que vamos acabar passando umas dez horas fazendo compras e levando mais um milhão de coisas.

— Eu sei — disse ela, soando alegre, e abriu a porta. — Prometo que vai ser divertido. A gente pode experimentar roupas esquisitas e fazer um desfile de moda no provador.

Era a *cara* dela.

— E isso é divertido?

— Com a gente, vai ser.

Ela saiu do carro, se encostou na porta e acrescentou:

— Obrigada por ser tão legal, Jack.

— A gente se vê às cinco, Piper.

Ele sorriu ao dar partida no carro, mas, algumas horas depois, quando encontrou a irmã, Olivia, para almoçar, o sorriso já tinha ido embora.

— Aí ela me mandou mensagem dizendo que o *Alex* é quem vai levá-la para buscar o gato.

— E daí?

Olivia o olhou como se ele não estivesse falando coisa com coisa, colocando mais ketchup no hambúrguer.

— E daí que o cara é um babaca daqueles, e eu só fui hoje porque ela não queria que ele fosse.

— Então ela mudou de ideia — disse Livvie, fechando o hambúrguer outra vez. — Por que você se importa com quem acompanha seus amigos para adotar um gato?

— Não me importo — replicou ele, irritado por ela não entender. — Só acho que ela está meio apressada com esse cara.

Ele explicou a rotina do Taco Hut depois dos encontros e contou que Hallie tinha ignorado sua mensagem no último jantar.

Olivia fez uma expressão dramática de "é óbvio!" que ela já fizera mil vezes quando eles eram pequenos.

— Ela finalmente encontrou uma pessoa decente, com bom potencial para namorar, e você ficou puto?

— Não estou puto, Liv.

Ela levantou a sobrancelha.

— Jura?

— Juro — insistiu Jack, espetando o garfo na salada. — Só quero que ela encontre alguém melhor.

Olivia se recostou na cadeira. Cruzou os braços, inclinou a cabeça e disse:

— Puta merda, você está apaixonado por ela.

— Não estou, não — retrucou ele, largando o garfo. — Por que você diria uma coisa dessas?

— Então vocês são só amigos.

— Isso.

— Tem certeza?

— Tenho.

Jack queria rosnar, mas, como se estivesse em uma comédia romântica cafona, lhe veio à mente uma imagem de Hallie dizendo *bartender* sempre que Vanessa a chamava de garçonete, seguida pelo som da gargalhada dela quando aquele gato besta do cacete se esfregou na blusa preta dela e a cobriu de pelo. Ele sentiu um aperto no peito e um pouco de tontura.

— Merda — falou. — Não sei.

Olivia ficou de queixo caído e soltou uma exclamação, mas logo fechou a boca e levantou a mão.

— Não é da minha conta saber o que você sente. Mas, Jack, se não quer que ela saia com esse cara, por que não atrapalha o próximo encontro deles?

— É isso que me diz uma colunista de conselhos? Porra, você deveria ser demitida.

— Não, me escuta. Faz uma coisa boba, tipo cancelar a reserva do jantar antes de eles chegarem, ou aparecer no abrigo de gatos, mesmo que ele vá, só porque você quer ajudar sua melhor amiga.

— Preciso ir — anunciou Jack, se levantando. — Cacete — resmungou ao bater com o joelho na mesa.

— Ainda não acabei, seu tonto — disse Livvie, arregalando os olhos como se ele estivesse surtando, e comeu uma batata frita. — E você literalmente nem mordeu seu sanduíche. Senta essa bunda aí.

— Não posso.

Jack balançou a cabeça e seguiu em direção à porta, em busca de um espaço arejado para respirar, porque não sabia se dava conta daquela epifania. Não sabia se dava conta da própria burrice. Ele precisava pensar, sozinho, então falou para Olivia, sem se virar:

— Tenho que vazar, Liv.

Algumas horas depois, ele apareceu no abrigo. Assim que entrou pela porta, viu Hallie e Alex no balcão. Hallie estava conversando com a mulher do outro lado, e Alex disse alguma coisa que a fez sorrir.

Era para Jack estar fazendo Hallie sorrir.

Ele se aproximou dela e perguntou:

— Cadê nosso gato?

— Jack — disse ela, surpresa. — O que você veio fazer aqui?

Ele deu de ombros, sentindo-se meio besta, mas também feliz pelo jeito que ela o olhava.

— Achei que, levando em conta a tendência raivosa do Tigrão, talvez você precisasse de ajuda para levá-lo para casa.

— Oi. Alex, prazer — disse o palhaço loiro, sorrindo, e estendeu a mão.

— Jack — respondeu ele, cumprimentando o cara. — Prazer.

— E eu me chamo Carole — disse a mulher de jaleco azul-claro atrás do balcão. — Vamos buscar seu gato.

Jack acompanhou Hallie enquanto ela tentava enfiar o bichano gordo em uma caixa de transporte que ela e o palhaço aparentemente tinham acabado de comprar. *Cacete.* O gato não queria entrar, e parecia que Jack e Alex estavam competindo pela atenção de Hal, e ganharia quem conseguisse enfiar o gato ali dentro primeiro.

Alex tentou com paciência, estendendo a mão, agachado, e esperando Tigrão se aproximar. Hallie, por outro lado, tentava pegar o gato no colo, mas a bolota peluda não queria de jeito nenhum. No fim, foi Jack quem venceu, simplesmente por ser ágil o bastante para se arremessar em cima do gato e segurá-lo até Hallie conseguir empurrá-lo para dentro da caixa.

Quando eles se resolveram no abrigo, Hallie falou:

— Que bom que você veio, Jack. É claro que a gente não ia conseguir sem você.

— Pois é — acrescentou Alex com um sorriso para Jack, apesar do olhar de compreensão que indicava que os dois sabiam o que estava rolando ali.

— De nada — disse ele, enquanto ela olhava o gato pela portinha da caixa.

— Vamos para a casa da Hallie e pedir comida chinesa para jantar — disse Alex, se aproximando minimamente dela. — Quer ir com a gente?

Hallie ergueu o rosto e olhou bem para Jack, com um sorriso e uma expressão engraçada. Ele não sabia o que ela queria transmitir: *Por favor, vem me salvar*, ou *Nem ouse, quero ficar a sós com ele*.

— Obrigado, mas tenho compromisso.

A caminho do carro, ele xingou a irmã e as ideias idiotas dela, porque com certeza sua visita ao abrigo não tinha afetado nem um pouco a relação de Alex e Hallie, ou feito com que ela enxergasse Jack de outra maneira — não que ele necessariamente quisesse fazer isso.

Porém, alguns dias depois, quando queria que Hal o encontrasse no Taco Hut, mas ela não podia porque tinha uma reserva chique para jantar com Alex, ele enlouqueceu. Ouviu a voz de Olivia, ligou para o bistrô de frutos do mar elegante e falou:

— Preciso cancelar uma reserva para jantar.

Capítulo
TREZE

Hallie

Hallie fechou a porta da casa e a trancou. Ao tirar os sapatos e largar a jaqueta no chão, percebeu que ainda estava sorrindo. Alex a tinha deixado na porta cinco minutos antes, mas o sorriso em seu rosto ainda não se fora.

Ela não viu Tigrão — fazia uma semana que ele estava ali e, sempre que chegava em casa, ela o encontrava dormindo no travesseiro dela —, mas era fácil chamá-lo. Foi à cozinha, abriu a gaveta de talheres e pegou o abridor de latas. Do quarto, ouviu o *miaaaau* familiar antes das patas pesadas virem correndo pelo chão de taco em sua direção.

O superpoder de Tigrão era ser capaz de ouvir o abridor de latas literalmente de qualquer canto do planeta.

— Oi, Tigrinho — disse Hallie, se agachando para acariciar a cabeça laranja e peluda.

Ela ainda nem acreditava que tinha um gato, mas estava agradecida a Ruthie por toda a confusão da mudança, pois estava perdidamente apaixonada por Tigrão.

— Vamos pegar um atum pra você — continuou.

Ela abriu a lata e serviu em um pires. O celular vibrou no bolso quando ela estava se virando para jogar a lata no lixo. Esperava que fosse Alex, mas era Jack, que andava estranhamente quieto nos últimos dias. Talvez ele estivesse tão caidinho pela doutoranda quanto ela estava por Alex e, assim, estivesse ocupado demais para mandar mensagem.

Jack: Como foi o jantar?

Ela foi para o quarto com o celular e se jogou na cama.

Hallie: Então, saca só: eu falei que o Alex fez reserva no Aquarium, né?
Jack: Falou, chiquérrimo.
Hallie: Tá, a gente chegou lá e não tinha reserva, nem tinha mesa. Alex ficou todo vermelho e parecia puto da vida.
Jack: O dr. Jekyll virou sr. Hyde por causa de peixe caro?
Hallie: Não, o dr. Jekyll virou o próprio Romeu.
Jack: Ele te envenenou?
Hallie: Ele saiu do restaurante, fez um telefonema e perguntou se eu topava caminhar um pouco.
Jack: Então ele ligou para a mãe para ela acalmá-lo.
Hallie: Cala a boca e deixa eu contar. A gente foi andando e, depois de meia hora, ele me levou a um iglu no parque. Entramos e lá tinha aquecimento, luzinhas pisca-pisca e um piquenique montado no chão, com hambúrguer e batata frita.
Jack: Não é possível.

Hallie riu, ainda incrédula.

Hallie: Chocante, né?!

O celular começou a tocar enquanto ela olhava a tela e, assim que levou ao ouvido, escutou Jack:

— Quer dizer que, quando a reserva deu errado, o palhaço loiro arranjou um piquenique com hambúrguer no parque?

— É exatamente o que eu quero dizer! — disse Hallie, se largando de costas na cama de olhos fechados. — Dá pra acreditar no quanto isso é charmoso?

Ele fez um ruído que parecia ser de desdém.

— Eu estou achando é que o cara sabia que não tinha mesa nenhuma, então inventou a história da reserva só para pagar de charmoso.

Hallie abriu os olhos, fitando o teto.

— Que ridículo.

— E você voltou para casa antes das dez, BT, então obviamente está faltando química sexual aí.

— Sei que você quer aquela bola besta, mas larga de ser estraga-prazeres.

A relação com Alex estava incrível e perfeita, por enquanto, exatamente como ela queria. Porém, Jack tinha alguma razão. Em teoria, Alex era perfeito, mas ela ainda não sentira nenhum desejo forte por ele.

Ela gostava dos beijos dele — ele não metia a língua na garganta nem lambia a cara toda —, mas definitivamente não rolava aquela vontade desesperada de tirar a roupa que tinha sentido com Jack naquela noite bêbada no elevador.

Mas uma hora rolaria.

E provavelmente não era o mais importante para o relacionamento.

— Desculpa, foi mal — disse ele, e pigarreou. — E o Tig, vai como?

Hallie se virou de lado e sorriu.

— Ele é tudo que eu poderia desejar em um melhor amigo.

Ele riu, grave e rouco, como se estivesse cansado.

— Eu deveria passar aí e levar erva de gato. Não posso mais dar pro Miaugi porque ele fica agitado demais.

Ela amava o tom ao mesmo tempo irritado e apaixonado que ele usava ao falar do gatinho.

— Deveria mesmo. Ele está com saudade — disse Hallie, e sentiu que *ela* também estava, porque fazia um tempo que não se viam. — Ele quer mostrar a casa nova.

Quando ela voltara ao abrigo com Alex para oficialmente adotar Tigrão naquele dia, se espantara ao ver Jack, mesmo tendo dito que ele não precisava ir. Ele dissera que estava voltando para casa e queria ajudar se ela precisasse, e fora surpreendentemente amigável com Alex enquanto os três colocavam o bichinho peludo na caixa.

Ela não esperava tamanha fofura e honestamente não sabia como interpretar aquele gesto.

— Vou passar duas semanas agora em Minneapolis a trabalho, mas tenho um jantar marcado com a Kayla na sexta quando voltar. Posso passar aí depois disso.

— Boa ideia — disse ela, olhando pela janela a cidade escura. — Como andam as coisas com a senhorita doutoranda, por sinal?

— Bem — respondeu ele, e pigarreou. — Nós dois estamos muito ocupados com trabalho agora, então não temos conversado tanto, mas andam bem.

— Mas o jantar é promissor, né? — perguntou ela, querendo que ele falasse um pouco mais de Kayla.

Ele dizia que *Ela é ótima*, mas nunca entrava em detalhes.

— É, vai ser ótimo. Acho que devo passar na sua casa umas dez, depois do jantar, pode ser?

Vai ser ótimo. O que ele queria dizer com isso?

— Podemos pedir sorvete e ver um filme — respondeu ela.

— Encontro marcado.

Hallie se virou para o teto. *Encontro marcado*. Ela se perguntou, não pela primeira vez, para ser sincera, como seria namorar com Jack. Não que ela quisesse — amava ser amiga dele —, mas estaria mentindo se dissesse que não pensava na noite de sexo no hotel e no momento que tinha rolado enquanto viam *Orgulho e Preconceito*.

Eles desligaram pouco depois, e Alex logo telefonou.

Ela gostava de falar com ele, mas não conseguia deixar de notar que conversar com ele não era tão *divertido* quanto conversar com Jack. Provavelmente era uma comparação injusta, porque conversar com Jack era fácil. Eles eram amigos, portanto era tudo confortável e natural, enquanto ela e Alex ainda estavam *se tornando* alguma coisa.

Não tinha nada a ver com Jack e tudo a ver com a novidade.

Simples.

Jack

Jack estava esperando o elevador do hotel quando o celular vibrou. Era Hallie.

Hallie: Socorro! Vou jantar e não sei o que escolher.

A foto que vinha a seguir era de dois pares de calçados: botas pretas de salto alto e um par de sapatos de salto, também pretos.

A porta do elevador abriu e Jack entrou antes de responder.

Jack: Depende da roupa.

Hallie: Tá, um segundo.

Enquanto descia de elevador, ele se esforçou para não sorrir ao imaginar Hallie pulando em um pé só, tentando se calçar com pressa.

Hallie: Opção 1

Era uma foto da roupa inteira, e finalmente ele sorriu. Hallie estava linda, de vestido preto, botas de cano alto e batom vermelho, mas tinha feito uma careta, de língua para fora e olhos vesgos.

O elevador abriu e Jack começou a caminhar para o saguão.

Jack: A bota é sexy, a cara não é.

Hallie: E agora, tô sexy?

Ela mandou uma foto em close da careta ridícula.

Jack: Delícia. Manda a 2, por favor.

Jack saiu para a noite fria de outono, a caminho do seu bar predileto. Ele sempre adorara o centro de Minneapolis e, estranhamente, gostava ainda mais do clima e do cheiro enquanto conversava com Hallie.

Ele não sabia como, mas ela havia dominado a mente dele completamente.

Todo dia, quando ele saía para correr, era *nela* que pensava.

Jack passava tempo demais, dia após dia, tentando decidir o que fazer com aquilo. Porque, no fim, mesmo que ele sentisse algo além de amizade por ela, poderia não valer a pena tomar uma atitude, se tudo que eles já tinham estivesse em risco.

Isso explicava por que Jack a ajudava a se vestir para um encontro, em vez de convidá-la para um.

Ele estava no meio do caminho do pub quando ela respondeu:

Hallie: Aqui a Opção 2.

Era uma foto de Hallie de sapatos de salto, e a roupa era ao mesmo tempo elegante e sexy pra cacete. Ela estava de olhos entreabertos, fazendo uma expressão sedutora exagerada, com biquinho e tudo.

Jack: A 1 é minha preferida, mas a 2 é chique, se for sua preferência. E não faz essa cara.
Hallie: Vou de 1 porque é só um jantar. E eu achei que estava sexy pra caralho.

Jack rangeu os dentes ao lembrar por que ela estava fazendo aquilo tudo. *Duh.*

Jack: Vai sair com o Alex?
Hallie: Acho mesmo que você ia gostar dele, se desse uma chance.

Ele ligou para ela, que já estava rindo ao atender.
— Ia mesmo, Jack.
Nossa, que patético: a voz dela o atravessava, vibrando.
— Duvido. Aonde vocês vão?
Ela disse o nome de um restaurante que Jack não conhecia e ele respondeu:
— Por melhor que seja a comida, ainda não é hora de dar pra ele. Essa regra de sexo depois do terceiro encontro é besteira e você não deveria ceder à pressão.
Puta merda, o que foi isso? Ele sentiu vontade de dar um soco na própria cara pelo que falou.
— Você tem quinze anos, é? — disse ela, ao mesmo tempo rindo e ultrajada. — Eu vou *dar*, o que, por sinal, é uma expressão nojenta, se estiver a fim, muito obrigada.
Jack sabia que era imaturo, mas pensar nela beijando Alex dava dor de barriga nele. Na real, pensar em Hallie beijando *qualquer* homem lhe dava dor de barriga. Ele não sabia como tinha ido de zero a totalmente apaixonado por ela, mas se sentia um desastre completo.
— Só quis dizer que ele me parece meio safado e quero que você tome cuidado.
— Aaah — disse ela, com a voz baixa e sarcástica. — É tão fofo quando você me dá vontade de te abraçar e socar sua cara ao mesmo tempo!
— É o meu jeitinho — disse ele, tentando se forçar a parar de pensar nela com Alex.

— O que você vai fazer hoje? — perguntou ela.
— Estou a caminho de um bar para comer sozinho.
— Talvez você conheça alguém — disse ela, soando ridiculamente alegre.
— Não.
— Por que não? Não gosta das mulheres de Minnesota?
— Não gosto de conhecer gente no bar.
— Peraí... como é que é?
— É sério.
— Os juízes precisam de esclarecimentos. Jack Marshall, conhecido por se agarrar em elevadores de hotel com bartenders gostosas que não conhece, não gosta de pegar mulher em bar?
— Sempre achei meio bizarro.
Com a voz bem-humorada, ela disse:
— Explique.
— Só me parece meio idiota ver alguém e decidir que acha ela bonita o suficiente para puxar conversa. Parece tão...
— Superficial?
— Bingo.
— Tenho que me maquiar, mas estou intrigada com esse seu lado. Quer dizer que você acha um erro selecionar uma possível namorada por aparência, sem considerar a personalidade?
— Você é muito eloquente, e, sim, é isso.
— Nossa, fiquei até meio excitada com essa perspectiva feminista da paquera no bar — brincou ela. — Me manda mensagem se ficar de saco cheio, tá?
— Tá — disse ele, e pigarreou. — Divirta-se.
— Mas não demais, né? Não posso *dar*?
— Você é muito cuzona — disse ele, rindo.

Ele desligou e entrou no McKenna. Seguiu para o bar, onde sempre se instalava com o tio Mack, e pediu um hambúrguer e uma cerveja.

Olhou ao redor — estava enchendo para o *happy hour* — e pensou no quanto era estranho estar ali sem ele.

Antigamente, Jack amava ir trabalhar naquela área, porque era uma desculpa para ficar na casa do tio preferido e passar um tempo com ele.

Mack morava no mesmo edifício do bar, então o McKenna era quase sua cozinha particular. Sempre que Jack ficava lá, eles comiam ali.

Todo mundo que entrava no bar parecia conhecer Mack, e todo mundo que trabalhava ali o tratava como família. Ele era um ícone querido, a pessoa que trazia vida ao entrar em um ambiente.

E sempre que Jack o visitava, Mack tinha uma namorada diferente.

Todas elas tinham uma coisa em comum: eram divertidas.

Toda mulher que Mack apresentava a ele era linda, engraçada e topava uma curtição. Jack crescera vendo esse exemplo e queria ser igualzinho. Ao longo dos anos, ele se perguntara inúmeras vezes por que alguém teria pressa para se casar, se pudesse ser assim.

Mack não era arroz de festa — ele era a *própria* festa, aonde quer que fosse.

— Aqui — disse o bartender, servindo a comida de Jack. — Ketchup?

Jack olhou o homem e não o reconheceu.

— Não, valeu.

Enquanto desenrolava o guardanapo que embrulhava os talheres, vendo a televisão atrás do bar, achou surreal que não houvesse nenhum registro do tempo que seu tio passara lá, nenhum tributo ao homem que era mais mascote do que cliente.

Uma placa, uma foto, um banco especial — nada.

Nenhum rastro de que o tio Mack estivera ali.

Parecia até que ele nunca existira.

Jack tomou um gole longo da cerveja e pensou no velório. A família inteira fora ao enterro e à cerimônia e contara histórias, mas não tinha aparecido mais ninguém. Ele demorara para notar, porque a família era grande, mas nenhum amigo de Mack, ninguém do bar, nenhuma namorada... ninguém da vida cotidiana de Mack tinha aparecido para homenageá-lo.

Ele ainda ficava puto com isso e, enquanto jantava e o lugar vibrava de energia noturna, ia ficando cada vez mais irritado por Mack. Era realmente deprimente que o tio achasse que era próximo dos amigos e do bar. Era erro dele? Todos tinham se divertido com ele, mas sem dar a menor bola? As mulheres que corriam atrás dele... quais eram as histórias delas? Onde tinham ido parar?

Por mais que a mãe gostasse de se referir ao irmão como "solteirão inveterado", Mack tinha sido mais do que isso. Ele era a pessoa mais gentil, mais engraçada e mais generosa que Jack havia conhecido, mas, como tinha escolhido *não* se casar, sua vida era considerada de menor valor.

Cacete, pensou Jack. Ele estava introspectivo demais ali sozinho e precisava de mais cerveja.

Ele acabou o jantar e virou mais algumas enquanto olhava feio para todo mundo que ousava curtir um jogo de futebol americano no bar. De repente, o lugar que um dia considerara um de seus restaurantes preferidos virou uma merda. Ele não queria continuar naquele bar escroto, então, assim que acabou o jogo, pagou a conta e voltou ao hotel.

Estava entrando no quarto quando recebeu uma mensagem de Hallie.

Hallie: Tá fazendo o quê?

Ele largou a chave, tirou os sapatos e se jogou na cama.

Jack: Acabei de voltar.
Hallie: Jantar demorado. Conheceu alguém?
Jack: Conheci só o barman que pegou meu pedido.
Hallie: Parece meio solitário.

A mensagem fez ele se sentir *mesmo* solitário. Ele escreveu: A noite foi toda esquisita. Não quero falar muito, mas é que eu amava o lugar porque meu tio vivia lá, mas, agora que ele não está mais aqui, foi uma merda.

O celular começou a tocar, e ele sentiu alguma coisa no peito ao ver o nome na tela. Ele atendeu com:

— Piper, eu disse que não queria falar disso.

— Eu sei — replicou ela, e ele achou que tinha ouvido o sorriso em sua voz. — Por isso liguei: pensei em contar da *minha* noite.

— Vai nessa — consentiu ele, se levantando e andando até a mala.

— Conta tudo.

— Tá. Então — disse ela, pigarreando, e ele ouviu um miado no fundo. — Alex me buscou e me levou ao restaurante. Era bonito, o vinho era bom e aí ele pediu uma bolinha de queijo vegano de entrada e quis que eu provasse.

— Ele é vegano?

— Não, só já tinha provado a comida e gostado muito.

— Você não provou, né?

Era impossível que Hallie, fresca com comida como era, tivesse provado uma bolinha de queijo vegano.

— Ele queria muito que eu provasse, então provei. Peguei o menor pedacinho de todos.

— E aí? — perguntou ele, tirando a camisa e desabotoando a calça. — Como foi?

— Não sei, porque, uns trinta segundos depois, minha garganta começou a coçar. Aí meu rosto ficou vermelho e brotaram umas manchas no meu pescoço.

— Você é alérgica? — indagou Jack, parando de se vestir. — Você está bem?

— *Agora* estou — disse ela, soando exausta —, mas hoje descobri que tenho uma alergia violenta a castanha, que aparentemente é o ingrediente principal do queijo vegano.

— Puta merda — soltou ele, tirando o jeans, que largou na mala antes de voltar para a cama. — O que aconteceu? Está tudo bem mesmo?

— Alex precisou me levar para o pronto-socorro, e acho que ele me ouviu botar tudo para fora no cone do vômito na sala de espera.

— Puta merda — repetiu ele, desejando estar lá para ajudá-la. — E o que é um cone do vômito?

— O enfermeiro me deu um negócio que era tipo um círculo de papelão com um reservatório comprido de látex... cone do vômito. Camisinha da golfada.

Ele começou a rir, apesar do péssimo humor e de ela ter passado por um susto daqueles.

— Que pena você ter que usar o receptáculo da regurgitação.

— Tudo bem... botei tudo pra fora.

— Eu teria segurado seu cabelo — comentou ele, ainda rindo —, se estivesse aí.

— Bom, eu teria jantado com você para não se sentir tão solitário, se estivesse *aí* — disse Hallie, e as palavras dela o afetaram.

Porra, *ela* o afetava.

Ele pigarreou e perguntou:

— E o gato, como vai?

— Jack, ele é maravilhoso. Como eu vivi a vida inteira sem ele e agora, de repente, nem me lembro mais de como era antes? É uma loucura me apegar tão rápido assim?

— Não — disse ele, sentado na cama. — Não é loucura nenhuma.

Capítulo QUATORZE

Hallie

Pela janela, Hallie viu Alex parar na frente do Starbucks. Eles iam tomar um café rapidinho depois do trabalho, e, apesar de ficar feliz por vê-lo, ela havia passado o dia meio perdida com saudade de Jack.

Ela sentia saudade do melhor amigo. Ele tinha passado quase duas semanas fora e, mesmo conversando por telefone e mensagem todos os dias, não era o mesmo que estar com ele.

As coisas com Alex andavam ótimas — mesmo. Ele era atencioso, engraçado e bonito, e ela não tinha do que reclamar. Na verdade, havia decidido naquela manhã, enquanto corria, que ia agir.

Ia perguntar para ele.

Depois de ele se sentar e eles conversarem sobre o que tinha acontecido no trabalho, ela perguntou. Fazia séculos que andava incomodada, mas não passava, e ela não queria mesmo fazer aquilo sozinha.

Desastre ambulante ainda estava vivo em sua memória.

— Sei que a gente ainda não está "junto" — disse Hallie, olhando sem jeito para o frappuccino —, mas você toparia ir comigo ao casamento da minha irmã? É uma viagem para um resort em Vail, só com família e alguns amigos. Você pode ser meu acompanhante, mas não precisa de compromisso nenhum…

— Eu adoraria — respondeu Alex, pegando a mão dela. — Gostaria muito que a gente estivesse "junto", se por você tudo bem.

— Gostaria? — perguntou ela, sem saber se *ela* estava pronta para aquilo.

Mesmo que, *merda*, fosse ela a trazer o assunto à tona.

— Sem a menor dúvida — disse ele, sorrindo.

Ele tinha um sorriso bonito, que chegava a enrugar o canto dos olhos, e ela sabia que ele era um bom partido. Alex era um cara ótimo. Ele se esticou e a beijou. Foi um beijo doce, e ela fechou os olhos, tentando se entregar. Ele tocou a língua na dela rapidamente — afinal, estavam no Starbucks — antes de se afastar e apertar sua mão.

— Mal posso esperar para a gente viajar juntos — acrescentou.

Ela estava feliz por não ir sozinha ao casamento da irmã perfeita, mas, ao chegar em casa, não conseguia deixar de pensar que não estava animada para ir com Alex. Tudo com ele era ótimo, mas era ótimo como num filme água com açúcar de Natal. Tudo era perfeito — o figurino, a decoração, o roteiro —, mas nada parecia... de verdade.

Era forçado, como se estivessem interpretando o papel de duas pessoas apaixonadas.

Ela mandou mensagem para Jack, tentando aliviar o incômodo e se distrair.

> **Hallie:** Adivinha só? Alex topou ir comigo ao casamento da Lillie.
>
> **Jack:** Você vai levar ele para Vail? Quer mesmo apresentar ele à família já?

Hallie deu de ombros no apartamento vazio.

> **Hallie:** Talvez...?
>
> **Jack:** Ele não é o cara certo, sabe. Você não vai ganhar as férias com esse cara.
>
> **Hallie:** Já parou pra pensar que talvez você esteja errado? E se ele FOR o cara certo?

Ela esperou a resposta, um pouco aflita. As bolinhas da mensagem começaram e pararam, começaram e pararam, e, finalmente, depois de cinco minutos, ele mandou: Acho que o tempo dirá.

Hallie não sabia por quê, mas estava decepcionada com a resposta. Ela queria que Jack se importasse por ela estar perto de ganhar a aposta. Queria que ele discutisse com ela, argumentasse que era ridículo Alex ser seu par ideal.

Mas ele não fizera nada disso.

E Kayla? Ele nunca a mencionava, mas ela sabia que eles ainda estavam conversando. Então o que estava acontecendo?

Ele estava se apaixonando pela linda doutoranda?

Hallie passou a noite se revirando, pensando em como a relação com Jack podia estar mudando. Por mais que ela quisesse que os dois encontrassem finais felizes com seus verdadeiros amores, a ideia de mudança, especialmente com Jack, lhe dava dor de barriga.

Capítulo
QUINZE

Jack

Jack guardou as chaves e seguiu até a porta do prédio de Hal com uma bolsinha minúscula de erva de gato no bolso da jaqueta. Ele tinha pousado havia poucas horas, e se forçara a não ir correndo até a casa dela no instante em que chegara.

Estava morrendo de vontade de vê-la.

Ele não sabia exatamente o que ia fazer ou dizer, mas alguma coisa tinha mudado em Minneapolis. *Ele* tinha mudado. Jack tinha percebido que queria ir além, mesmo com medo de estragar o que tinham.

Nossa, será que ele estava doido?

Jack entrou no saguão e apertou o botão do elevador, se perguntando qual seria a melhor hora para confessar aqueles sentimentos apavorantes.

A porta do elevador abriu, e dali saiu um cara loiro. Ele avançou um passo, mas parou ao ver Jack.

— Ei, você é o amigo da Hal. Jack, né?

Jack olhou para o rosto do homem e o reconheceu. Ele tinha mesmo que chamá-la de "Hal"? Era difícil usar o nome inteiro?

— Oi, Alex. Como vai?

— Bem, bem. Você está indo ver a Hal agora?

Jack concordou com a cabeça e achou que não aguentaria ouvir aquele babaca dizer *Hal* mais uma vez. Além disso, aonde mais ele estaria indo?

— Você pode levar um negócio para mim? — perguntou Alex, botando as mãos nos bolsos da jaqueta bomber. — Comprei uns presentes para o Tigrão, mas esqueci no carro.

— Claro.

Jack o seguiu até o carro, odiando o fato de que Alex e Hallie estavam se encontrando todos os dias. Odiando que ele estivesse comprando brinquedos para o gato dela, mesmo que o bolso de Jack também estivesse cheio de erva de gato. Alex abriu a mala do carro — uma porcaria de um Camaro, óbvio — e Jack ficou ali esperando, sentindo-se mais desanimado do que nunca, enquanto Alex revirava a mala, tagarelando como se fossem amigos.

— Hal é um amor. Não sei como tive a sorte de achar uma namorada dessas.

Jack semicerrou os olhos, se forçando para não dizer que era cedo demais para Alex chamá-la de namorada, mesmo que ela realmente fosse.

— É, hum, pois é... ela é ótima.

O fato de ela ter convidado Alex para o casamento da irmã ainda era um choque para ele, mas Jack se recusava a pensar naquilo.

Alex continuou a revirar a mala — *quanta coisa ele tinha ali?* —, e falou:

— Mas eu fico espantado por alguém como ela estar naquele aplicativo, sabe?

Jack sentia que a mandíbula ia estourar de tanta força que estava fazendo.

— Sei.

— Eu acredito muito no destino e que as coisas acontecem porque o universo quer, então sinto que não nos encontramos por acaso, sabe?

Alex parou de mexer na mala e, sorrindo, acrescentou:

— Caramba... estou parecendo uma menininha apaixonada.

— Agora pareceu foi um machista da porra.

— Pareci mesmo, né? — Alex riu, o que deixou Jack irritado pra cacete. — Graças a Deus não tem nenhuma feminista à espreita no estacionamento para me escutar.

— Seria uma tragédia, né? — disse Jack, sem saber se o cara estava falando sério.

— Não quero de jeito nenhum passar vergonha na frente da Hal, então seria uma tragédia mesmo. Apesar de, honestamente, ela parecer fofa demais para se incomodar com uma coisa dessas.

— Você ficaria surpreso — replicou Jack, se lembrando do discurso de Hallie no evento de *speed dating*.

— Não ficaria, não — disse Alex, parecendo cem por cento confiante no que dizia. — Apesar de a gente não se conhecer há tanto tempo, eu sinto que já *conheço* ela.

Jack nem sabia o que dizer, então só murmurou:

— Legal.

— Acho que é essa parada de destino.

Jack não conseguiu se conter.

— Eu não daria tanto crédito para o destino nesse caso. Às vezes a gente dá sorte, mas isso certamente não foi porque os astros se alinharam.

Alex respondeu:

— Você que tá dizendo.

— A vida tá dizendo.

— Não — retrucou ele, balançando a cabeça e sorrindo, como se Jack fosse o ridículo. — É destino, meu chapa, você só não entendeu.

— Escuta, amigo — disse Jack, ficando puto pra cacete. — Não diz para a Hal que eu te contei, mas a gente fez uma aposta. A gente apostou em quem encontraria o amor primeiro. Então o que ela sente por você pode ser verdade e você pode ser o filho da puta mais sortudo do planeta, mas não foi o universo nem seu bom carma que fez ela dar like em você. Foi a vontade de me vencer e ganhar umas férias de graça.

— Está falando sério?

A expressão de Alex murchou, e Jack se arrependeu imediatamente de contar aquilo para ele. Mas, apesar do arrependimento, sentiu uma pontinha de satisfação.

— Cem por cento.

Alex massageou o pescoço e soltou:

— Ah.

Cacete. Jack suspirou e falou:

— Assim, parece que ela gosta muito de você, então no fim deu certo, né?

Alex parecia distraído e chateado.

— Acho que sim.

— Se eu fosse você — disse Jack, voltando atrás, querendo respeitar o relacionamento de Hal apesar do que sentia por ela e de sua antipatia por Alex —, esqueceria o que eu acabei de falar e aproveitaria a companhia dela.

— Provavelmente é um bom conselho — respondeu Alex, com um sorriso hesitante, e entregou um saco plástico para Jack. — Aqui os brinquedos do Tigrão.

— Valeu.

Jack pegou o saco, se virou, e deu um passo antes de Alex voltar a falar.

— Então... você e a Hallie.

Jack parou e se virou.

— Que foi?

Alex botou as mãos nos bolsos e lançou um olhar astuto para Jack.

— Tem alguma coisa rolando? Além da amizade?

Jack quis bater nele de novo, o que era estranho, porque era raro ele querer bater em alguém. Ele balançou a cabeça e, com total honestidade, respondeu:

— Não.

— Você quer que tenha?

— Se eu quisesse — disse Jack, suspirando —, falaria com a Hal. Não com você.

Jack deixou Alex no carro e entrou no prédio. Ele se sentia mal por ter mexido com a cabeça do cara e agido como um babaca, mas se desculparia da próxima vez que o visse.

No momento, só precisava encontrar Hal.

Hallie

— Você precisa muito comprar um sofá.

Hallie e Jack estavam sentados lado a lado no chão, encostados na parede, com as pernas esticadas para a frente. Tinham acabado de assistir a mais um episódio de *Você* na Netflix. Ela o olhou e perguntou:

— Suas costas de velho estão doendo?

— Que engraçadinha — disse ele, bagunçando tanto o cabelo de Hallie que ela praticamente caiu, rindo e dando gritinhos. — O que dói é minha bunda um ano mais velha que a sua, porque seu filho gorducho não sai de cima de mim.

Tigrão tinha largado aquele corpanzil no colo de Jack assim que ele se sentara e desde então não se movera.

— E aí, eu nem perguntei... como foi em Minneapolis?

Hallie se sentia culpada por não saber quase nada do trabalho dele, mas eles se divertiam tanto juntos que quase não conversavam sobre suas vidas profissionais.

— Foi uma merda — disse ele, fazendo carinho nas orelhas de Tigrão enquanto mexia no controle remoto. — O trabalho foi tranquilo, mas, normalmente, quando eu ia para lá, ficava na casa do meu tio e curtia a família. Mas ele faleceu desde a minha última viagem, então foi meio estranho, sei lá.

O tio Mack. Ela lembrou que a irmã dele o mencionara. Hallie não queria se intrometer, nem deixá-lo mais triste, então se limitou a falar:

— É uma merda mesmo.

Ele concordou com a cabeça. Parecia estar distraído com a televisão, procurando o que assistir, mas engoliu em seco.

— Honestamente, eu não estava tão preparado para o baque que seria — falou.

Ela apertou de leve o braço dele.

— Eu sinto muito.

Ele balançou a cabeça, fazendo pouco-caso.

— Não é nada de mais, pode parar de me olhar como se eu fosse um garotinho chorão.

Isso a fez dar um beliscão no braço que tinha apertado com carinho.

— Não estou te olhando assim.

— Até parece — disse ele, sorrindo para ela. — Por sinal, a Kayla me deu um pé na bunda por telefone ontem.

— Ah, não.

Coitadinho do Jack. Ele confirmou com a cabeça.

— Ela disse o motivo? — perguntou Hallie.

Ela não conseguia entender como alguém podia não gostar de Jack. Ele era hilário, charmoso e bem bonito; qual era o problema de Kayla? Apesar de ele não ter falado muito dela para Hallie, ela desconfiava que ele tivesse alguma esperança de que o relacionamento fosse dar certo.

— Ah, você sabe como é — murmurou ele, ainda olhando a televisão.

— Não sei, não.

Ele balançou a cabeça e fez um ruído de desdém.

— Tá, mas o que ela falou, exatamente?

— Hal — disse ele, rindo, e a tristeza em seus olhos sumiu quando ele se voltou para ela, graças a Deus. — Relaxa... ela só não estava a fim de mim. Acontece.

Ela riu com ele, porque, apesar de tudo, estava tão incrivelmente feliz por Jack estar de volta que era difícil conter o sorriso. Ela gostava de Alex como parceiro romântico, mas percebeu que se divertia muito mais com Jack. Eles tinham se empanturrado de sorvete enquanto viam televisão, e ele nem a julgara quando ela lambera a tigela e acabara com o pote dele também.

O celular de Hallie vibrou. Era uma mensagem de Alex, mas ela não estava a fim de conversar antes de Jack ir embora. Porém, quando viu a mensagem, dizia: Posso ligar? É importante.

Hallie engoliu em seco e se perguntou o que tinha acontecido. Será que ele tinha se arrependido de topar a viagem para Vail? Ela respondeu: Claro.

— Tenho que atender... já volto. Fica aí vendo TV — disse ela, se levantando para entrar no quarto.

— Até parece que esse cara aqui vai me deixar fazer outra coisa — murmurou Jack, coçando a cabeçona de Tigrão.

Ela entrou no quarto, fechou a porta e se sentou na cama. Quando o celular tocou, ela atendeu e falou:

— O Tigrão amou os brinquedos.

— Ah. Que bom — disse Alex, e pigarreou. — Escuta, eu sou muito ruim nisso, então vou só falar. Você parece incrível, mas acho que isso não vai funcionar.

O coração de Hallie foi parar na boca enquanto ele continuava a falar, parecendo desconfortável:

— Algum cara vai ter a maior sorte, porque você é uma mulher sensacional, mas acho que esse cara não sou eu.

Hallie estava meio confusa.

— Você, há, está terminando comigo?

— Eu... eu acho que sim — disse Alex, e sua voz soava pesada. — Não é nada com você, é uma questão minha mesmo.

— Tá. Hum, saquei.

— Hallie, por favor não...

— Foi porque eu te convidei para o casamento? Porque se for apressado demais, tudo bem...

— Não, o casamento parecia uma ótima ideia. Eu só... Eu só acho que a gente não deveria namorar.

Hallie sentiu-se sufocada com o peso da rejeição. Ela não era suficiente para ele. Alex não a queria. Ele não queria ir com ela ao casamento. Preferia estar solteiro a estar com ela. Hallie conseguiu dizer, rouca:

— Tá, hum, tenho que desligar. Se cuida, Alex.

— Desculpa, Hal...

Ela desligou antes de passar mais vergonha. Seus olhos marejaram imediatamente, e ela mordeu o lábio para segurar o choro. Hallie sentia vontade de soluçar, de se entregar a um choro carregado e triste, mas Jack estava do outro lado da porta, e ela não suportaria que ele a visse assim — especialmente porque ele também havia levado um pé na bunda e estava lidando com isso numa boa.

Porém, sempre que chegava perto de controlar as emoções, pensava no casamento da irmã — onde ela e Ben estariam entre os padrinhos — e se descontrolava de novo.

As lágrimas não paravam e, depois de um tempo, ela se esqueceu completamente de Jack.

Até ouvir uma batida na porta.

— Hal? Tudo bem aí? Pegou no sono?

Hallie se perguntou se podia ficar calada até ele supor que ela estivesse dormindo e ir embora.

— Se não fizer barulho em dez segundos, vou entrar, só para o caso de você ter caído e não conseguir levantar.

— Está tudo bem — disse ela.

Porém, ele deve ter percebido o tom de voz dela, porque respondeu:

— Vou entrar.

A porta se entreabriu e, quando ele a viu, sua expressão foi de relaxada para inteiramente séria. Ele engoliu em seco e perguntou:

— Puta merda, o que houve?

Ele entrou no quarto e, em questão de segundos, já a estava abraçando com força, o que a fez chorar ainda mais.

— Não é nada — respondeu ela, fungando e soluçando —, é que o Alex terminou comigo.

— Nossa senhora — disse ele, e ela sentiu a tensão em seus braços. — Ele disse o motivo?

Ela balançou a cabeça em negativa.

— Só aquele papo furado de "não é você, sou eu".

Ela tentou não soar afetada, mas se sentia rejeitada no momento e triste demais para fingir tranquilidade.

— Bom, é *mesmo* papo furado. Você sabe, né? — disse ele, com a cabeça encostada no cabelo dela e a voz baixa. — Ele é um idiota, porque você é incrível e qualquer homem teria sorte só de limpar a caixa de areia do seu gato, tá me ouvindo?

Isso a fez sorrir um pouco.

— Sinceramente, eu não sabia que você gostava tanto dele a ponto de ficar magoada assim — continuou Jack, pigarreando, com a voz mais emocionada. — Nossa, desculpa por não perceber o quanto você estava apaixonada.

Uma parte pequena de Hallie ficou incrivelmente comovida com o pedido de desculpas de Jack e por ele se sentir mal por não ter interpretado melhor as emoções dela. Porém, deitada ali, olhando para o nada, ela ficou encucada com a primeira frase dele. *Eu não sabia que você gostava tanto dele a ponto de ficar magoada assim.* Quando pensava no rosto de Alex, não sentia *tanta* tristeza. Quando pensava que não jantaria mais com ele, não sentia *tanta* decepção.

— Eu também não sabia — sussurrou ela. — Caramba, nem agora sei. É horrível eu achar que estou mais triste pelo pé na bunda do que por perder Alex?

— De modo algum — garantiu ele, ainda a abraçando e com o rosto encostado em sua cabeça. — Eu estou na mesma, Hal. Rejeição é uma merda, mesmo vindo de alguém que não é tão importante.

— Não incentive meu mau comportamento — disse Hallie, rindo um pouco.

— Mas é verdade, sua humana horrível.

Ela riu de novo e começou a se virar para ele, que a soltou um pouco para facilitar o movimento. Hallie sabia que estava com uma cara horrorosa, pois ele a olhou com um sorriso de pena.

— Cala a boca, eu sei que estou linda — disse ela.

Ele secou com o polegar as lágrimas abaixo dos olhos dela.

— Sem comentários.

— A parada é que eu odeio voltar para o ponto de partida — comentou ela, pestanejando para segurar as lágrimas. — Com o Alex, eu pelo menos tinha esperança de que talvez fosse dar em alguma coisa.

Ele olhou o rosto dela e respondeu em voz baixa:

— Eu entendo.

Claro que entende.

— E agora tenho que ir sozinha para o casamento da minha irmã perfeitinha semana que vem! — exclamou, sem conseguir conter o choro. — Fiquei tão feliz de ligar para minha mãe e falar casualmente que iria com meu namorado e agora tenho que aparecer em Vail com o rabo entre as pernas.

— Não tem, nada.

— E acho que nunca te contei do meu ex, além de dizer que a gente tinha terminado, mas o Ben é padrinho do casamento. E eu sou madrinha — disse ela, imaginando o rosto dele, e gemeu. — Vai ser tão patético.

— Você não precisa ir sozinha — insistiu ele.

— Preciso, sim. Não tenho ninguém.

Os olhos dela se encheram de lágrimas outra vez.

— Não. Tem, sim. Escuta — disse ele. — Se quiser, eu vou com você. Posso fingir ser seu namorado e a gente vai ser o casal mais fodão que eles já viram, até a gente voltar de viagem e terminar.

Ela fungou e o olhou. Ele parecia sério.

— Você faria isso?

Ele deu de ombros.

— Claro. Adoro o Colorado.

— Então — continuou ela, sem acreditar no que ele estava sugerindo — você vai me deixar dizer para eles que é meu namorado *e* vai fingir que me ama?

— Hallie Piper — disse ele, com a voz baixa e rouca —, do segundo em que entrarmos no aeroporto até o momento em que voltarmos para casa, eu estarei perdidamente apaixonado e loucamente obcecado por você, terei perdido a cabeça e idolatrarei até o chão que você pisa.

Hallie ficou meio tonta ao ouvir aquelas palavras. *Nossa, ele é bom mesmo*, pensou, enquanto Jack a olhava como se falasse a mais pura verdade. Ele tensionou o maxilar e manteve o olhar fixo no de Hallie enquanto ela se endireitava na cama.

— Não acredito que você faria isso por mim.

Ele deu de ombros de novo.

— Não é nada. Somos amigos.

Ela sentiu um sorriso surgir ao responder:

— Muito obrigada por ser meu amigo, Jack.

— Digo o mesmo, BT.

Capítulo
DEZESSEIS

Hallie

Hallie e Jack trocaram mais mensagens do que de costume nas semanas seguintes, para acertar os detalhes da viagem. A família inteira dela ia no mesmo voo, e Hallie estava completamente apavorada, mas fez questão de pedir um quarto em um andar diferente do hotel.

Ela estava meio nervosa ao acordar às quatro da manhã no dia do voo. Será que eles dariam conta daquilo? Será que Jack conseguiria fingir estar apaixonado por ela? Na verdade, desde que ele conseguisse fingir que ela era meio legal, Hallie já ficaria feliz.

Ela estava fechando a mala de mão quando recebeu uma mensagem de Jack.

> **Jack:** Bom dia, meu amor. Quer que eu busque um donut no caminho da sua casa?
> **Hallie:** Cuidado, que vou me apaixonar DE VERDADE se você disser essas coisas.
> **Jack:** Vou mimar você com donuts de chocolate pelo resto da vida, meu bem.

Ela riu.

> **Hallie:** Acho que gozei um pouquinho.
> **Jack:** Estou indo.

O nervosismo dela se transformou em empolgação. Ela ia a Vail com Jack — não tinha como não ser divertido. Hallie conferiu se tinha tudo de que precisava e empilhou as malas perto da porta.

Ficou meio chorosa ao se despedir de Tigrão, porque estava com medo de ele se sentir abandonado. Ruthie ia "tomar uma caralhada de antialérgico" e passar ali todos os dias para dar comida e brincar com ele, o que fazia Hallie se sentir um pouco melhor, mas ainda assim ela odiava deixá-lo para trás.

Jack, por outro lado, disse que precisava desesperadamente de um fim de semana de folga do sr. Miaugi, que não parava de mijar no tapete do banheiro.

Jack tocou a campainha assim que chegou, e ela desceu com as malas. Quando saiu do prédio, ele estava esperando na frente, já com o porta-malas aberto.

E ele estava *gostoso*, de calça jeans e moletom preto. Jack tinha um peitoral que dava vontade de apoiar as mãos, se é que fazia sentido.

— Bom dia, namorado — disse ela, puxando as malas até ele. — Pronto para uma viagem com o amor da sua vida?

Ele semicerrou os olhos ao observá-la. Especificamente, ao olhar o ponto logo acima do decote em V do suéter preto.

— Por favor, me diga que não tem uma foto minha dentro desse medalhão.

— Abre só para ver — brincou ela, e o vento frio soprou o cabelo em seu rosto.

Jack revirou os olhos e abriu o medalhão prateado do colar dela. Ela percebeu que ele achou que não teria nada ali, e ficou de queixo caído.

— Sua louca varrida... se explique — disse ele, rindo.

Ela sorriu e deu a volta nele para botar a mala no bagageiro.

— Tirei essa selfie quando você estava deitado no chão vendo *Orgulho e Preconceito*. Esqueci de apagar, aí foi muito fácil imprimir e botar no pingente. Parabéns para minha péssima memória.

Ele não parava de olhá-la.

— Que coisa estranha.

— Na sua opinião.

— Na opinião das normas da sociedade.

— Dane-se. Minha mãe vai surtar com essa foto fofa da filha fazendo palhaçada com o namorado.

— Pena que não pensei em tirar uma foto de você engatinhando pelo meu quarto de hotel — disse ele, olhando e pegando o pingente de novo. — Sua mãe ia amar.

Hallie o imaginou dormindo de bruços na cama e balançou a cabeça.

— Ainda não acredito que você viu.

Ele a olhou nos olhos e acrescentou em voz baixa:

— Já te falei que morro de curiosidade em saber o que você lembra daquela noite?

Ela encarou seus olhos azuis e perguntou quase em um sussurro:

— O que *você* lembra?

— Porra, eu me lembro de tudo — disse ele, de maneira rápida e firme, e sorriu um pouco. — Mas talvez seja melhor falar disso depois. Quando a gente tiver tempo de comparar os pontos de vista.

— É — concordou ela, rápido, prendendo o cabelo. *Comparar os pontos de vista.* — Depois.

A caminho do aeroporto, eles combinaram os detalhes. Hallie achou que precisaria treiná-lo para contar histórias sobre os dois, mas tudo no relacionamento de verdade deles era fácil de adaptar para o relacionamento de mentira.

Eles tinham se conhecido no casamento da irmã dele, se reencontrado no aplicativo e, desde então, conversavam por mensagem e saíam para comer taco.

Era muito simples.

— Então, assim que a gente passar pela segurança, viramos namorados.

Hallie queria confirmar que ele sabia que precisaria fingir o tempo inteiro. Não seria bom se alguém o visse paquerando outra mulher na livraria do aeroporto.

— Só para o caso de alguém estar vendo sem a gente notar — acrescentou.

— Assim que passarmos pela segurança está valendo.

— Só queria sentar mais longe deles — disse Hallie, imaginando o olhar intrometido da tia Diane.

Ela amava a família, mas eles eram sempre muito enxeridos.

— A gente pode pedir upgrade para a primeira classe — comentou ele, seguindo a placa que os levava ao estacionamento.

— Fala sério — replicou Hallie, porque nunca tinha viajado de primeira classe, e se virou para ele. — Seria muito caro?

— Se tiverem espaço, não vai me custar é nada.

— Por causa das suas milhas todas?

— Bingo.

— Ai, meu Deus, Jack, é muito fácil me apaixonar por você mesmo.

Ele a olhou de relance.

— Bom saber.

Quando chegaram à inspeção de segurança, Hallie estava às gargalhadas.

No transfer, o motorista não parava de gritar com Jack, mandando ele se abaixar porque era alto demais e impedia a visão do retrovisor. Eles não sabiam exatamente o que o motorista estava procurando, mas sua incapacidade de ver o vidro traseiro por causa de Jack o irritava muito.

As caretas de Jack durante as broncas a faziam chorar de rir.

Assim que chegaram ao terminal, Jack percebeu que tinha esquecido a chave em cima do carro, então precisou pegar um táxi de volta para o estacionamento para recuperá-la. Quando voltou, estava com uma expressão tão irritada que Hallie caiu na gargalhada outra vez.

— Você é um herói e tanto, Jack — disse ela, quando se aproximaram da fila da segurança. — Eu te admiro.

Ele fez uma cara ofendida.

— Você não deveria gostar tanto de me ver sofrer.

— Eu sei. É um defeito meu.

— É mesmo.

Quando entraram na fila, Hallie sentiu os dedos de Jack se entrelaçarem nos dela. Ela ergueu o rosto, mas ele estava olhando para a frente, como se estivesse acostumado a pegar sua mão.

Aaaah. Ele entrou no personagem.

Hallie sabia que deveria se comportar, mas algo dentro dela queria mexer com ele. Ou brincar com a situação. Por qualquer que fosse o motivo, ela começou a mexer o polegar, acariciando a mão grande e quente dele.

— Hal — murmurou ele, ainda sem olhá-la.

— Hummm?

— Isso que você está fazendo está ótimo — disse ele, apertando a mão dela com mais um pouco de força. — Mas, se continuar até a gente passar pela verificação do passaporte, eu vou te tascar um beijo.

— Como é que é? — exclamou ela, a voz esganiçada e um pouco alta demais.

Ele a olhou abriu um sorriso perigoso.

— Gostei desse jogo. Para esse dia ser mais divertido, só mesmo um desafio.

Ela sorriu.

— Que tipo de desafio?

— Uma coisa meio verdade ou consequência. Um superando o outro. Eu pego sua mão, então você faz esse carinho com o polegar que me enlouquece. Eu te beijo, então você... supera o beijo, de algum modo.

— De algum modo — disse Hallie. Ela não conseguia nem olhar para ele então virou o rosto ruborizado para a fila. — Interessante.

— E não é?

Eles ficaram em silêncio, ela ainda movendo o polegar na pele dele, conforme avançavam na fila. Hallie pensou em parar — aquela não era uma boa ideia —, mas estava quase rindo de expectativa.

Ela fez o contorno de um oito na pele dele com o dedo enquanto o homem na frente deles na fila passava pela verificação de passaporte. Quando Jack soltou a mão dela para os dois passarem, Hallie estava com o coração a mil — e percebeu que o amigo estava de brincadeira, porque tinham chegado àquele ponto sem que ele a beijasse.

— Obrigada — disse ela ao funcionário, e guardou o celular no bolso do casaco.

— Obrigado — murmurou Jack.

Assim que Hallie deu um passo em direção à área em que tirariam os sapatos, Jack a pegou pela mão e a virou. Ela se voltou para o rosto dele, para aqueles olhos azuis e intensos, e, antes que pudesse formular um pensamento, as mãos de Jack estavam em seu rosto, os lábios dele nos dela.

Quando inclinou a cabeça só um pouquinho e mordeu o lábio inferior de Jack, Hallie ficou em dúvida se ele havia gemido — e talvez ela tenha feito um ruído quando ele a fez abrir a boca e mexeu a língua de um jeito cruel. Ela levantou as mãos para apertar os braços dele — ou para se apoiar, não sabia bem — quando ele mergulhou a língua em sua boca e a beijou como se estivesse provando uma sobremesa que tinham lhe negado a vida inteira e que agora não conseguia parar de devorar.

Como se estivesse faminto.

Ele recuou, a olhou de um jeito que fez as pernas dela tremerem e disse:

— Melhor a gente andar para não atrasar a fila toda.

Ela fez que sim com a cabeça.

— É. Aham, isso.

Quando passaram por toda a área de segurança, Jack a pegou pela mão e a puxou para o lado, afastando-a do fluxo de gente. Ele a olhou com uma expressão indecifrável e séria e perguntou:

— Estamos bem?

Ela concordou com a cabeça.

— Estamos maravilhosos.

O olhar dele então se suavizou.

— Foi um beijo do caralho, né?

— Puta merda, Jack — disse ela, balançando a cabeça e sorrindo. — Eu quase desmaiei.

Ele jogou a cabeça para trás e riu, um som no qual ela queria se aninhar para dormir, e falou:

— Acho que vou gostar de ser seu namorado de mentirinha.

Capítulo
DEZESSETE

Jack

— Da última vez que você comentou, estava zoando da cara dele no aplicativo. E agora vocês estão namorando? — perguntou Chuck, melhor amigo de Hallie e talvez também seu primo (?), em um cochicho alto do outro lado do corredor do avião.

Assim que Hallie e Jack fizeram o *upgrade* para a primeira classe, Chuck e a namorada, Jamie, também fizeram. Era bom, porque ele queria conhecer os amigos dela, mesmo que sentar-se junto a eles o deixasse um tiquinho nervoso.

Ele já estava se acostumando ao desconforto. Porque se sentia culpado — culpado pra caralho — pelo que tinha rolado com Alex. Mexer com a cabeça do cara tinha sido algo inteiramente intencional, mas ele não queria que Hallie levasse um pé na bunda, e nunca tinha imaginado que ela choraria daquele jeito.

Nossa, ele se odiava por fazê-la chorar daquele jeito.

De hora em hora, ele pensava em confessar sua culpa, mas, por egoísmo, não queria arriscar deixá-la furiosa, já que estava desesperado para contar o que realmente sentia por ela.

— Pois é.

Jack escutou Hal contar a Chuck sobre a aposta e os encontros no Taco Hut, e ficou fascinado ao ouvir a conclusão:

— Aí eu reparei que estava me divertindo mais no Taco Hut com ele do que com qualquer outro cara que encontrei.

Era exatamente o que Jack sentia.

— Uau — disse Chuck. — E esse é o cara do sexo bêbado no hotel, né?

— Ai, meu Deus do céu — cochichou Hallie, a voz esganiçada. — É, mas não fala assim, parece até que já fiz sexo alcoolizada num hotel várias vezes.

Jack não segurou a risada e acrescentou:

— Um dia eu conto da busca desesperada dela pelo sutiã perdido.

— Jack — repreendeu Hallie, revirando os olhos, e finalmente deu de ombros. — Tá. Agora eu quero escutar. Me conta o quão ridícula eu estava do seu ponto de vista, porque tudo o que eu lembro é que estava tentando vazar do seu quarto sem te acordar.

— Cacete, agora sim — disse Jamie, com palminhas. — Preciso ouvir essa história.

— Tem certeza? — perguntou ele para Hallie.

— Vai nessa — confirmou ela, rindo. — Eles já conhecem meus podres.

— Tá. Bom — disse Jack, olhando as sardas na ponta do nariz de Hallie e se perguntando como ele podia um dia ter achado ela apenas bonitinha. — Não sei se ela sabia ou não, mas nossa amiga Hal aqui, em algum momento da noite, pegou no sono em cima dos meus pés. Tipo, meus pezões viraram travesseiro.

— Tá zoando! — exclamou Chuck.

— Ai, meu Deus — gemeu Hallie, já arrependida de ter pedido para Jack contar a história.

— Então eu senti assim que ela acordou, porque o sangue voltou a circular nas minhas extremidades.

Jaime caiu na gargalhada.

— Eu estava prestes a levantar a cabeça e falar alguma coisa sedutora — continuou ele —, quando ela literalmente, *literalmente*, caiu rolando da cama.

Hallie começou a rir.

— Ai, nossa, você me viu rolar?

— Eu te vi rolar.

— Foi sensual ou horripilante? — perguntou Chuck.

— Foi muito engraçado — disse Jack.

Hallie o olhou e, sem desviar o olhar, sorriu.

— De um jeito sensual — acrescentou ele.

— Ah, até parece — replicou ela.

— E aí? — insistiu Chuck.

Jack estava com dificuldade de segurar o riso.

— Aí ela foi engatinhando até as roupas e…

— Espera — disse Hallie, sorrindo. — Eu olhei para você enquanto vestia a calça e você estava dormindo profundamente.

Isso o fez rir.

— Eu fechei os olhos depressa quando você virou a cara para mim.

Ela deu um tapa no braço dele, rindo, o que o fez pegar a mão dela e segurar entre as suas.

— Ela deve ter notado que o sutiã estava na cama — disse ele —, porque ela foi andando de fininho e começou a tatear só com os dedos no lençol, como se estivesse tentando não balançar a cama.

Estavam todos rindo. Muito.

— E aí meu anjinho aqui murmurou "foda-se" e foi embora correndo.

Jamie e Chuck começaram a aplaudir, e Hallie balançou a cabeça para ele, sorrindo. Ele sentiu o indicador de Hallie roçar sua palma — ela ainda estava no jogo — e não fazia a menor ideia de como aquele fim de semana ia acabar.

Hallie parecia estar gostando mesmo daquilo, estava dedicada àquela história de namoro de mentira, mas ele já estava com dificuldade de lembrar que era brincadeira. Sempre que ela encostava no braço dele, ou pegava sua mão, Jack ficava meio abalado.

E o beijo no aeroporto — puta merda. Ele imaginava que seria um flashback da noite no hotel, mas tudo tinha mudado desde então, e foi totalmente diferente.

Aquela noite foi pura química gostosa com uma desconhecida.

Beijar Hallie na fila do aeroporto… foi outra coisa.

Foi como voltar para casa.

Hallie

Jack é muito bom nisso.

Ela recostou a cabeça no assento e fechou os olhos, relaxada pelo som da conversa de Chuck e Jack. Ouvir as vozes graves de suas duas pessoas preferidas lhe causava uma sensação quentinha e gostosa.

Porém, enquanto ouvia ambos conversando animadamente, se perguntou se deveria contar a verdade para o amigo. Chuck era *horrível* com segredos, mas ela odiava mentir para ele.

Hallie também achou que ficaria preocupada com toda aquela história de namoro de mentira, mas não era o caso. De modo algum.

Estava sendo bom demais.

Pela primeira vez, diante de um evento familiar, não se sentia nem um pouco estressada — e tudo por causa de Jack. Ela se lembrou de quando era criança e tudo parecia mais divertido quando os pais a deixavam levar um amigo. Ele era seu amigo preferido e sua presença deixava tudo melhor.

Inclusive a ideia de encontrar Ben.

Ela sabia que, quando encarasse o ex, talvez as coisas mudassem, mas, naquele momento, a ideia não a deixava neurótica.

E, sim, as demonstrações públicas de afeto de Jack a deixavam bem excitada — ela era humana, pelo amor de Deus. O homem beijava como se estivesse sendo ameaçado de morte caso não desse o beijo mais gostoso do mundo, como se tivesse uma arma apontada para a cabeça dele e sua única chance de sobreviver fosse deixando ela transtornada apenas com a boca.

Qualquer ser humano precisaria de ajuda para acordar depois de desmaiar por causa do contato com os lábios de Jack Marshall.

Ela, no entanto, atribuía aquilo ao que Jack dissera, sobre os corpos deles se conhecerem. Eles *tinham* transado, então fazia sentido que a química sexual estivesse menos para amigos-fingindo-ser-namorados e mais para incêndio-flamejante-queimando-milhares-de-hectares.

Ela nem se incomodava.

Na verdade, achou que o desafio era a coisa mais divertida que fazia em muito tempo. Passou o resto do voo curto de olhos fechados, mas longe de dormir. Estava quase rindo de tanto pensar em como zoar ele e em como elevar o nível do carinho de jeitos deliciosos.

E, se pensar nos próprios atos a deixava feliz assim, pensar nos atos dele era quase uma obsessão. De quais jogadas Jack Marshall seria capaz?

Em certo momento, ela ouviu Jack falar com Chuck e Jamie:

— Acho que ela dormiu.

Não dormi, Jack, pensou, se forçando a segurar o sorriso. *Estou só esperando.*

Capítulo
DEZOITO

Hallie

— Aqui a chave do seu quarto, querida.

Hallie aceitou a chave da mãe e saiu da van. O grupo inteiro tinha sido recebido no aeroporto de Denver por uma frota de vans que os levaram ao resort em Vail. Ela planejava zoar com Jack durante o trajeto, mas, como o filho de alguém precisava de lugar, ele pegou a van com Jamie e Chuck, e ela, a que transportava os pais e avós.

Depois de vinte minutos de perguntas constantes sobre Jack, Hallie precisou fingir que estava dormindo de novo.

— Obrigada — disse ela, sorrindo ao descer da van e se espreguiçar.

O ar da serra era maravilhoso, e ela se sentia cercada pelas folhas amarelas dos álamos e pela sensação de que o outono chegava naquele exato segundo.

Hallie olhou para a entrada do hotel... e viu Ben.

Meu Deus.

O ex parecia estar ainda mais bonito, e ela sentiu um frio na barriga ao rever aquele rosto, o rosto que conhecia tanto quanto o seu. O cabelo castanho estava um pouco mais comprido do que antes, a barba curta combinava muito bem e ele parecia estar usando o cachecol vermelho xadrez que ela sempre adorou.

O coração de Hallie acelerou, até ela vê-lo rir e perceber que estava rindo com a irmã dela. Quando olhou para o lado dele, viu que Ben, Lillie e Chuck estavam gargalhando de algum comentário de Jack.

Hallie engoliu em seco. *Melhor começar logo.* Ela notou Jack a observando no caminho e, *caramba*, como ele era um bom namorado de mentira.

Porque, apesar de continuar a conversa, o olhar dele a encontrou com um foco tão intenso que até Lillie e Ben se viraram para ver o que ele estava olhando.

— Oi — disse ela, abraçando o braço direito dele e se levantando na ponta dos pés para um beijo rápido.

Jack semicerrou os olhos, hesitante, antes de curvar a boca em um sorriso e substituir a dúvida pelo brilho sagaz e provocador. Ele a beijou, um selinho fofo e normal de casal, mas, em vez de soltá-la, sorriu e falou:

— Seus óculos estão sujos... dá aqui.

Ele fez um gesto, pedindo os óculos, e Hallie engoliu o riso quando Jack os pegou da mão dela e fez aquele negócio de embaçar a lente com o bafo e limpar com a barra da camisa. *Que cavalheiro.* Em vez de simplesmente devolver os óculos, ele os colocou no rosto dela e abriu um sorriso íntimo que Hallie sentiu até na ponta dos pés.

— Melhorou? — perguntou Jack, baixinho.

— Muito — suspirou ela, meio excitada, meio tentando segurar o riso.

De repente, Hallie ficou feliz de ter viajado de óculos, em vez de lente de contato.

— Oi, Hal — disse Ben. — Quanto tempo.

Ela sentiu a voz de Ben como um soco e virou o olhar para ele. Ele estava lindo, igual ao garoto que ela amara profundamente, e foi com um aperto na garganta que ela curvou a boca no que esperava ser um sorriso casual.

— Né? Como estão as coisas?

— Fantásticas — disse ele, sem o menor sinal de constrangimento, como se fosse fácil encará-la.

— Ótimo — respondeu ela, de repente perdida nas palavras.

Hallie não o amava mais, mas o rosto dele era como uma música: era só olhar para sentir cada pedacinho de tristeza pelo término.

— Que bom — acrescentou.

Ele sorriu e assentiu.

— Está com a nossa chave, amor? — perguntou Jack, puxando-a de volta para o presente.

— Quê?

Hallie colocou o cabelo atrás das orelhas e Jack a encarou com um olhar compreensivo, como se tivesse certeza absoluta do que ela estava pensando. Hallie concordou com a cabeça e respondeu:

— Tô. Chave. Tá aqui.

— Qual é o quarto de vocês? — perguntou Jamie. — A gente está no 326.

— Todo mundo está no terceiro andar — disse Lillie. — A gente reservou todos os quartos.

— Qual é o de vocês? — Chuck perguntou a Hallie.

— Hum — disse ela, e mordeu o lábio. — Eu te mando por mensagem — murmurou.

— Como assim? — perguntou a irmã, com as mãos na cintura. — Que segredinho é esse? Qual é o seu quarto?

Hallie olhou de relance para Jack, que deu para ela um sorrisinho sexy.

— Mudar para um andar mais quieto com meu namorado virou crime agora, é?

— Você nunca veio para esse hotel. Por que acha que o terceiro é barulhento? — perguntou Lillie, e Hallie notou que, por algum motivo, aquilo irritava a irmã. — Você mudou a reserva?

— Eu mudei — disse Jack, pegando a mala de mão e pendurando no ombro. — A gente, hum, quis um pouquinho de privacidade.

— Privacidade? — perguntou a irmã dela, confusa. — Vocês já têm um quarto, pelo amor de Deus.

Jamie começou a rir e, quando Hal a olhou, ficou óbvio o que ela pensava.

Ela olhou para o resto do grupo e reparou que todos pensaram a mesma coisa.

Todos acharam que Jack tinha reservado um quarto em outro andar para ele e Hallie passarem o fim de semana transando sem parar.

Ela sentiu o rosto arder sob o olhar de todos, mas não trocaria aquilo por nada.

Engole essa, Ben.

Ela pegou a própria mala e a chave e falou para Jack:

— Vamos, mozão?

Ele a olhou como se quisesse sorrir em resposta ao apelido que os dois sabiam que ela *nunca* usaria para ele.

— Seria meu maior prazer.

A caminho do hotel, ele perguntou baixinho:

— O de cachecol é o babaca do ex?

— É — disse ela, rindo, muito feliz por ter levado Jack. — É o de cachecol.

Jack

— Vou ligar para a recepção — anunciou Hallie.

Ela largou as malas e andou até a mesinha do telefone. Apertou a tecla zero e, rindo, acrescentou:

— Mas isso é hilário. Acho que nunca vi isso acontecer de verdade.

Jack a viu se jogar na cama *king size*, enrolando o fio do telefone como se estivesse tudo bem.

— Você nunca viu um hotel cometer um erro na reserva?

— Nunca vi esse erro de "só tem uma cama" realmente acontecer — disse ela, revirando os olhos. — É um clichê de livro de romance. Sabe, as duas pessoas são forçadas a dormir juntas na única cama porque não têm outra opção?

Ele sentiu um aperto no peito.

— Que ridículo.

Ela se virou de bruços e murmurou.

— Ridículo é você. Ah, alô. Meu nome é Hallie Piper, eu estou no...

Enquanto ela falava com o recepcionista, Jack largou a mala e andou até a janela. O quarto era incrível — lareira de pedra, poltronas acolchoadas, piso de taco, tapete grosso, cama *king size* —, mas a vista da varanda era ainda melhor.

Ele abriu a porta e saiu. As Montanhas Rochosas preenchiam o horizonte, uma paisagem de tirar o fôlego, e um riacho largo e límpido corria lá embaixo, entre margens apinhadas de álamos amarelos.

Ele apoiou os braços no parapeito e inspirou fundo o ar do Colorado.

— Tenho boas e más notícias.

Jack a ouviu pisar na varanda, mas não se virou.

— Claro.

— A boa notícia — disse ela, abraçando-o e encostando o rosto nas costas dele — é que a gente não precisa mudar para um quarto no terceiro andar.

Jack sentia cada minúsculo movimento dos dedos dela em seu peito, a vibração relaxante da voz dela na pele dele. Ele engoliu em seco e conseguiu dizer:

— Legal.

Jack olhou para baixo e viu as dez unhas cor-de-rosa espalhadas em seu peito. *Merda.*

— Mas a má notícia — disse ela, rindo um pouquinho — é que a gente tem que ficar nesse quarto.

— É o quê?

Ele se virou e olhou o rosto dela. Hallie parecia chocada com a reação e abaixou as mãos.

— Quer dizer que não tem nenhum quarto livre? — perguntou ele.

Ela pestanejou.

— Bom, até *tem* quarto, mas só no terceiro andar.

— Então vamos pra lá.

— Junto da minha família.

— E daí? — perguntou ele.

— E daí que a gente fez todo um auê sobre nosso quarto particular de sexo.

Honestamente, ela ia matar ele com aquele jeitinho de Hallie. Jack suspirou.

— Pelo amor de Deus, a gente nunca falou nada de quarto de sexo.

— Ficou implícito — disse ela, como se o ridículo fosse ele. — Então como é que eu vou explicar a mudança de ideia? A gente não quer transar loucamente numa cama só, gostamos mais de usar duas? A gente prefere dormir separadamente depois da trepada?

— Pode não falar "trepada"?

— Não gosta de falar "trepada"? — perguntou ela, com um sorriso irônico. — Você, Jack Marshall, não gosta de "trepada". Verdade, prefere "rala e rola" e "pentada".

Ele suspirou.

— Ninguém precisa saber que estamos lá.

— Eles vão saber — replicou ela.

Ele inclinou a cabeça, estalando o pescoço muito tenso.

— Vou garantir que não saibam.

— Você não pode simplesmente fazer isso por mim?

— Não — soltou ele.

— Por que não?

Jack sabia que devia soar absurdo para ela.

— Só acho uma má ideia.

— Por quê?

— *Por quê?* — praticamente gritou, tentando fazê-la entender. — Dividir a cama enquanto a gente finge namorar? Não parece o tipo de coisa que pode foder com a nossa amizade?

Ela deu de ombros, e algo no gesto o fez querer apertar mais o casaco de Hallie e garantir que ela estava bem aquecida.

— Entendi. Quer dizer, mesmo que a gente nunca fale disso, essa amizade é muito importante para mim e eu odiaria que alguma coisa a atrapalhasse. Mas... — disse ela.

Ele tensionou o maxilar, esperando ela continuar.

— A gente não tem uma amizade normal. Ficamos amigos *depois* de transar. Sexo e sentimentos não podem atrapalhar, porque a gente atropelou eles logo de cara.

Jack engoliu em seco. Por que ele se irritava com a tranquilidade dela? Com a certeza de que mais intimidade não confundiria os sentimentos?

Cacete, ele sabia que estava perdido e não fazia o menor sentido.

Porém a realidade era que ele não tinha considerado como aquele namoro de mentira mexeria com a cabeça *dele*. Ele não gostava de sentir que era de verdade quando ela o abraçava e não gostava do que sentia ao beijá-la — porque era tudo o que ele queria. E como ela estava seguindo o combinado e só fingindo, se ele demonstrasse o que sentia de verdade, soaria como uma mentira. Ou uma fraude.

Ele queria dizer para Hallie o que sentia e dar a ela tempo de explorar os próprios sentimentos e responder da melhor forma. Porém, se ele contasse o que sentia naquele momento, será que ela acharia que era parte do jogo? Ou resultado do jogo?

Ou, pior, confundiria o relacionamento de mentira com os sentimentos de verdade por ele?

A melhor opção, por mais que ele não quisesse, era esperar voltarem a Omaha para discutir seus sentimentos. Eles precisavam continuar fingindo que estavam namorando diante da família dela, se manter afastados em particular e conversar sobre o que estava rolando quando chegassem em casa.

— Hal, talvez...

— Você está pensando demais, Jack.

Algo na voz e na expressão dela o fez hesitar.

— Como assim?

Ela parecia meio tímida, mas também inteiramente confiante, e ergueu o queixo para falar.

— Eu gostei *muito* de te beijar no aeroporto e, se acontecer de novo por causa do namoro de mentira, vou aproveitar cada minuto. E também acho que dormir na mesma cama que você parece bem divertido, que nem uma festa do pijama adulta e platônica. A gente vai dar conta.

Jack não fazia ideia do que responder àquela ideia tentadora, mas horrível. Ele conseguia sentir o cheiro do perfume dela, o que de algum modo fez tudo piorar.

Quando organizaram a viagem, ele imaginou que eles se comportariam como colegas de quarto durante o final de semana. Naquele contexto, eles veriam televisão, cada um em sua cama, em lados opostos do quarto, e contariam piadas no escuro.

Mas conversar no escuro na mesma cama? Ver televisão debaixo da mesma coberta? Só de pensar, sentia que a cabeça ia explodir.

— Assim que a gente passar pela segurança do aeroporto em Omaha podemos voltar a ser amigos que buscam suas almas gêmeas — disse ela.

Ele virou a cabeça para o lado e estalou o pescoço de novo, de repente completamente tenso.

— Bom, eu não acho...

— Me dá um bom motivo para a gente não poder fazer isso.

Ele tinha um ótimo motivo, mas não queria falar até voltarem para casa. Ele suspirou.

— Tá. Vamos ficar nesse quarto, mas, se você encostar em mim, juro por Deus que vou berrar.

Hallie

Era esquisito ela achar aquele lado dele uma fofura? Jack, provocador e hilário, estava estranhamente acanhado e genuinamente preocupado com a amizade deles.

Ele era fofo, por baixo de todo aquele Jack.

No entanto, ela não queria deixá-lo desconfortável, então perguntou:

— Estamos bem?

Ele revirou os olhos e bagunçou o cabelo dela.

— Pode enfiar esse drama no cu, Hal. Tá tudo bem, só estou tentando proteger isso aqui.

— Legal.

Hallie deu um tapa na mão dele, recuou e ajeitou o cabelo, sentindo uma porrada no estômago com a emoção por trás das palavras de Jack. *Proteger isso aqui.* Algo na voz dele a deixava... perturbada, mas provavelmente era o fato de ela não querer admitir a importância daquela amizade para si mesma.

— E aí, quer curtir Vail ou não quer? — perguntou ele, todo resmungão.

— Vamos nessa — disse ela. — Posso só trocar de roupa antes?

— Claro, eu também vou me trocar.

Ela entrou no banheiro e vestiu um suéter preto de gola rolê, calça jeans e botas de caminhada. Embolou as roupas para esconder a calcinha, como fazia sempre que ia à ginecologista.

Deus a livre de as pessoas descobrirem que ela usa calcinha.

— Escuta, Jack — disse ela, abrindo a porta do banheiro —, talvez...

As palavras sumiram quando ela o viu parado na frente da mala só de calça jeans — uma calça caída o suficiente para expor a cintura do que parecia uma cueca boxer.

Nossa senhora.

Ele tinha aquele osso pronunciado do quadril que ela achava que só existia na capa de livros eróticos sobre cowboys.

— Sim? — perguntou ele.

Ela ergueu o olhar da barriga dele.

— Que foi?

Ele sorriu um pouco.

— Você disse *talvez...* e parou de falar.

— Ah. É — disse ela, com uma risada fraca. — Nossa, você me pegou desprevenida. Eu tinha esquecido, hum, que você era *assim*.

Ela fez um gesto, indicando o tronco nu.

— "Assim"? — questionou ele, levantando a sobrancelha.

— É, *assim* — replicou ela, e revirou os olhos. — Você sabe exatamente do que eu estou falando, Jack Marshall.

— *Assim* — repetiu ele, sorrindo.

Ela abriu a mala ao lado da dele, largou as roupas lá dentro e, em uma oitava mais grave do que a voz normal, disse:

— Eu sou o Jack. Sou todo gostoso. Sou todo *assim*.

Ele caiu na gargalhada.

— Por favor, veste uma camisa antes que eu te mate — disse ela, pegando a jaqueta do cabide para vesti-la.

— Porque todo o meu... *assim* está te incomodando?

Ela balançou a cabeça e semicerrou os olhos, em sua expressão mais raivosa.

— Quer saber? Sai sem camisa. Não estou nem aí. Vai caminhar pelado. Vou rir à beça quando os ursos comerem todo o seu *assim*.

— Tenho absoluta certeza de que corro mais rápido que você — disse ele, ainda rindo enquanto vestia uma camiseta cinza. — Então estou confiante de que meu *assim* vai ficar intacto.

— Mas assim que você tentar *correr*...

— Piper — disse ele, esticando a mão enorme para segurar a jaqueta dela, e, com um sorriso no olhar, a puxou para mais perto em um gesto de brincadeira. — Não acredito nem por um segundo que você deixaria um urso me comer.

— Não?

O coração dela deu um pulinho no peito, e ela percebeu imediatamente a distância entre sua boca e a dele.

— Não.

Ele olhou para os lábios dela, como se estivesse pensando na mesma coisa. Por um instante, os dois ficaram paralisados diante da possibilidade, sem se mexer, nem falar, até Jack pigarrear e acrescentar:

— Porque só eu acerto seu pedido de taco.

— Verdade — concordou Hallie, e a boca se abriu em um sorriso por conta própria, enquanto ela se sentia esquentar. — Ninguém mais entende que é ridículo botar o queixo por cima.

— Afinal — disse ele, com um sorriso igual ao dela —, do que adianta queijo frio e duro?

Capítulo
DEZENOVE

Hallie

Eles passaram a tarde toda caminhando por Vail, só os dois. Ela o forçou a descer a colina com ela até o Starbucks mais próximo antes de visitar as lojinhas simpáticas e, depois, comeram e tomaram uma cerveja na área externa de uma pizzaria fofa.

O plano era fazer uma trilha nas montanhas, mas o vilarejo de Vail era tão pitoresco, e a tarde de outono, tão linda, que acabaram apenas caminhando por lá.

Hallie estava feliz porque, apesar da preocupação dele, fingir namorar Jack era seu novo passatempo preferido. A sós, nas montanhas, não precisariam fingir; porém, naquela cidadezinha pitoresca, qualquer convidado do casamento poderia vê-los.

Por isso, ela andava de mãos dadas com ele, pulava nas costas dele quando ficava cansada de caminhar e ele oferecia colo, e o beijava.

Era definitivamente necessário.

Quando pararam diante de uma loja que parecia um chalezinho e Hallie imitou um sotaque francês, Jack implicou com ela como de costume:

— Que coisa horrível, Piper — disse ele, rindo dela, e ela percebeu que o sorriso dele estava a poucos centímetros do rosto dela, bem... *ali*.

Tão perto.

Ele engoliu em seco, ainda sustentando o olhar dela, como se percebesse a mesma coisa.

— Acho que meu tio Bob está vindo aí — disse ela.

— Você está olhando para mim, como viu ele? — perguntou Jack, descendo o olhar para sua boca.

— É apenas minha intuição — disse ela, quase sussurrando. — Só por via das dúvidas, melhor a gente se beijar.

Com a voz grave e baixa, ele perguntou:

— Hallie Piper, você por acaso tem um tio Bob?

— É que eu quero tanto — suspirou ela, sem saber se estava falando do beijo ou sobre ter um tio Bob.

— Bom, se você quer — disse ele, passando o dedo pelo arco de sua sobrancelha e percorrendo o rosto dela com o olhar —, melhor aproveitar.

As palavras não eram nada, mas o tom era de desafio. De provocação.

Então, ela puxou o colarinho do casaco dele para aproximá-lo e ficou na ponta dos pés. Em vez de beijá-lo na boca, beijou a lateral do pescoço dele, inspirando seu cheiro enquanto arranhava a pele com os dentes. Ela o sentiu prender a respiração e se deleitou com o gemido baixo que ele soltou enquanto lambia e beijava aquela pele quente.

Imagens lhe vieram à mente, conforme ela pensava em como seria fazer aquilo quando *não* estivessem em uma rua pública em um agradável vilarejo montanho...

— Hal. Para. Com isso. *Caralho*.

Jack a segurou pelos braços e a afastou, recuando um passo, com a voz um pouco rouca. Ele passou a mão no rosto, respirou fundo pelo nariz e, sem olhá-la, declarou:

— Vamos. Preciso caminhar.

Quando começaram a andar, ela se sentiu uma deusa do sexo, capaz de deixá-lo desnorteado com sua técnica sedutora de beijos no pescoço. Porém, só reparou que estava sorrindo quando ele esbarrou no braço dela e falou:

— Para com isso.

Menos de uma hora depois, eles se beijaram de novo e, dessa vez, foi tudo culpa de Jack. Eles estavam em uma loja de agasalhos, e Jack foi ver as araras masculinas no fundo, enquanto Hallie dava uma olhada na seção feminina.

O vendedor era o maior playboy do esqui: jovem, fofo, atlético e esquiador. Ele puxou papo sobre as pistas, e botou um chapéu bonitinho na cabeça dela.

— Você tem que comprar esse chapéu rosa da Patagonia. Combina muito com esses seus olhos verdes lindos.

Hallie revirou os olhos e balançou a cabeça em negativa.

— Cantadas bestas que nem essa não vão fazer você ganhar a comissão da Patagonia. Pelo menos não com a minha compra.

Ele sorriu e ajeitou o chapéu, puxando para cobrir melhor a testa dela.

— É meio antipático chamar de besta meu elogio sincero.

Ela riu e insistiu:

— Não vou comprar o chapéu.

De repente, Jack apareceu ao lado dela. Hallie sentiu a presença dele antes de vê-lo e sorriu quando ele esticou a mão e puxou uma das cordinhas penduradas do chapéu.

— Gostei — disse ele, olhando-a de um jeito que, em público, chegava a ser obsceno.

O olhar dele não desviou do dela nem por um instante, e o calor quase queimou suas íris. Hallie nem sabia o que responder. Ele voltou a atenção para o vendedor e disse:

— Vamos levar.

Eles seguiram para o caixa e, depois de pagar pelo chapéu, Jack a guiou pela lojinha até um provador.

— Acho que vi um parente seu.

— Vocês precisam de senha para o provador — gritou o vendedor.

Antes que ela pudesse falar alguma coisa, Jack fechou a porta e, apoiando as mãos na parede ao lado da cabeça dela, encostou a boca na sua, distribuindo beijos desesperados que faziam o coração dela bater mais forte. Ele a empurrou contra o espelho na parede, encostando nela todo o seu corpo duro, e ela o beijou de volta com toda a fome que sentia por ele.

Ele soltou um palavrão junto aos lábios dela e levantou a cabeça. Com um sorriso safado, falou:

— Acho que seus parentes já foram.

— Tem certeza?

Ela levantou a mão e passou o polegar pelo lábio dele. *A boca dele sempre foi carnuda assim?*

— Sei lá, podem estar à espreita ainda — acrescentou ela.

Com os olhos entreabertos, ele mordeu de leve o dedo dela — uau, como é que *aquilo* podia ser tão sexy? — e recuou um passo. Ele passou a mão no cabelo.

— Estou com medo do seu namoradinho ali chamar a polícia, e sua irmã vai nos matar se formos presos.

— Ah, é.

Ela vivia esquecendo o casamento.

— Que horas são? — perguntou ela.

Ele olhou o relógio.

— Cinco e cinco.

— Melhor a gente voltar para tomar banho e se arrumar para o jantar de ensaio.

— Depois de mais uma cerveja preta no bar...?

— Tá bom — cedeu ela, e revirou os olhos. — Mas é melhor beber rápido, porque eu demoro muito para ficar apresentável.

— É só usar o chapéu, vai ficar ótima. Aquele cara estava certo: combina muito com esses seus olhos verdes lindos.

— Falando nisso — disse ela, ao sair do provador —, por favor, não me interrompe da próxima vez que um playboy me elogiar? Eu poderia ter me dado bem se você não tivesse se metido.

Ele bagunçou o cabelo dela e a abraçou pelo pescoço.

— Claro, foi mal.

Depois de voltarem ao hotel, Jack decidiu malhar. Assim ela poderia ficar a sós no quarto por uma hora e se arrumar com calma antes de ele precisar tomar banho.

— Tem certeza? — perguntou ela, de braços cruzados, enquanto o via pegar o par de tênis, a bermuda e a camiseta. — Eu estava só brincando, me arrumo bem rápido.

— Estou doido pra dar uma corridinha na montanha — disse ele, a caminho do banheiro. — E preciso puxar ferro. Consigo me arrumar em uns quinze minutos, então dá tempo.

Depois de ele ir embora, Hallie tomou um banho demorado e gostoso. Estava se divertindo horrores brincando de namoradinha do Jack e queria que o fim de semana não acabasse nunca.

Parte dela sentia que precisava pensar mais sobre o porquê daquele prazer, mas ela rapidamente afastou o pensamento.

Hallie arrumou o cabelo e passou sombra esfumada nos olhos enquanto assistia distraidamente a *Top Chef*. Quando acabou, passou o vestido que estava um pouco amassado e se vestiu.

A irmã, doida por atenção, tinha mandado as madrinhas irem de branco no jantar de ensaio, enquanto ela usaria um vestido escarlate, depois inverteria as cores no casamento. Ela estava obcecada pela ideia desde que saíra o *Red (Taylor's Version)*, e tinha encontrado um homem inteiramente dedicado a seu lado teatral. Ficaria *mesmo* incrível nas fotos, mas, como era sua irmã, Hallie achava só irritante e melodramático.

Mas tinha adorado seu vestido.

Era comprido e branco, feito de um tecido fluido que acompanhava o movimento do corpo, sem grudar demais. Um dos ombros ficava exposto, e, no outro, começava um fru-fru branco que descia diagonalmente até a cintura. Era algo que ela vestiria em uma festa chique de Ano-Novo.

Hallie estava colocando os brincos de pérola quando ouviu Jack na porta. Estava preparada para ele rir da cara dela por causa do look de noiva, mas, quando ela abriu a porta e disse "Casa comigo" na melhor imitação de Maeby Fünke, de *Arrested Development*, ele nem sorriu.

Apenas olhou para ela da cabeça aos pés, e finalmente soltou:
— Uau.
— Pois é — disse ela, revirando os olhos. — Ela mandou todas as madrinhas usarem branco hoje. Achei um exagero, mas a noiva é ela.

Hallie deu as costas para ele e foi pegar a bolsa bordada de miçangas na mesa de cabeceira.

— Vou para o quarto do Chuck para te dar privacidade...
— Não.
— Quê?

Ela olhou para trás. Quando ele pigarreou, ela desceu o olhar para o pescoço dele, a camiseta encharcada de suor, as pernas.

Meu Deus do céu, essas pernas. Ele tinha panturrilhas grossas e definidas.

Hallie tinha um fraco por uma bela panturrilha.

As panturrilhas dele davam vontade de morder, se é que isso fazia sentido.

— Fica aqui — disse ele. — Eu só preciso de uns dez minutos no banheiro e já fico pronto.

— Tem certeza?

Ela se empertigou e se virou, mas estava com dificuldade de formar palavras. Do nada, Hallie se deu conta de que ele ia tomar banho, pelado, do outro lado daquela porta. Em minutos ele estaria todo molhado, ensaboado e... nossa.

— Tenho.

— Tá bom. Legal.

Ela foi até o espelho pendurado entre o frigobar e a escrivaninha e se aproximou um pouco para retocar o batom.

— Não se mexa — disse Jack, indo até ela. Ele parou e a olhou pelo espelho. — Seu zíper ainda está meio aberto.

— Ah.

Hallie prendeu a respiração ao sentir os dedos dele no zíper, a outra mão na lombar, e o calor do corpo dele atrás dela. Pelo espelho, viu Jack olhar as costas dela enquanto puxava o zíper devagar. Viu a mandíbula dele tensionada, as narinas abertas, a mão esquerda se demorando após o zíper estar fechado, apoiada em suas costas. Depois de um momento, ele recuou, pigarreou e disse:

— Tá... quanto tempo eu tenho?

Ela pestanejou, confusa por um segundo, antes de olhar para o relógio atrás dele no espelho.

— Hum, quinze minutos.

Ele assentiu e pegou a roupa pendurada perto do banheiro.
— Tranquilo — falou, e foi tomar banho.

Jack

Aquele fim de semana ia acabar com ele.

Ele abriu o chuveiro, mas, não importava o que fizesse, não conseguia parar de pensar em Hallie naquele vestido branco. O cabelo ondulado, o batom vermelho, os brincos de pérola — porra, ela parecia uma noiva.

Qual era aquela expressão mesmo? Quando o homem planeja, Deus ri?

É, tinha alguém aí gargalhando daquele plano idiota de namoro de mentira.

Ele tirou os tênis e a camiseta antes de pegar o celular e mandar mensagem para Hallie.

> **Jack:** Eu devia ter dito antes, mas você está incrível.

Ele sabia que ela estava franzindo a testa ao ler a mensagem.

> **Hallie:** Por que você está me mandando mensagem do banheiro?
>
> **Jack:** Porque não quero misturar esse sentimento com nosso joguinho. Seu amigo Jack, e não seu namorado falso, está dizendo, em uma declaração inteiramente subjetiva, que você está estonteante.
>
> **Hallie:** Bom, para ser sincera com meu amigo de verdade, e não meu namorado de mentira, estou amando essas férias com você e não quero que acabem.
>
> **Jack:** Idem.

Ele largou o celular, tirou o resto da roupa e entrou no chuveiro. Queria saber o que Hallie estava pensando. O que estava sentindo.

Porque parecia que ela estava curtindo aquele joguinho tanto quanto ele. Porém, o comportamento dela parecia mais casual — quase blasé —, o que dava a impressão de que Hallie ainda era a parceira dele e só estava "aproveitando" o fim de semana de fingimento, o que quer que isso significasse para ela.

Se fosse o caso, ele não podia abrir o coração para ela e correr o risco de perder a amizade.

Jack fez a barba, escovou os dentes e penteou o cabelo rápido antes de se vestir. Quando saiu do banheiro e a viu de novo naquele vestido, recostada na cama e mexendo no celular, sentiu que estava sendo enforcado pela gravata.

O celular dele vibrou enquanto calçava os sapatos sociais, então ele pegou o aparelho do bolso.

> **Hallie:** Não se gabe demais, mas você tá bonito pra cacete. Tipo, queria dizer que você tá uma lindeza, mas acho que você ia ficar ofendido.

Jack tentou engolir em seco, mas de repente sentiu que a garganta estava ferrada.

Ele respondeu: Tá pronta pra sair, BT?

Jack continuou olhando o celular, mas ouviu a risada de Hallie quando ela respondeu: Estou. Mas é bom avisar: sua namorada tem tendência a uma mão boba quando bebe vinho.

Ele não conseguiu segurar o sorriso, e respondeu: Então é bom eu TE avisar: quando minha namorada tá com a mão boba, normalmente encontro um closet ou elevador mais próximo e faço ela gritar.

Ele a olhou, meio sorrindo porque sabia que ia fazê-la calar a boca, mas se arrependeu imediatamente. Porque, primeiro, ela ficou boquiaberta e corada; a resposta que ele esperava. Porém, em seguida — Nossa senhora —, ela fez biquinho com a boca pintada, inclinou a cabeça, o olhou bem de frente e levantou a sobrancelha, interessada.

Puta que pariu, pensou ele, abrindo a porta para ela.

Capítulo VINTE

Hallie

— É para os padrinhos e a família irem para o corredor — gritou a mãe de Hallie — e o resto dos convidados, para o salão.

Hallie revirou os olhos.

— Já volto — disse para Jack, que estava de mãos dadas com ela, pacientemente esperando o avanço do ensaio.

— Te espero no salão.

Hallie começou a se afastar, mas ele a puxou de volta e a beijou na ponta do nariz. Sorriu para ela com um olhar carinhoso, e ela sentiu um tiquinho de frio na barriga ao sorrir de volta.

Foi em direção ao corredor, toda sorridente, perdida em pensamentos. Estava tão distraída que nem viu Ben até ele dizer:

— Oi, Hal.

Ela parou de andar e o olhou, irritada por ele a ter chamado pelo apelido.

— Ben. Oi.

Ele sorriu.

— Você está linda.

— Valeu.

Hallie fechou bem a boca e olhou para um ponto logo atrás dele, porque não queria ver seus olhos castanhos. Ela acrescentou:

— Você também.

Ben era aquele cara perfeitinho que não suportava climão, por isso falou:

— Escuta, não quero que o clima fique estranho entre a gente durante o casamento...

Ela levantou a mão.

— Não vai ficar.

— ... então espero que aceite meu pedido de desculpas.

Ela abaixou a mão e, por fim, o encarou, chocada pelas palavras. Ele nunca fora de pedir desculpas, mesmo depois de arrancar o coração dela do peito. Hallie cruzou os braços, sentindo um frio repentino, e respondeu:

— Desculpas pelo quê?

— Por tudo — disse ele, apertando a garrafa de água mineral como se estivesse nervoso. — Peço perdão.

Hallie o olhou, seriamente em dúvida. Por um lado, ela queria que ele sofresse para sempre, porque ainda sentia a dor da rejeição. Mesmo que não quisesse voltar com ele, estaria mentindo se dissesse que algumas músicas ainda não a levavam de volta àquele mês de setembro, a preenchendo com uma melancolia dolorida.

Por outro, ela não estava nem aí. Hallie viu aquele rosto lindo e sentiu apenas nostalgia.

Engoliu em seco e respondeu:

— São águas passadas, Ben... está tudo bem.

Ele virou um pouco a cabeça, como se duvidasse do que acabara de ouvir.

— Como é que é?

— Já superei, estamos de boa.

— Nossa.

Ele sorriu, surpreso, e ela se perguntou se um dia conseguiria olhá-lo sem sentir aquela pontada de tristeza. Não queria voltar com Ben, mas provavelmente nunca deixaria de sentir *alguma coisa* por ele.

— Nem acredito que você está tão tranquila com isso — acrescentou ele.

— Por quê? — perguntou Hallie, e os dois sorriram.

Porque na última conversa deles ela o havia chamado de demônio (entre outras palavras) e roubado sua amada bola de beisebol autografada.

Ela deu de ombros e falou:
— Não foi tão difícil te esquecer, Cachecol.

Jack

Jack: Isso é frio ou você tá muito feliz nesse ensaio?
    Hallie: Primeiro, você não vai me fazer olhar para meus peitos com esse comportamento infantil.

Jack riu baixinho e desviou o olhar do celular a tempo de vê-la mostrar a língua para ele. Hallie voltou a olhar o aparelho e a digitar.

    Hallie: Segundo que no colégio eu fui parar na diretoria porque o Jon Carson me disse a mesma coisa e eu fiz um sermão na cantina sobre tudo que ele obviamente não entendia sobre mamilos. Eu levei advertência por falar MAMILOS e ele ficou lá coçando o saco.
    Jack: Não deve ter só coçado.
    Hallie: Você é ridículo.

— Hallie, tenha dó — gritou a mãe, com as mãos na cintura —, pode largar o celular por cinco minutos para a gente andar com essa porcaria de ensaio?

Hallie revirou os olhos e deixou o celular na cadeira vazia ao lado.

Jack riu de novo enquanto esperava no corredor. O casamento aconteceria no dia seguinte, na área externa, mas estavam ensaiando na parte interna porque lá fora estava acontecendo outra festa.

Todo mundo ali tinha um papel a desempenhar no casamento, mas o único trabalho de Jack era ficar sentado, vendo o desastre acontecer. A mãe e a irmã de Hal pareciam estar dando máxima atenção a cada detalhe, e o ex de Hal não parava de olhar para ela, mas ela passou o tempo inteiro com cara de entediada, porque não largava o celular.

Porque estava trocando mensagem com ele.

Se deu mal, ele mandou.

Ele a viu ignorar a bronca da mãe, olhar o celular e mandar uma resposta rápida: Para de me meter em encrenca.

Hallie

— Que nojo.

Hallie levantou o olhar do celular e se virou para Carolyn, a madrinha principal da irmã, que estava parada ao seu lado, sorrindo com o nariz enrugado.

— O quê? — perguntou.

— O jeito como o seu namorado olha pra você. Quero vomitar de inveja.

Hallie acompanhou o olhar de Carolyn e viu que Jack a olhava com aquele sorrisinho sarcástico que ela amava.

— Esse é o jeito como ele olha quando está aprontando alguma coisa...

— Não estou falando de agora — disse ela, olhando para a mãe de Hallie, que estava fazendo um escarcéu por causa do violinista. — Desde que a gente chegou aqui, seu namorado ficou parado ali olhando como se você fosse a coisa mais incrível que ele já viu.

Hallie precisava se lembrar de pedir para ele baixar a bola para não dar pinta de grudento. Mas era verdade que Jack a olhava como se ela fosse incrível; a expressão dele naquele momento fez umas loucuras dentro dela.

Ela abriu a boca para desdenhar, mas lembrou que queria, sim, que todos achassem que Jack era o namorado perfeito e adorava tudo que ela fazia.

— É, ele é, hum — falou, tentando pensar na palavra certa. — Jack é muito focado.

— Bom, parabéns, Hallie — disse Carolyn, olhando para Jack com uma expressão de pura malícia. — É difícil encontrar um homem focado assim.

— Tá, então, eu subornei a garçonete pra botar a gente na mesa de Chuck e Jamie.

— Como é que é? — perguntou Hallie, a caminho do salão de jantar.

Jack tinha dado a mão para ela imediatamente depois do ensaio, mas Hallie ainda não tinha achado um jeito de aumentar o desafio naquela situação.

— A garçonete me disse que não tem mesa só para a família, então eu já ia me sentar com você — disse ele, e ela sentiu no corpo inteiro o carinho que ele fazia na mão. — Só pedi para ela mexer nos lugares marcados para a gente sentar com seus amigos, e não com seu tio Marco e sua tia Tam.

Hallie olhou para o rosto malicioso dele e se perguntou como ele podia ser perfeito assim. Marco e Tam eram irritantes e barulhentos, teria sido horrível.

— Minha irmã vai te matar.
— Mas *você* vai me matar? — retrucou ele.
— Você é o melhor namorado do mundo. Eu nunca te mataria.

Ele pegou o celular e mandou uma mensagem. O celular de Hallie vibrou.

Ela tirou o aparelho do bolso e leu.

> **Jack:** Mas você ME mataria, né?

Ela sorriu, soltou a mão dele e respondeu:

> **Hallie:** Passei horas sonhando com isso.
> **Jack:** Tarada.
> **Hallie:** Eu não, mas sua namorada me contou que você gosta de mordida no pescoço.
> **Jack:** Não conta pra ela o que vou te contar, isso aqui é só entre Hal & Jack.
> **Hallie:** Eba! Voltamos com o &!
> **Jack:** Falei que a gente ia reviver a moda.
> **Hallie:** Sempre acreditei em você. Enfim, o que você não quer contar para sua namorada linda e encantadora?
> **Jack:** Hoje, quando ela beijou meu pescoço, eu *quase* implorei para ela voltar pro quarto comigo.

Ao pensar naquilo, Hallie ficou um pouco tonta e sentiu a barriga congelar.

Hallie: Então... queria que ela voltasse para morder mais?
Jack: Para morder & mais. & muito mais.

— Querem largar esses celulares? — gritou Chuck, já sentado. — Vamos, parece que vocês estão na nossa mesa.

Hallie e Jack andaram até a mesa, e Hallie ficou aliviada pela interrupção, porque ela estava prestes a implorar por uma noite toda de "& mais" com o melhor amigo. Ela sentou entre Chuck e Jack e imediatamente pegou a taça de vinho, que virou de um gole só.

— Você bebeu bem rápido, mocinha — disse Jack, em voz baixa, ao pé do ouvido dela.

Ela olhou para ele de soslaio e revirou os olhos quando ele fez aquela expressão atenta e engraçada, reagindo a seu estado acalorado.

O salão tinha sido organizado para a irmã de Hallie ficar em destaque. A mesa no centro era decorada em branco, para acentuar as roupas formais vermelho-sangue dela e do futuro marido (Riley também tinha escolhido um terno vermelho para combinar com a noiva). Um lustre imenso e iluminado pendia logo acima da mesa deles, servindo de holofote.

Os convidados estavam sentados a mesas brancas espalhadas ao longo do salão iluminado apenas pelos candelabros no centro das mesas.

Hallie tinha que reconhecer: a irmã sabia criar um clima.

— E aí, o que vocês fizeram hoje? — perguntou Chuck, que já tinha soltado um pouco a gravata *muito* torta. — Achei que a gente ia esbarrar com vocês.

— A gente só deu uma volta na cidade — disse Hallie, pensando no nervosismo de Jack com o fingimento deles e a situação das camas, e no que ele dissera sobre proteger a amizade. — E vocês?

Chuck e Jamie começaram a contar como acabaram numa trilha com a família, mas Hallie não conseguia se concentrar. Sentia arrepios na pele toda devido à proximidade de Jack, pensando em zíperes, panturrilhas e banhos ensaboados.

Qual era o problema dela?

Assim que eles acabaram a história, Hallie se levantou e declarou:

— Vou pegar uma bebida.

Ela foi até o bar e se arrependeu imediatamente, porque tinha conseguido evitar a família o dia inteiro, já que escapara com Jack, mas ali não tinha saída. Quando finalmente pegou o drinque de vodca e cranberry, já tinha falado com alguns primos e três tios.

E nada disso havia feito Hallie parar de pensar em Jack.

A refeição foi servida, finalmente, mas ela estava sem apetite. Estava… agitada demais para comer. Participou distraidamente da conversa no jantar, e ficou extremamente agradecida por Jack ter trocado os lugares, porque assim ele podia conversar com Chuck e Jamie, e Hallie podia surtar em silêncio.

Hoje, quando ela beijou meu pescoço, eu *quase* implorei para ela voltar pro quarto comigo.

— Hal.

— Oi?

Jack a olhava com ar de dúvida. Seus olhos azuis buscaram algo na expressão dela e aparentemente não encontraram, porque ele perguntou:

— Vamos lá fora rapidinho?

O coração dela começou a bater com força e ela concordou com a cabeça.

— A gente já volta — disse ele para a mesa, segurando a mão de Hallie e a levando em direção ao corredor.

Ela estava zonza, mas não conseguia pensar em nada específico, o que era bizarro. Estava só… nervosa…?

Jack não a levou para fora, simplesmente parou ao avistar um closet sem placa. Ele abriu a porta, a puxou para dentro e fechou. O closet cheirava a alvejante e roupa limpa, e estava escuro, exceto pela luz fraca que entrava pelas frestas da porta.

Hallie mal o enxergava.

— O que você está fazendo? — questionou ela, e ele a virou de costas para a porta.

— Por que você está surtando, Hal? — perguntou ele, com a voz grave e um pouco rouca ao pé do ouvido dela.

Ela queria negar, mas era Jack. Ele a conhecia bem demais para isso. Ofegante, ela respondeu:

— Na verdade, não sei.

Ela sentiu o cheiro de uísque quando ele falou.

— Tem a ver com o que eu disse sobre querer implorar para você voltar comigo pro quarto?

Ela engoliu em seco.

— Assim...

— Eu sabia que esse joguinho era má ideia — disse ele, e ela sentiu a proximidade de seu corpo, mesmo que não estivessem encostados. — Não vou perder você por causa de sexo. Acho que a gente deveria fingir namorar sem essas besteiras de beijo pelo resto do fim de semana.

A decepção a invadiu; a sugestão dele era meio que o oposto do que ela estava pensando.

— Ah, espera aí... isso já é meio radical, né?

Ele riu baixinho no ouvido dela.

— Então o que *você* sugere?

— Hum — disse ela, sem querer abrir mão da intimidade que estavam compartilhando desde que haviam chegado ao Colorado —, talvez a gente tenha que dar duro para firmar uma regra clara sobre sexo.

— Dar bem duro, é? — grunhiu ele, e ela sentiu a mordida na orelha.

— Você entendeu, seu tarado — replicou ela, quase sussurrando.

— Entendi — disse ele, roçando o nariz no pescoço dela, e a respiração na pele dela. — Juramos solenemente não transar neste final de semana, por mais que você me morda.

— Exatamente — riu ela. — E por mais bonitas que sejam suas panturrilhas.

Jack levantou a cabeça.

— Minhas panturrilhas?

— Você nem imagina como elas me distraem — confessou ela.

Ele começou a rir, e o som preencheu as sombras.

— É melhor a gente voltar — disse Hallie, sem querer sair dali, mas sabendo que a mãe e a irmã não aceitariam sua ausência. — Alguém vai começar algum discurso já, já.

— Espera.

O celular dele iluminou o ambiente, e ela ouviu a mensagem sendo enviada antes de o celular dela vibrar.

Ela tirou o aparelho do bolso.

Jack: Já que reforçamos que esse fim de semana não vale, posso te beijar?

Ela olhou a mensagem por um bom momento, sem saber o que responder, e finalmente guardou o celular na bolsa.

— A gente se beijou várias vezes desde que você me buscou hoje — falou. — E *agora* quer pedir permissão?

A luz do celular dele iluminou a linha rígida de sua mandíbula.

— Não foi seu namorado de mentira que perguntou.

O coração de Hallie acelerou outra vez. Com um calafrio, ela perguntou:

— Então... *você* quer me beijar?

O celular dele apagou, e ela ouviu o sangue nos ouvidos enquanto esperava a resposta.

— Só uma vez — disse ele, com a voz áspera. — Jack e Hallie de verdade, antes de as coisas voltarem ao normal.

Ela achou de verdade que ia desmaiar. Buscou as palavras, mas disse apenas:

— Minhas mãos estão tremendo.

Hallie sentiu as mãos dele na lateral de seu rosto e ouviu a própria respiração trêmula. Ele encostou a boca na dela, mas o beijo não foi ardente e arrogante como os outros, foi... diferente.

Foi um beijo íntimo e sexual, o tipo de beijo que normalmente se dava em um quarto escuro, com um corpo esticado em cima do outro. Bocas bem abertas, o ângulo em busca da conexão perfeita, o calor do hálito dele nos lábios dela, o toque dos dedos dele em sua pele.

Jack enrolou a língua na dela, provocante, mordendo de leve seu lábio inferior, e Hallie acabou avançando, desesperada para retribuir e fazer de tudo para ele nunca parar.

Ela agarrou as lapelas do paletó dele e o puxou para mais perto, juntando seu corpo ao dele. Ele grunhiu, apertou a cintura dela, desceu as mãos para a bunda, e foi a vez dela de soltar um barulho quando sentiu a rigidez dele se esfregar nela.

— Nem ouse parar — arfou ela na boca dele, e inclinou a cabeça para trás quando ele desceu os lábios para o pescoço.

— Eu preciso, Hal — ofegou ele no pescoço dela, chupando a pele e apertando o corpo. — Antes que a gente estrague tudo.

— É — concordou, ainda levantando as mãos para sentir o cabelo grosso dele entre os dedos. — Boa ideia.

— Então... vamos parar?

Ele ergueu a boca, mas ela ainda sentia o hálito dele na pele do pescoço ao falar, e ele parecia disposto a fazer o que ela quisesse.

— Vamos — disse ela, soltando o cabelo dele com um suspiro.

— Melhor.

— Graças a Deus — respondeu ele, a voz arrastada e meio sonolenta. — Porque ainda nem comi o pãozinho no meu prato.

— Os pãezinhos são uma porcaria — disse ela, tentando, com as mãos ainda trêmulas, se ajeitar no escuro.

— Por que você sempre estraga tudo? — brincou ele na escuridão.

Ela ajeitou o cabelo e perguntou:

— Como a gente vai sair daqui sem parecer um casal com fogo no rabo?

— É fácil. É só sair com autoridade, como quem tem razões legítimas para estar aqui.

Hallie tocou a boca e lembrou que estava usando batom vermelho.

— Droga, você consegue enxergar meu rosto?

Jack se aproximou.

— Mais ou menos...

— Talvez esteja com a cara toda borrada de maquiagem. Merda.

— Aqui.

Antes que ela o impedisse, ele levantou o celular e tirou uma foto bem de perto. O flash a cegou naquele espacinho apertado.

— Cacete, o que foi isso?!

— Só queria ajudar...

Ele nem terminou a frase, porque, ao olhar o celular, caiu na gargalhada. A tela iluminou o rosto dele e, como não conseguia parar de rir, ele virou o celular para mostrar para ela.

A foto era horrível.

Ela estava de olhos entreabertos, batom borrado, narinas infladas e em um ângulo tão próximo que não dava para ver nada além dos olhos, do nariz e do lábio superior. Ela parecia o fantasma de um palhaço bêbado.

— Não estou rindo da sua cara... — tentou dizer ele, mas não concluiu.

— Eu sei — disse ela, e ao ver a foto e perdeu a compostura.

Ela caiu na gargalhada com ele, e nenhum dos dois conseguia se conter. Ele apoiou a testa na porta acima dela enquanto tentava se acalmar, e ela sentiu lágrimas estragarem o que restava da maquiagem nos olhos enquanto ria.

Hallie mal conseguia respirar.

Sempre que tentava parar de rir, imaginava a foto de novo.

Ela gritou quando a porta se escancarou atrás deles, fazendo os dois caírem no chão do saguão.

Uma faxineira pestanejou para eles, segurando a maçaneta.

Hallie rapidamente levantou e se sentou, com os olhos irritados com as luzes fortes. Ela olhou para Jack, caído no chão do hotel com a cara borrada de batom vermelho e o cabelo desgrenhado. Ele parecia tão atordoado quanto ela.

Ele se sentou e a olhou.

O sorriso subiu devagar pelo rosto de Jack até ele jogar a cabeça para trás e voltar a gargalhar, mesmo sob o olhar perdido da funcionária do hotel.

Foi nesse momento que ela soube.

Capítulo VINTE E UM

Jack

— Agora é hora de charuto e uísque no pátio leste para os cavalheiros, e cosmopolitans no pátio oeste para as damas.

Jack viu a irmã de Hallie colocar o microfone de volta no lugar e achou interessante a diferença entre elas. Lillie parecia ótima, mas Hallie era tão... *Hal.*

— Está tirando uma com a minha cara?

Falando nela...

Ele se virou e viu Hallie se aproximar, recomposta. Nada de sombra borrada, nem batom pela cara. Ele sentiu saudade daquela bagunça.

— Como é que é? — perguntou, se fazendo de inocente.

— Onde é que a gente tá? Na Inglaterra vitoriana? *Os cavalheiros vão se retirar para tomar uísque e fumar charutos, enquanto as damas descansam suas compleições delicadas?* — questionou ela, vendo os convidados começarem a seguir para os pátios determinados. — E se *eu* quiser um charuto?

Ele olhou para a boca de Hallie. De repente, não conseguia parar de olhar.

— O que exatamente é uma compleição? — perguntou.

Hallie deu de ombros.

— Sei lá, mas tenho certeza de que a minha é tão forte quanto a sua.

— Até parece — disse ele, ajeitando uma mecha de cabelo bagunçada dela. — E você por acaso quer um charuto?

— Não — respondeu ela, ajeitando a mesma mecha de cabelo, e finalmente encontrou o olhar dele. — Mas também não quero essa porcaria de cosmopolitan.

— Vamos lá, Jack — disse Chuck, se aproximando e indicando a saída com o queixo. — Hora dos cavalheiros fumarem um cigarrinho.

— Eu quero ir com vocês...

— Vem cá, Hal — praticamente gritou a mãe de Hallie, da outra saída. — Por favor.

— Chispa daqui — disse Chuck, dando um empurrãozinho em Hallie. — Vai lá ser uma mulherzinha comportada.

— Vai tomar no cu — retrucou ela, e apontou para Jack para acrescentar: — Esteja pronto para segurar meu cabelo hoje, porque, se eu tiver que beber cosmopolitans com a *minha mãe* e conversar sobre o que acontece na noite de núpcias, juro por Deus que vou encher a cara.

Ele e Chuck começaram a rir quando ela se virou e saiu marchando, e não havia nada que Jack pudesse fazer além de vê-la partir.

Que mulher forte da porra.

— Então, posso te perguntar uma coisa sobre a Hal?

Jack balançou a cabeça devagar e soprou uma baforada de fumaça de charuto, que viu subir pelo céu noturno.

— Se for necessário.

Chuck pigarreou.

— Então, as coisas com ela andam bem?

Jack inclinou a cabeça e olhou para Chuck. Ele gostava muito mesmo dele. Chuck era nerd, simpático e engraçado demais.

— Aham.

— Então você gosta muito dela?

— Gosto — respondeu Jack, olhando para o outro lado do pátio, onde os padrinhos estavam no meio de um jogo de bebida idiota. — Gosto mesmo.

— É o seguinte — disse Chuck, e franziu a testa. — Ela te falou sobre o Ben?

— Quem é Ben? — perguntou, mesmo sabendo que era o ex de Hallie.

— *Quem é Ben?* — disse Chuck, abaixando as sobrancelhas. — Ben Marks, o ex?

— Ah, ele.

Jack levou o charuto à boca e olhou para o homem em questão, que conversava com o pai de Hallie. Ele parecia o tipo de cara que gostava de falar do cheiro do vinho.

— Não sei muito sobre ele — completou.

— Vou te contar a fofoca, mas você nunca ouviu isso da minha boca, tá?

Jack concordou com a cabeça.

— Hallie e Ben namoraram por alguns anos e chegaram a morar juntos.

Puta merda.

— Anos?

Chuck confirmou.

— Ele é um babaca passivo-agressivo que se acha sofisticado e fazia ela se sentir uma merda. Convenceu ela a fazer coisas tipo jogar tênis e comprar um Volvo.

— Porra, um Volvo?

— É. *Caralho.* Odeio esse cara e também odeio Volvos — disse Chuck, se recostando na cadeira para olhar o céu. — Parecia que ele fazia Hallie achar que o jeito dela era motivo de vergonha, sei lá... Estou supondo, tá? É minha análise depois de ver eles juntos por anos.

Porra, Jack odiava aquele cara.

Mas não dava muita bola para Volvos, pensou, tomando um gole longo de uísque.

— Um dia, do nada, Ben chegou em casa e disse para Hallie que tinha tido uma epifania. Ele percebeu que estava apaixonado pela ideia dela, por quem ele achava que ela podia ser, mas não por ela.

Jack abaixou o copo.

— Porra, e o que ele quis dizer com isso?

— Que ele não amava ela. Que amava quem ele queria que ela fosse, mas que ela, tipo, nunca tinha chegado lá.

— *Merda.*

Jack imaginou Hallie chorando depois de Alex terminar com ela e se sentiu ainda mais escroto por causar aquilo. Ela podia não amar o cara, mas não precisava que outra pessoa fizesse ela se sentir inferior. Porque, porra, ela era incrível.

— Cá entre nós — disse Chuck, se aproximando e abaixando a voz —, já desconectei a bateria do carro do Ben umas três vezes depois disso, só para foder com a vida dele e fazer ele se atrasar para o trabalho.

— Que loucura — comentou Jack, rindo, e deu uma baforada de charuto enquanto olhava para o babaca que Hallie tinha amado. — Acho que gosto mesmo de você, Chuck.

— O filho da puta nem imaginava o problema, o carro nem ligou — disse Chuck, rindo.

A conversa logo se voltou para Volvos. Chuck nitidamente adorava carros — e odiava Volvos — e por algum motivo achou que Jack também curtia o assunto. Jack apenas escutou, aproveitando o charuto e tentando imaginar como seria achar Hallie insuficiente. Era impossível.

— Oi, otários.

Ela surgiu do nada no escuro, andando pela grama, e Jack perdeu o fôlego. Hallie ainda estava de vestido branco, mas os cachos tinham se soltado, deixando o cabelo meio bagunçado e ondulado, e ela não usava mais joias. Ela abriu um sorriso largo, com os olhos brilhantes, e os sapatos de salto pendurados nos dedos da mão.

— Vou te dedurar, sua filha da mãe escandalosa — brincou Chuck.

— Shh — disse ela, olhando de relance para os outros padrinhos, que estavam jogando baralho. — Dei a volta no prédio correndo e tive que pular aquela cerca ali.

Jack olhou a cerca que ela apontou, então ela roubou o charuto da mão dele e se sentou no chão, entre a cadeira dele e a de Chuck. Hallie o olhou com a cabeça inclinada para trás, expondo o pescoço gracioso, e disse:

— Você não se incomoda, né?

Ele a viu soltar uma baforada. Achou a cara de Hal fumar charuto com naturalidade.

— Você sabe que vai estragar o vestido sentada assim no cimento, né? — disse Jack.

— Já sujei o fru-fru todo de chocolate... olha só.

Ela puxou o fru-fru, que parecia ter sido preso no lugar com fita adesiva, e viu que a parte de baixo estava coberta por uma mancha marrom enorme.

— Por favor, me explique a fita adesiva.

— A bartender me ajudou. Bartenders sempre têm um kit de ferramentas útil — explicou.

— E o chocolate?

— Pedi um Frappuccino por um aplicativo, mas deixei cair no pátio.

Chuck riu.

— Porra, você passou essa última hora bem ocupada.

— Passei, sim. Jamie pediu para avisar que o celular dela está sem bateria. Ela fingiu passar mal e está no quarto.

— Show — disse Chuck e, sem mais nenhuma palavra, se levantou e foi embora.

— Escuta, Jack — disse Hallie, olhando para a camisa dele em vez do rosto. Ela parecia casual, mas tinha alguma coisa esquisita ali. — Minha mãe vai vir me procurar já, já, e eu não vou voltar, nem obrigada. Então acho que vou dar boa noite e subir para o quarto.

— Hal.

— Oi?

— Olha para mim.

Ela voltou os olhos verdes e brilhantes para ele.

— Que foi?

— A gente tá de boa? Tudo certo depois do... closet?

Ele notou que o braço dela estava arrepiado e, por instinto, começou a tirar o paletó.

Hallie revirou os olhos, sorrindo, quando ele cobriu os ombros dela. Ela se levantou e apertou o paletó, parecendo ainda menor ao se aninhar ali.

— Tudo bem, e obrigada pelo casaco, seu lindo cavalheiro.

Ele abaixou o copo e se levantou.

— Vamos nessa.

Ela franziu a testa.

— Você não precisa ir embora da festa só porque eu vou.

Ele deu de ombros, pois tudo que queria era estar a sós com ela na única cama do quarto, mesmo que não fosse rolar sexo.

— Mas eu quero.

Felizmente, ninguém notou quando eles saíram do pátio e voltaram para dentro do hotel. Ele queria Hallie só para si.

Capítulo
VINTE E DOIS

Hallie

Hallie tagarelou sobre a festa no pátio a caminho do quarto, com o coração martelando no peito enquanto pensava no plano. Ela estava receosa de falar e acabar estragando a amizade, mas não queria deixar o final de semana perfeito acabar sem nem sequer tentar.

Sem, quem sabe, dar um passo à frente.

— E tiraram o microfone da sua mão mesmo? — Jack riu, entrando no elevador. — Que bando de chatos.

— Tá, na real, eu estava sendo um porre.

— Você? Impossível.

Ela gostava das ruguinhas no canto dos olhos de Jack quando ele implicava com ela. Ao apertar o botão do elevador, contou:

— Descobri que o microfone chiava com falsete, então selecionei uma música dos Bee Gees e *caprichei*.

Ele revirou os olhos.

— Por que deixaram *você* cantar no karaokê?

— Por que não deixariam? Eu tenho a voz de um anjo.

Eles chegaram ao andar e seguiram o corredor. Hallie tentava se convencer a falar calmamente o que sentia e o que queria, mas não conseguia dizer nada.

As palavras certas estavam empacadas na garganta, então ela só falava sem parar sobre qualquer outra coisa.

Jack abriu a porta e entrou no quarto, e, quando Hallie olhou aquela única cama imensa, as palavras se recusaram a sair.

Fala logo, Hal.
Fala logo, sua cagona.
Falaaaaa. Logoooo.
Ela se virou e olhou o rosto lindo dele.
— Hum, Jack?
Ele começou a soltar a gravata, e ela ficou tonta.
— Oi?
— Acho que, hum, então, eu estava pensando. Que.
Ele levantou uma sobrancelha.
— Quê?
— Que, já que estamos juntos, hum, neste quarto, talvez, hum. Talvez a gente deva...
Ele tirou a gravata e a largou na mala, com um olhar intenso.
— Deva o quê?
Ela engoliu em seco.
— Hum, se revezar no banheiro.
Ele semicerrou os olhos, desabotoando o colarinho.
— Em vez de... usar ao mesmo tempo?
— Não — disse ela, e revirou os olhos. — É só que tenho que lavar o rosto. Posso usar o banheiro primeiro?
Ele fez uma cara estranha.
— Claro.
— Valeu.
Hallie foi até a mala e pegou a roupa de dormir supersegura e nada sexy que tinha decidido levar na viagem: a camisola larga, na altura dos joelhos, e um par de meias altas e felpudas. Passou por ele, entrou no banheiro e, depois de fechar e trancar a porta, gritou em silêncio, com vontade de se estapear.

Somos adultos, Jack, e já transamos antes. Já que não temos bagagem emocional, por que não transar de novo? Obviamente temos química sexual, então sugiro que a gente faça o que achar melhor neste fim de semana e deixe tudo para trás em Vail. Desde que a gente não sinta nada além de atração sexual, não vai ser um problema, né?

Hallie sentia muito mais do que aquilo, mas nem fodendo ia se expor assim. Não, seu plano era aproveitar ao máximo o namoro de mentira durante o fim de semana, e aí, quando voltassem para casa, quem sabe compartilhariam seus sentimentos mútuos.

Não era tanta loucura, né?

Mas ela precisava falar de modo casual o suficiente para ele não surtar de novo. Jack obviamente estava com medo de ela ficar apegada — vide a conversa no closet —, então ele precisava acreditar que isso não aconteceria.

Ela tirou o vestido branco e colocou a, argh, roupa de dormir menos sexy do mundo. Ajeitou o cabelo, passou hidratante de baunilha, borrifou Chanel No. 5 no umbigo e calçou as meias altas e grossas.

Nossa, nem um centímetro de pele exposta.

Quando saiu do banheiro, ficou surpresa ao ver Jack na varanda, no escuro. As luzes do quarto iluminavam sua silhueta alta, e ela conseguia ver que ele estava apenas de regata branca e calça social e descalço.

— Que lado da cama você prefere? — perguntou ela.

Ele se virou, a olhou e fez uma careta.

— Você vai dormir usando *isso*?

Ele entrou e fechou a porta da varanda.

— Nem começa — disse ela, revirando os olhos. — Sei que...

— Você não tem nenhuma calça para usar?

Ela parou.

— Como?

— Calça — repetiu ele, com as sobrancelhas bem franzidas, e apontou para as pernas dela. — Calça. Você não tem calça para dormir?

Ela apertou os olhos.

— Não...

Ele suspirou.

— A gente não pode dormir na mesma cama se você estiver sem calça. Fala sério, Hal.

— Você está de brincadeira? — perguntou ela, ouvindo a voz subir para um tom irritante. — Você acha minha camisola, o quê... imprópria?

— Não é imprópria, só quando dormimos na mesma cama.

— *Aí* fica imprópria? — insistiu ela, se perguntando se ele estava enlouquecendo.

— Sim.

— *Sim?*

— Sim.

Ela botou as mãos na cintura.

— Qual é o seu problema?

— Hal, eu não trouxe calça de pijama — disse ele, como se isso explicasse a reação. — Eu durmo de cueca.

— E daí?

— E daí...

Ele fez um gesto exagerado com o braço direito, como se o argumento fosse óbvio.

— E daí, eu já vi cuecas antes, Jack.

Ele fez um barulho, algo entre um gemido e um grunhido.

— Você está se fazendo de sonsa.

— Não estou.

Lá se ia a coragem de implorar para ele transar com ela. Hallie suspirou e continuou:

— Vou deitar enquanto você se arruma. Quando você sair do banheiro, estarei enfiada debaixo da coberta, escondendo minha camisola imprópria do mundo, e você vai poder só fechar bem os olhos e deitar do seu lado da cama. Vai ficar tudo bem.

Ele passou a mão pelo cabelo.

— Só acho que a gente precisa ter cautela.

— Vai se trocar.

Hallie deu as costas para ele e foi até a mala para pegar o livro que tinha levado. Jack não disse nada, apenas passou por ela a caminho do banheiro. Depois que ele fechou a porta, ela revirou os olhos com tanta força que provavelmente *iam* ficar presos daquele jeito, como a mãe dela sempre dissera.

Ela estava deitada de lado, lendo, quando o colchão afundou e Jack entrou debaixo da coberta. Ele cheirava a sabonete, e o corpo todo dela formigou com a proximidade. Hallie achava que Jack ia apenas dormir, mas ele falou, baixinho:

— Hal?
— Oi?
A voz dela era quase um sussurro, engasgada na garganta apertada.

— Não quis exagerar — disse ele, com a voz baixa e rouca, e ela sentiu coisas quando ele continuou: — Desculpa.

Hallie se virou e, de repente, o olhar dele estava focado nela, os dois deitados de lado, cara a cara, na cama. Como se já não bastasse para ela entrar em combustão espontânea, o peito nu dele estava *bem ali*.

— Você está cuidando da gente... eu saquei — disse ela. — Estamos de boa.

Um canto da boca dele subiu um pouco.

— Ah, ufa, graças a Deus estamos de boa.

Eles sorriram e, com a cabeça encostada nos travesseiros combinando, foi um sorriso mais íntimo do que qualquer outro. Ela esticou o dedo e desceu pela linha do nariz dele.

— Se eu disser uma coisa, promete que vai esquecer se discordar da ideia?

Uma ruga surgiu entre as sobrancelhas dele.

— Tá bom...

— Tá bom.

Hallie levantou a cabeça e puxou o travesseiro para mais perto, até encostar no dele, antes de se deitar de novo. Ela olhou para o peito dele, porque não aguentaria olhar para o rosto.

— Sei o que falamos no closet, mas acho que a gente pode transar e vai ficar tudo bem.

Capítulo
VINTE E TRÊS

Jack

Ele sentia que tinha acabado de levar um choque elétrico.

— Como é que é?

Que porra é essa?

O cheiro dela girou na cabeça dele quando ela se apoiou no cotovelo e disse:

— Me escuta. Acho que a gente pode ter um fim de semana cheio de sexo delicioso sem que nada mude entre nós.

Ele ficou deitado, paralisado, enquanto ela falava.

— Somos adultos, Jack, e já transamos antes. Já que não temos bagagem emocional, por que não transar de novo? Obviamente temos química sexual, então sugiro que a gente faça o que achar melhor neste fim de semana e deixe tudo para trás em Vail. Desde que a gente não sinta nada além de atração sexual, não vai ser um problema, né?

Ele estava puto, excitado e decepcionado, tudo ao mesmo tempo. Porque todas as suas moléculas desejavam Hallie Piper. Ele só pensava nela. E, ao se virar e ver aquela camisola ridícula e aquelas meias que a deixavam gostosa para cacete, sentiu vontade de se ajoelhar e suplicar para ela amá-lo para sempre.

Então, é… era óbvio que ele queria passar o fim de semana transando com ela. Principalmente agora que Hallie estava deitada a centímetros dele, debaixo do mesmo cobertor pesado. Ele queria tirar aquela camisola, deixar ela de meias e explorar cada centímetro de sua bartenderzinha.

Porém, não conseguiu achar aquela ideia divertida porque ela não parava de falar merda, tipo não temos apego emocional e é só físico. Hallie abriu aquele sorriso engraçado, o preferido dele, e falou:

— Então por que não passar o resto do fim de semana fazendo tudo que um casal faz, Jack? Podemos prometer contar se começarmos a sentir outra coisa. Aí, se acontecer, a gente para e volta ao que era antes.

Ele suspirou.

— Pensa bem. Se começar a achar que pode estar se apaixonando por mim, é só falar "acho que senti alguma coisa" e a gente pode voltar ao normal rapidinho, antes da coisa se desenvolver.

Porra, tarde demais pra isso, pensou.

— É uma ideia horrível, Hal.

Algo passou pelo rosto dela — mágoa? —, mas, imediatamente, o sorriso dela voltou.

— Posso fazer uma pergunta séria, então?

Cacete, como ele queria beijar ela. Jack olhou sua boca e respondeu:

— Claro.

— Você está preocupado por mim ou por você? Porque eu tenho certeza absoluta de que não vou me apaixonar. Mil por cento. Então... você está com medo de se apaixonar por mim?

Ele rangeu os dentes com tanta força que achou que ia quebrar a mandíbula, mas conseguiu sorrir.

— Nem fodendo.

Ela levantou o queixo.

— Então por que não?

Jack sentiu o peito arder ao olhar a expressão orgulhosa e emburrada dela ao prometer nunca se apaixonar por ele. Ele deu de ombros e disse a verdade:

— Porque o sexo com a gente é gostoso demais para não virar hábito.

Ela franziu a testa.

— Não...

— Quanto você lembra daquela noite, Hal? Sinceramente.

Hallie

Merda.
Ela havia agido naturalmente quanto à noite no hotel porque morria de vergonha de suas péssimas decisões. Tinha fingido de brincadeira ter lembranças apenas fugazes, porque era mais fácil deixar aquilo para lá, mas a verdade era que ela se lembrava de tudo.
De cada. Minutinho. Gostoso.
Ela pigarreou e disse:
— Hum… de tudo?
— Espera aí — replicou ele, e levantou as sobrancelhas. — Como é que é?
Ela mordeu o lábio e confirmou com a cabeça.
— Sua mentirosa filha da mãe — disse ele, rindo, e puxou uma mecha de cabelo dela. — Bom, então você deve saber o que eu quis dizer.
Ela sabia. Sabia exatamente o que ele queria dizer. Porém, o desejava tanto que falou:
— Na verdade, não sei.
Ele semicerrou os olhos, incrédulo, sem falar nada.
— Que foi? — disse ela.
— Tá. Sabe o que a gente vai fazer hoje, em vez de transar?
Ela revirou os olhos.
— Dormir, que nem uns otários que odeiam sexo?
Ele aproximou um pouco o rosto, deu uma mordidinha no queixo dela e recuou de novo.
— A gente vai falar daquela noite. Em detalhes.
— Por que a gente faria isso?
Ela viu a própria mão se esticar, aparentemente por vontade própria, e tocar no cabelo dele.
— Porque depois dessa conversa, você vai concordar que, se a gente transar de novo, vamos acabar transando sem parar até morrer.
— Tá se achando, né?
Ele cobriu os lábios dela com um dedo e falou:

— Começou na cozinha. Lembra? Você estava sentada na bancada e disse: "Minha boca tá gelada de licor." Aí eu falei...

— "Deixa eu esquentar" — completou ela, se lembrando daquele sorriso charmoso. — E depois você disse "Nossa, por favor."

Ele abriu um meio sorriso de flerte.

— Em vez de responder, você subiu no meu colo.

Hallie sentiu o rosto esquentar ao pensar naquele momento e em como tinha ficado encantada com Jack.

— Subi.

— Juro por Deus que eu quase derreti — confessou ele, ao mesmo tempo sexy e doce, encostado no travesseiro. — Você foi engraçada pra caralho, aí depois fez uma feitiçaria e virou uma sedutora do cacete.

— Cala a boca — disse ela, e revirou os olhos.

— É sério — insistiu ele, olhando para o teto como se a cena estivesse se repetindo na memória. — De repente você estava no meu colo, nas minhas mãos, e minha língua estava na sua boca com gosto de hortelã.

Ela queria fechar os olhos e escutar aquela história sexy antes de dormir, mas, em vez disso, acrescentou:

— Foi ótimo até você tropeçar na caixa de bananas.

Eles tinham começado a se beijar e ele se levantara com ela no colo, as pernas de Hallie enroscadas na cintura dele. Jack andara, na intenção de levá-los a outro lugar, até que tropeçara.

— Eu podia ter te esmagado — disse ele, rindo baixinho.

— Mas você se recuperou e foi cambaleando até o elevador de serviço.

Hallie fechou a boca, sabendo que não conseguiria falar do elevador sem entrar em combustão.

— Finalmente. O elevador de *serviço*.

Jack abriu um sorriso feroz antes de se aproximar mais um pouquinho na cama.

— Eu gostaria muito de ouvir seu ponto de vista, Bartenderzinha — acrescentou. — Me conte do elevador.

Jack

Jack nunca esqueceria o que tinha acontecido.

Entre beijos, eles haviam brincado que deveriam simplesmente parar o elevador e transar ali mesmo. Ele a apertara contra a parede e a beijara sem parar, até que ela fizera aquilo mesmo.

Ela apertara o botão e fizera o elevador parar.

— A gente estava se esfregando que nem adolescentes — disse Hallie, sorrindo e o tirando do devaneio. — E eu parei o elevador. Foi isso. A gente ficou um tempão se beijando naquele elevador.

— Sério?

— Sério — disse ela, concordando com a cabeça.

— É essa a sua lembrança.

— É — disse ela, rindo.

— Acho que a questão foi mais *o que* beijamos, né?

— Ai, meu Deus, Jack!

— Foi isso que você disse no elevador — respondeu ele, rindo —, quando eu beijei sua…

— Não — interrompeu ela, cobrindo a boca dele com a mão, o rosto vermelho e o olhar agitado. — Basta.

Ele afastou o rosto da mão dela.

— Está pronta para admitir que a gente ficaria viciado em sexo se transasse agora?

Ela apertou a boca com força.

— Dou um tiquinho de razão ao seu argumento.

Nossa, por que de repente estava obcecado pela boca de Hallie? De repente, ele era um predador, e os lábios dela, a presa.

— E…? — insistiu ele.

— E tudo bem. Sem sexo.

— Tem certeza?

— Se *tenho certeza*? — perguntou ela, olhando-o como se ele tivesse enlouquecido. — O que você está tentando fazer?

— É só que, se você quiser discutir mais, seria um prazer falar de sexo na parede do hotel, na mesa do hotel… que, se eu me lembro bem, foi seu preferido…

— Pode calar a boca? — gemeu Hallie, empurrando a boca dele com as mãos. — Eu concordei, então cala a boca!

Ele fez cócegas nas axilas dela até ela soltá-lo, e então rolou para cima dela. *Erro imediato.* Tinha sido um gesto para lembrar a ela que ele saíra ganhando, para se gabar da vitória e prendê-la ali, mas a sensação do corpo dela sob o dele era demais.

Ela pestanejou, parecendo sentir exatamente o que ele sentia, e sussurrou:

— Foi muito bom mesmo, né, Jack?

Ele olhou o rosto dela, aquele rosto engraçado, teimoso e lindo, e perdeu a voz.

Então, apenas concordou com a cabeça.

Capítulo
VINTE E QUATRO

Hallie

Hallie se esticou por cima da cama e sussurrou:

— Jack.

Ele abriu os olhos azuis e sonolentos, e ela quis passar a mão na barba por fazer na mandíbula dele. A coberta tinha descido até a cintura, e ela estava com dificuldade de se concentrar com aquele tronco seminu exposto à sua frente.

— Para de pingar em mim — soltou ele, coçando os olhos e sentando na cama.

— Desculpa — disse ela, mexendo a cabeça, o que só fez mais água respingar nele. — Acabei de tomar banho.

— Jura? Nem reparei.

— Você é sempre rabugento assim de manhã?

Ela se sentou na beira da cama e achou que ele parecia um garotinho mimado e fofo ao despertar.

— Fascinante — acrescentou.

— Só fico rabugento quando vivo o clichê da única cama.

Ela riu.

— Não é culpa minha. Se a gente tivesse rala-rolado ontem, você provavelmente teria dormido que nem uma pedra.

— Não acho que o verbo "rala-rolar" exista — grunhiu ele, e ela achou engraçado a voz dele ser tão mais grossa de manhã.

— Se você tivesse me rala-rolado? Se a gente tivesse ralado um e rolado outro? — Ela riu. — Aah, essa eu gostei.

— Por que você acordou tão alegre?

— Bom — disse Hallie, e hesitou.

Ela estava ridiculamente animada porque tinha se divertido horrores naquela noite com Jack. Tinham vivido uma noite tórrida? Não, de jeito nenhum, na real. Mas dormir ao lado dele, ouvir os barulhinhos que ele fazia durante o sono, acordar com o braço dele na cintura dela... ela havia adorado tudo.

— Tem donuts no café — disse ela.

Ele a encarou incrédulo.

— Este humor lúdico foi inspirado por donuts?

— Sem a menor dúvida.

Mentirosa. Hallie também estava de bom humor porque tinha decidido que, já que Jack seria antissexo, ela iria caprichar no joguinho do desafio. Afinal, era o último dia de viagem. Eles voltariam para casa no dia seguinte. Ela se levantou e acrescentou:

— Por isso te acordei. Quer que eu pegue um para você?

— Não, valeu.

Ele afastou a coberta e saiu da cama, e Hallie imediatamente olhou para as panturrilhas. Tá, não imediatamente. Primeiro passou o olhar pela cueca, mas, ao vê-lo flexionar as pernas a cada passo em direção à mala, decidiu agradecer por Jack gostar tanto de correr.

— Normalmente só como depois de dar uma corrida — disse ele.

Hallie inclinou a cabeça.

— Tem certeza de que é uma boa ideia correr sozinho pelas montanhas tão cedo assim?

Ele abriu a mala.

— Por que seria um problema?

— Por causa dos ursos. Não quero que comam sua cara.

— Aaah, que fofa — disse ele, pegando um short esportivo. — Vai ser tranquilo, Hal.

— Então vou comer donuts.

— Divirta-se.

Ele a olhou, finalmente, como se tivesse despertado o suficiente para enxergá-la, e ela sentiu seu sorriso lento até a ponta dos dedos.

Foi, na verdade, o último momento que eles passaram juntos durante o dia. Enquanto Jack corria, Hallie foi convocada ao quarto da mãe para ajudar a colocar laços de fita em garrafinhas de bolhas de sabão. Depois, foi informada de que tinha apenas uma hora para se arrumar e encontrar as outras madrinhas no salão.

Quando Hallie chegou ao quarto, Jack não estava. Ela mandou mensagem.

Hallie: Cadê você? Por favor, me diga que não virou comida de urso.
Jack: Você ia sentir saudade, né?
Hallie: Eu estava animada para te fazer passar vergonha com minha quantidade ofensiva de afeto público hoje.
Jack: Eu esbarrei no Chuck, que queria companhia para comprar maconha, já que aqui é legalizado.
Hallie: Por sinal, preciso mandar mensagem pra Ruthie e saber do Tig.
Jack: Quer maconha?
Hallie: Amor, eu já sou um desastre ambulante. Não preciso de mais estimulantes.
Jack: Amor?
Hallie: Foi esquisito, foi mal, saiu naturalmente, e não é nem sarcasmo.
Jack: Quer dizer que posso te chamar por um apelido fofo também?
Hallie: Tipo qual?
Jack: Humm... flor?
Hallie: Não
Jack: Docinho de abóbora?
Hallie: É uma ofensa para as ruivas.
Jack: Perdão. Hum... que tal metade da laranja?
Hallie: Que cafona.
Hallie: TÁ. O motivo da mensagem era avisar que vou para o salão, e depois vamos fazer as unhas e almoçar em um evento especial das madrinhas.

Jack: Quando você volta, pudinzinho?
Hallie: Provavelmente não volto, pé no saco. A gente se encontra no casamento?
Jack: Claro.

Hallie se apropriou da personalidade casamenteira, escolhendo ser a irmã animada e entusiasmada, em vez da escrota cética que fora até então quanto ao casamento. Fez as unhas, escovou o cabelo e fingiu que a salada de frango era a refeição mais deliciosa do mundo.

No almoço, a mãe, que conversava alegremente com duas tias de Hallie, a chamou.

— Oi — disse ela, meio nervosa, enquanto o trio sorria para ela de um jeito estranho.

— Alma tem umas perguntas sobre seu namorado — declarou a mãe, indicando a tia baixinha e com o cabelo ruivo flamejante de Hallie.

Ah, não. Hallie abriu um sorriso educado.

— Pois não?

— Ele fez mesmo o projeto do Larsson Center em Zurique?

— Quê? — perguntou Hallie, olhando para a tia idosa, sem a menor ideia do que ela estava falando. — Zurique, na Suíça?

— Óbvio, Hal — disse a mãe, irritada. — Onde mais seria Zurique?

— Provavelmente tem alguma cidade chamada Zurique em Indiana, na Dakota do Sul, sei lá — replicou ela, tentando entender de onde vinha aquela informação sobre Jack.

— O tio Bob conversou com Jack sobre trabalho e, quando ele disse que trabalhava para a Sullivan Design, seu tio foi procurar no Google.

— Ele faz isso com todo mundo — explicou a mãe de Hallie, e as duas tias concordaram.

— Faz mesmo.

— É grave.

— Tá... — disse Hallie. — E daí?

— De acordo com o site, ele projetou parques e áreas urbanas pelo mundo todo. Mas a gente quis perguntar, porque sua mãe achava que ele era jardineiro.

Hallie ficou paralisada, estupefata, enquanto refletia. Ela *supunha* que ele era jardineiro, porque ele dissera que era arquiteto paisagista, mas será que estava errada? Ele se vestia bem mesmo, trabalhava muito e tinha aquelas milhas todas porque viajava muito a trabalho.

Ela mentiu e fingiu saber do que elas estavam falando, mas, ao se afastar, também procurou o nome dele no Google. Puta merda, ele era um sócio que tinha mesmo projetado áreas urbanas pelo mundo todo.

Caramba, ele tinha até mestrado em arquitetura e paisagismo.

Quem diria?

Ela não teve tempo de pensar mais naquilo porque precisava fazer as coisas para o casamento. Hallie fez tudo que a irmã pediu e, quando fechou o zíper do vestido de madrinha vermelho-carmim na imensa tenda de arrumação no topo da montanha, estava pronta para beber.

Logo antes de a cerimonialista enfileirar todo mundo, Hallie abraçou Lillie e, pela primeira vez desde o noivado, sentiu apenas felicidade pela irmã.

Ben encontrou o olhar dela logo depois do abraço e abriu um sorriso de *ah-que-fofo* bem paternalista, e ela acidentalmente mostrou o dedo do meio para ele.

Força do hábito e tal.

Ela entrou na fila ao lado de Chuck e chegou a se sentir nervosa quando a música começou. A irmã, tão detalhista, tinha escolhido uma daquelas músicas incríveis do Ed Sheeran que tinham a capacidade de fazer qualquer um chorar. Mas ela não quis fazer o óbvio e colocar a música para tocar em uma caixinha de som — ah, não. Um quarteto de cordas tocava a música junto à gravação, então parecia que o próprio Ed estava lá escondido na moita, cantando até cansar.

Quando saíram da tenda a caminho do altar, Hallie perdeu o fôlego, de braços dados com Chuck. O ar cheirava a folhas de outono, e o caminho marcado por pétalas de flores brancas se estendia na frente deles, levando a um arco no meio de uma clareira espetacular de álamos. À esquerda havia um riacho límpido e, à direita, do outro lado das fileiras de convidados em cadeiras brancas, uma montanha alta, coberta de pinheiros compridos.

Era de tirar o fôlego.
— Caramba — murmurou Chuck.
— Caramba mesmo — disse Hallie, rindo baixinho, mas a risada morreu quando ela encontrou o rosto de Jack.

Jack

O quarteto começou a tocar e ele se levantou, assim como os outros convidados, se virando para ver a procissão dos padrinhos. Estava impaciente; não tinha visto Hallie desde a manhã, e queria que a cerimônia acabasse logo para ele passar mais tempo com ela na festa.

Estava distraído, pensando nela e olhando para o riacho, rememorando a noite anterior, quando sentiu a presença dela.

A melodia subiu ao tom mais alto. A música era sobre alguém querendo revelar seus sentimentos para a pessoa que amava.

E quando as palavras atingiram Jack em cheio no peito, lá estava ela.

Hallie seguia em direção ao altar, de vestido vermelho e buquê de rosas brancas, sorrindo para ele. *Para ele.*

Merda.

Ele se sentiu ofegante ao olhar para ela, o que não era tão diferente do que sentira à noite, dividindo a cama, conforme iam se aproximando gradualmente, sob o calor do edredom pesado.

Quando ele acordou às três da manhã, ela estava de costas para ele, aninhada em seu corpo, respirando de modo suave e doce, e ele não se mexera. Tinha bastante certeza de que sua função, no papel do homem no clichê da única cama, era sofrer.

Bom, e ele tinha sofrido.

Jack ficara ali deitado, inteiramente desperto pelo que lhe pareceram ser horas a fio. A parte mais estranha era que a proximidade do corpo dela tinha sido *menos* insuportável do que a proximidade geral dela, a sensação de Hallie dormindo com ele. Finalmente, ele a abraçara e ficara assim, como se fosse normal dormirem juntos.

Coincidentemente, nesse momento ele pegara no sono de novo.

— Eles são tão lindos — disse Jamie, chorando ao lado dele e sorrindo para Chuck.

Algo no amor daqueles dois esquisitos o fazia sentir... merda, uma coisa que ele não gostava. Uma inveja patética.

Porque, por mais divertido que fosse brincar de fingir com Hallie, beijá-la e andar de mãos dadas como se eles estivessem juntos de verdade, ele não conseguia esquecer as palavras dela, palavras que ela dissera com total convicção.

Eu tenho certeza absoluta de que não vou me apaixonar por você.

A cerimônia foi bonita e o deixou um pouco mais comovido do que normalmente ficava em casamentos, para ser sincero. Hallie soluçou durante os votos da irmã e, entre os barulhinhos dela, os pedidos de desculpa sussurrados e as gargalhadas resultantes, vindas tanto de Hal quanto dos convidados, ele tinha certeza de que todos os presentes se apaixonaram por ela tanto quanto ele.

Capítulo
VINTE E CINCO

Hallie

— Estou chocado — disse Chuck, virando um dos copinhos de shot que Hallie servira na mesa para eles. — Vocês são incrivelmente convincentes.

Hallie virou uma dose também, sentindo o uísque queimar a garganta.

— É fácil porque somos melhores amigos e temos química sexual.

— Então. Hum — disse Chuck, tomando um gole demorado da garrafa d'água e secando a boca antes de continuar. — Me explica de novo: por que vocês não namoram *de verdade*, se são melhores amigos com química sexual?

Hallie inclinou a cabeça.

— Parece simples, né?

— Incrivelmente.

Chuck olhou para a porta da sala em que os convidados trocavam de roupa e conversavam, e pela qual a maior parte dos padrinhos tinha ido embora. Tinha acabado a sessão de fotos e estavam todos prontos para a festa.

— É complicado. O Jack acha que a gente tem química demais e vai trepar sem parar se começarmos uma amizade colorida — disse Hallie, calçando os sapatos de salto vermelhos de novo e pegando um espelhinho na bolsa. — Ele acha que a gente ia transar até morrer e estragar a amizade. Já eu acho que ele é um desses caras *viciados* em namorar, e eu não quero ser só a opção mais fácil, sabe? Ser a pessoa que ele namora porque é fácil e a gente transou gostoso.

— Ele não é o escroto do seu ex — replicou Chuck, se esticando para ajeitar o cabelo diante do espelhinho dela. — E acho que ele gosta de você de verdade.

Ela abriu o batom e o levou à boca.

— Acho que a gente se gosta, mas não o suficiente, nem do jeito adequado, para arriscar a amizade.

— Me escuta — insistiu Chuck, se levantando enquanto ela acabava de retocar o batom. — Arrisca essa amizade.

Ela se levantou também e mostrou os dentes.

— Tá limpo?

— Tá, sim — disse ele, antes de mostrar os próprios dentes.

— Você também.

— Mas é sério, se vocês são perfeitos juntos, que se foda o resto.

Hallie pegou a bolsa e disse as palavras que lhe doíam até a alma:

— Não suporto nem pensar em perder ele, Chuck. Não dá.

O término com Ben tinha sido horrível. Repentino. Hallie era perdidamente apaixonada por Ben, imaginara que ele ia pedir a mão dela em casamento, até ele dizer que não a amava e que ela não era suficiente.

Tinha ficado devastada e destruída, mas sentia que perder Jack como amigo seria mil vezes pior.

— Hal.

Chuck pegou a bolsa da mão dela e a encaixou debaixo do braço. Ele sabia que ela odiava aquelas bolsinhas, e por isso era um amigo excepcional.

— Você não vai perder ele — continuou. — Não vai. E não acha que a possibilidade de ele estar apaixonado por você vale o risco?

— Cacete. Acho — disse ela, respirando fundo e assentindo. — Preciso de mais uma dose se for tentar fazer ele se apaixonar por mim hoje. Vem comigo?

— Com o maior prazer.

***

Devido às obrigações de madrinha, Hallie levou uma vida para finalmente poder encontrar Jack. Depois de mais fotos, ela e Chuck tiveram que se sentar à mesa central durante os brindes, e precisaram esperar todo mundo ser servido.

Graças a Deus existia o celular.

> **Jack:** Você parece entediada.
> **Hallie:** É porque estou entediada mesmo.
> **Jack:** Quer jogar um jogo?
> **Hallie:** Com certeza.

Ela olhou para a mesa dele, mas era difícil vê-lo, porque tinha gente andando pelo salão.

> **Jack:** Vamos chamar de gritar, bater ou matar.
> **Hallie:** Pqp seu animal.
> **Jack:** Escolhe uma pessoa aqui com quem você armaria um barraco em público, uma em quem você meteria a porrada e outra que você assassinaria.
> **Hallie:** Eita.
> **Jack:** Eu começo. Quero gritar com sua prima Emily, que está sentada ao meu lado e não para de me contar todas as alergias alimentares dela.

Isso fez Hallie sorrir. Emily era uma figura.

> **Hallie:** Entendo. E a porrada?
> **Jack:** Essa é fácil. Quero dar um socão no seu novo cunhado, porque os amigos de faculdade dele são um bando de metidos à besta que desperdiçaram nosso tempo com tanto brinde idiota. Ele precisa de amigos melhores.
> **Hallie:** Concordo. Posso ajudar na pancadaria?
> **Jack:** É claro. Só escolher sua arma.
> **Hallie:** A faca do bolo.
> **Jack:** Excelente ideia.
> **Hallie:** E agora... o assassinato.
> **Jack:** Isso obviamente não tem nada a ver com você, mas eu adoraria esganar o Ben Marks.

Hallie ergueu o rosto e esticou o pescoço em busca de Jack. Ela não o encontrou, mas ficou até meio surpresa por ele saber o nome completo de Ben.

>**Hallie:** É por causa do cachecol, né?
>**Jack:** Isso não ajudou. Mas, sempre que olho para ele, quero dar na cara do sujeito por fazer você sentir que não era suficiente.

Hallie não estava mais rindo.

>**Hallie:** Fui eu que te falei disso?
>**Jack:** Foi o Chuck, mas ele estava bêbado e foi sem querer. Por favor, não brigue com ele. Mas é o seguinte, Hal: tudo bem que você e Ben não ficaram juntos, mas você precisa saber que você é mais do que suficiente. Você é perfeita, e, se ele foi burro e não viu, quem se fodeu foi ele.

Hallie mal conseguia ler a mensagem, com os olhos embaçados de lágrimas. Ela piscou para desanuviar a visão.

>**Hallie:** Você não pode ser fofo assim. Está estragando minha maquiagem.
>**Jack:** E aí, como vamos matar ele?

Ela balançou a cabeça e, naquele momento, a multidão se abriu o suficiente para ela enxergar o rosto de Jack, que sorria para ela. Hallie respondeu: Acho que envenenamento é um jeito muito elegante de acabar com a vida do Cachecol.

Os brindes finalmente acabaram, e Hallie e Chuck largaram o resto dos padrinhos para se sentar com Jamie e Jack. Conforme se aproximavam da mesa, Hallie aproveitou para admirar Jack, que não a olhava.

Ele estava de terno e gravata pretos, e o look era ridiculamente sexy. Parecia modelo de propaganda de perfume. Parecia o cara que estaria na capa de um livro de romance sobre bilionários. Era lindo e elegante, e o coração dela deu um pulinho quando ele a olhou, ainda sentado.

— E aí — disse ele, com o canto dos olhos enrugados. — E aqueles soluços, hein?

— Por que você não me deu um susto, sei lá? — perguntou ela, e pegou a cadeira ao lado dele, puxando-a para mais perto e afastando o carinho que sentia por ele e pelo que tinha dito sobre Ben. — Achei que você fosse meu amigo.

— Era para eu fazer o quê? Gritar?

— Sim — disse ela, pegando a mão dele com as suas e brincando com os dedos dele. — Qualquer coisa ajudaria.

Uma ruguinha se formou entre as sobrancelhas dele, e Jack olhou para as mãos dadas.

— Não quero parecer tarada, mas você está incrivelmente gostoso.

Ele a olhou e levantou a sobrancelha.

— Está me dando mole, BT?

— Um pouquinho. Por sinal, eu e Chuck decidimos que não vamos dançar juntos a valsa dos padrinhos: ele vai dançar com a Jamie, e eu, com você.

Ele levantou a sobrancelha.

— Preciso mesmo?

— Tenha misericórdia, você não sabe dançar, né?

Ele abriu um sorriso sarcástico e respondeu:

— Na verdade, minha vó me obrigou a fazer aula de dança de salão.

— Tá de brincadeira.

— Juro — disse ele, e pegou o copo. — Por três anos.

— Então você sabe, tipo, dançar valsa?

Ele levou a bebida à boca.

— Pra cacete.

— Vai dançar valsa comigo até cair? — perguntou ela, rindo.

— E você ainda vai implorar pra continuar, gata.

Não era mentira.

Quando o DJ finalmente chamou os padrinhos para a pista de dança, Jack a conduziu como se fosse Fitzwilliam Darcy em um baile de Netherfield.

— Meu Deus do céu, você é um príncipe encantado de verdade? — disse Hallie.

Jack aproximou a boca do ouvido dela e respondeu:

— Sou, mas não conte para ninguém. As pessoas surtam com a realeza.

— Boca de siri — disse ela, rindo e apertando a mão quente que a segurava. — Por sinal, amo sentir sua boca na minha orelha, caso você queira saber.

— É mesmo? — perguntou ele, mexendo a boca pelo alto da orelha dela, nitidamente de propósito.

Ela sentiu um calafrio quando ele se demorou antes de se afastar.

— Talvez eu só seja sensível. Tem o mesmo efeito em você?

Ela levantou a cabeça e roçou a orelha dele com a boca, e em seguida passou o nariz no pescoço dele, querendo se enterrar inteira em Jack.

— Para com isso — disse ele, e a encarou com o olhar quente e intenso. — Você sabe que tem.

— Não consigo me segurar. — Ela riu de novo, pensando que os casais de antigamente sabiam o que estavam fazendo com essa história de dança. — Fazer você me olhar *assim* é viciante.

— Você gosta de me deixar fraco? — perguntou ele, guiando-a pela pista.

— Gosto de fazer você sentir.

— Sádica.

A bebida estava batendo. Ela não estava altinha, nem mesmo bêbada, mas relaxada o suficiente para responder:

— Se eu te falar de sentimentos na última noite do nosso namoro de mentira, promete esquecer depois?

Ele não respondeu, apenas a olhou, e o calor da mão na lombar dela chegava à pele através do vestido.

— Não vai mudar nada — continuou ela —, eu não estou apaixonada por você, então não precisa surtar. Mas estou sentindo alguma coisa, sim.

— O quê?

— Não vai afetar nossa amizade, não quero...

— Repete.

— Jack...

— Tudo, Hal.

Ele parou, e os dois ficaram ali no meio da pista. O olhar dele era indecifrável.

— Me conta — pediu.

Ela se arrependeu de abrir aquela boca enorme, porque sentiu que ele estava surtando. Ainda assim, respondeu:

— Não é nada de mais. Só acho que estou sentindo alguma coisa por você, mas vai ser fácil esquecer amanhã...

Ele a beijou.

Bem ali, no meio da pista, enquanto os padrinhos dançavam uma música linda sobre um amor eterno, Jack a abraçou pela cintura e a beijou intensamente. Ela passou os braços pelo pescoço dele e inclinou a cabeça um pouquinho, disposta a deixá-lo devorá-la no meio da festa de casamento da irmã.

Ela não queria que ele parasse nunca.

— Hal — disse ele junto aos lábios dela, sem nem tentar parar o beijo para falar.

— Hummmm — suspirou ela.

— Você vai ralar e rolar *tanto* hoje — grunhiu ele.

Isso a fez cair na gargalhada, e, quando ela abriu os olhos, ele a olhava daquele jeito que ela adorava.

O resto da festa passou em um borrão, porque ela não conseguia prestar atenção em nada além de Jack. De repente, sentia sua presença com mais força, por meio de uma conexão elétrica e vibrante, e não tinha interesse em mais nada.

O bolo, as coreografias, a fonte de chocolate... era tudo um zumbido distante enquanto Jack sorria para ela de um jeito que ela sentia até a ponta dos pés.

Jack

— Ei, Jack, me faz um favor?

Ele estava ao lado do bar, vendo Hallie fazer uma coreografia boba com Chuck e a irmã. Olhou para a mãe de Hallie e respondeu:

— Claro.

— Como o jantar acabou, o pessoal do bufê foi embora, mas quero guardar o enfeite do bolo no congelador, para Riley e Lillie aproveitarem no aniversário de casamento. Você faz isso para mim? Aqui está a chave da cozinha.

— Com prazer.

Jack apoiou o copo, pegou a chave, pegou o pedaço de bolo que ela queria guardar e levou à cozinha. Encontrou um espaço no fundo do freezer e, quando estava fechando a porta, Hal apareceu.

— Ei — disse ela, sorrindo para ele como se fosse exatamente o que ela procurava. — Oi.

Ela empurrou o peito dele, o impulsionando até ele encostar na porta do freezer.

Cacete. Ele gostava tanto de Hallie que chegava a ser ridículo.

— Tem muita bebida nesse sorriso — comentou ele, olhando a mão dela.

Ver as unhas vermelhas e curtas em seu peito o afetava. Desde que ela dissera que sentia algo por ele, Jack se sentia um animal feroz na coleira, fazendo força para alcançá-la.

— É só dez por cento vinho — corrigiu ela, naquela voz rouca que ele só ouvia quando ele a beijava. — Noventa por cento felicidade.

Então, por causa dos saltos, ela se esticou com facilidade e encostou a boca na dele. Jack a agarrou imediatamente, emaranhando os dedos no cabelo dela e enlouquecendo completamente. A boca de Hallie era macia e doce, com gosto de champanhe, e ele queria bebê-la até se afogar.

Que Deus o ajude.

Ela flexionou a mão no peito dele, o segurando, e foi como um choque elétrico que ele sentiu no corpo todo. Jack desceu a boca pelo pescoço dela, onde a pele cheirava ao Chanel Nº 5 que ela deixara na penteadeira do quarto, e quis consumi-la inteira.

A pele do pescoço dela, logo abaixo da orelha, sob as mechas de cabelo na nuca… queria provar cada milímetro. Ela fez um barulho no fundo da garganta, uma exigência, e ele foi para trás dela, levantando o cabelo no punho para arranhar a nuca com os dentes.

— Jack — suspirou ela, batendo a palma das mãos na porta do freezer —, que...

Ela deixou a frase no ar, e ele falou junto à pele dela:

— Gostoso?

— Hummm — murmurou ela, encostando a bunda no corpo dele. — Eu ia dizer "cruel".

Ele envolveu a cintura dela com a mão e a puxou para trás, para mais perto, até grudar o corpo inteiro no dele.

— É você que me deixa assim.

— Que horas são? — perguntou ela, soltando um ruído quando ele mordiscou a pele entre as escápulas.

O vestido vermelho de madrinha expunha metade das costas dela, e, se ele pudesse, agradeceria Lillie eternamente pela escolha de modelo.

— Quase dez — afirmou ele, sem querer soltá-la para confirmar.

— Droga, daqui a alguns minutos ela vai jogar o buquê — disse ela, quase sussurrando. — Vai rápido, Jack, por favor.

As palavras dela quase o deixaram tonto de desejo, e ele rangeu os dentes antes de responder.

— Por "vai rápido", você quer dizer...

Ela respondeu com as mãos no cinto dele.

Hallie

Aparentemente, não precisava de mais nada.

Jack murmurou uma sequência de obscenidades, se apressando para tratar de várias coisas ao mesmo tempo, entre cinto e zíper. Sentia que ia morrer enquanto esperava, até que ele passou as mãos por baixo do vestido dela, traçando uma linha pela lateral das coxas, levantando a saia e a amassando entre as mãos.

E finalmente ele chegou *lá*... ai, meu Deus.

Eles gemeram em uníssono e ele levou as mãos ao quadril dela. Ela sentia que ia desmaiar de tão louca que ele a deixava.

— Isso não conta — disse ele, com a voz rouca e gostosa — como nossa primeira vez depois do hotel.

— Para — respondeu ela, se curvando um pouco mais e arqueando as costas, fazendo-o rosnar — de ser mandão.

— Gata — disse Jack, rouco, e Hallie quase desabou quando ele a tocou com a mão talentosa —, agora, eu vou ser tudo que você quiser.

— Jack?

Os dois ficaram paralisados ao ouvir a mãe de Hallie. Ela começou a bater na porta da cozinha com força, e Jack falou:

— Merda.

— Nem ouse parar — disse Hallie.

— Sua mãe...

— A porta tá trancada.

Ele gemeu no pescoço dela e respondeu:

— Eu não tranquei.

— Eu tranquei.

Ela olhou para trás, para ele.

Ele levantou a cabeça, focando o olhar azul ardente nela.

— Trancou?

Ela fez que sim com a cabeça.

— Puta merda, minha heroína — disse ele, e a fez ofegar quando voltou a se mover.

Ela riu e gemeu ao mesmo tempo.

— Quero ver seu rosto — murmurou ele, junto ao cabelo dela.

— Que foi?

— Seu rosto.

Ele a virou, interrompendo o contato por apenas um segundo antes de penetrá-la de novo.

— Opa, oi — disse ela, em um suspiro com o olhar pesado, ao ver o sorriso malicioso dele.

— Melhor assim — comentou ele, com a expressão intensa, e levou as mãos à bunda dela para levantá-la e apertá-la contra a porta do freezer com seu corpão.

— Muito melhor — sussurrou ela, deixando a cabeça encostar na porta e agarrando as costas dele enquanto ele continuava a se mexer de um jeito que dava vontade de gritar.

— Que nem no hotel — arfou ele.

— É que nem no hotel — sussurrou ela, exatamente ao mesmo tempo.

Ela abriu os olhos e sorriu para ele, mas a expressão logo mudou quando ele a empurrou com mais força, meteu mais fundo e a encarou com aqueles olhos azuis do jeito mais delicioso.

— Hal — soltou ele, com as narinas abertas, os músculos do pescoço retesados acima do colarinho —, nossa, eu...

Ela ergueu a boca e engoliu o que ele ia dizer em um beijo desesperado, faminto e feroz.

— Sua mãe acha que eu sou do mal — comentou Jack, olhando para a mãe de Hallie por cima da cabeça dela.

Eles estavam perto da mesa de presentes, onde Hallie fora obrigada a contar quantos pacotes teriam que ser levados ao quarto da irmã.

— Ela só não entendeu por que a gente trancou a porta — argumentou Hallie, sorrindo.

Ela estava com dificuldade de *parar* de sorrir enquanto conversava com Jack, como se não tivessem acabado de transar tão gostoso que ela queria berrar na cozinha da festa.

— Nem por que demorou tanto para abrir — acrescentou.

— Você está gostando disso — disse ele, conseguindo fazer uma expressão de quem estava, ao mesmo tempo, com nojo e achando graça.

— Que nada.

Ela olhou o lindo rosto dele, ouviu as notas de "A Groovy Kind of Love" saindo dos alto-falantes e ficou meio nervosa com a felicidade que sentia no momento.

— Então que sorriso é esse?

Ela revirou os olhos.

— É que eu estou feliz.

Ele inclinou a cabeça e semicerrou os olhos.

— Não sei se confio na Hallie feliz.

— Pois deveria — disse ela, pegando a gravata dele para puxá-lo para mais perto. — Porque ela está obcecada pelo jeito que você se porta na cozinha, e desesperada para dar um jeito de te chamar para um segundo round.

— Onde você estiver — disse ele, afastando com doçura uma mecha do cabelo dela da orelha —, eu estarei.

À meia-noite, a festa ainda estava a toda. Hallie queria ficar para ajudar na arrumação, mas, sempre que Jack a olhava, ela cogitava ser a pior irmã de todas de novo. Estava seriamente pensando em sair de fininho com ele, mas o pai dela apareceu, com Ben a tiracolo.

— Hal, sua mãe mandou eu te buscar. Ela está tentando separar as coisas de cada um na sala da arrumação. Pode ajudar? — pediu o pai.

— Hum.

Ela olhou para Ben, ao mesmo tempo irritada e indiferente com a presença dele.

O pai a olhou com insistência e falou:

— O Ben se ofereceu para ajudar. Não é legal?

— *Muito* legal — murmurou Jack, e definitivamente não pareceu um elogio.

— Pois é.

Hallie não estava nem aí para Ben, só queria saber quando poderia voltar para o quarto com Jack.

— Quanto tempo deve demorar? — perguntou ela ao pai.

Ele suspirou.

— Você conhece sua mãe.

— Argh — disse Hallie, e se virou para Jack. — Pode ir subindo para o quarto. Sabe-se lá quando vou acabar isso aqui.

— Posso ajudar? — perguntou ele.

Quando ela encontrou seu olhar, percebeu que era a última noite deles ali. A última noite de namoro de mentira. A última noite no mesmo quarto.

O olhar dele indicava que ele estava pensando exatamente a mesma coisa.

Restavam meras horas.

— Não é problema seu, cara — disse Ben, com um sorriso simpático. — Você é só convidado. Se eu fosse você, aproveitaria a desculpa para fugir. Deixa os padrinhos trabalharem.

Jack olhou para Ben como se quisesse bater nele.

Em seguida, olhou para Hallie — olhou mesmo, quase como se esperasse sua decisão.

Ela não fazia ideia do que dizer. Queria Jack ao lado dela no que quer que fizesse, mas não queria que ele se sentisse obrigado a ajudar.

— Você está com a chave? — perguntou Jack, com um olhar incompreensível.

— Ah.

Ela apertou os olhos e tentou lembrar se tinha pegado a chave, enquanto tentava também analisar a situação.

— Não sei — respondeu.

— Relaxa. Eu tenho sono leve — disse ele, e pigarreou. — Vou ouvir você bater na porta.

Eles trocaram mais um olhar — de desejo, tesão e mais alguma coisa que ela não sabia identificar — antes de ele dar boa noite para o pai dela e ir embora do salão.

Hallie ainda nem tinha chegado à outra sala quando o celular vibrou.

> **Jack:** Já estou com saudades da sua boca.

Ela sorriu e respondeu.

> **Hallie:** Das minhas palavras sábias.
> **Jack:** Não, dos seus lábios lindos e do toque deles quando você chupou minha língua.
> **Hallie:** Eita, Marshall... esse programa é classificação livre.
> **Jack:** Então alguém vai ficar bem puto quando eu disser que não consigo parar de pensar na sua bunda quando você apoiou as mãos na porta do freezer.

Hallie sentiu aquela mensagem na barriga.

> **Hallie:** Confissão: talvez tenha sido a transa mais gostosa da minha vida.
> **Jack:** TALVEZ? Hal.
> **Hallie:** É que não consigo decidir entre empurrada-na-porta--do-freezer e em-cima-da-mesa-do-hotel.

Jack: Confissão: minha parte preferida da noite no hotel na verdade foi sua boca com gosto de Rumple Minze.
Hallie: Um simples beijo??
Jack: Aquela sensação de cair do prédio que dá em um primeiro beijo é pura perfeição.

Hallie levou a mão à barriga ao ler aquilo. Nossa, Jack era uma droga inebriante. Seria difícil se recuperar daquilo, o que a apavorava.

Hallie: Então quer dizer que teria sido igual com qualquer uma.
Jack: Qualquer uma que soubesse preparar um Manhattan perfeito, contasse uma piada ridícula sobre os Kansas City Chiefs, trepasse no meu colo para chamar minha atenção e se chamasse Hallie Piper.
Hallie: Boa resposta.
Jack: Muito obrigado, BT.

Ela estava prestes a guardar o celular na bolsa quando viu os pontinhos indicando que ele estava escrevendo. Olhou a tela enquanto caminhava e, quando a mensagem finalmente chegou, perdeu o fôlego.

Jack: Não seria igual com mais ninguém.

Enquanto ela andava atrás de Ben e do pai, as palavras de Jack se repetiam na cabeça dela, sem parar, em ciclo.

Já estou com saudades da sua boca.
Minha parte preferida da noite no hotel na verdade foi sua boca com gosto de Rumple Minze.
Não seria igual com mais ninguém.

Capítulo
VINTE E SEIS

Jack

Jack tirou o paletó e o largou na cama, cansado e frustrado com a situação.

Hallie estava ali para o casamento da irmã, então essa era a prioridade, refletiu, enquanto afrouxava e arrancava a gravata. Óbvio que ela ficaria na festa para ajudar, pensou, soltando a camisa da cintura com força e a desabotoando. Que irmã seria se não ficasse?

O fato de o ex-namorado babaca dela também estar lá ajudando não tinha nada a ver com o mau humor repentino dele.

Jack sabia que era a função dela como madrinha, mas, enquanto se despia, precisou admitir que estava decepcionado por egoísmo. O final de semana inteiro levara àquela noite, para eles, e, depois de ouvi-la dizer que sentia algo por ele, Jack estava desesperado para passar a noite toda jogado aos pés de Hallie naquela cama *king size*.

Ele queria uma noite inteira antes de o fim de semana acabar.

Jack tirou o cinto e estava desabotoando a calça quando ouviu uma batida na porta.

Não podia ser ela. Ele queria que fosse, mas era impossível Hallie ter acabado todas as tarefas pós-festa. Talvez ela só precisasse pegar alguma coisa no quarto.

Ele largou o cinto na pilha de roupas e foi até a porta.

Quando a abriu, viu Hallie ali. Ela estava com uma expressão determinada. E... nervosa? Ele levantou uma sobrancelha.

— Esqueceu alguma coisa?

— Que só nos restam algumas horas.

Ela desceu o olhar pelo peito dele e depois pela barriga, e ele sentiu o olhar como um toque quando ela se deteve na calça desabotoada. Ela respirou fundo, ergueu o rosto e falou:

— Quero sentir tudo antes de a gente voltar ao normal, Jack.

Ele queria dizer que não precisavam voltar ao normal. Que o que ele queria ia muito além de mensagens e de parceria para arranjar namorados. Em vez disso, se ouviu dizer:

— Não precisa ajudar sua mãe?

Ela deu de ombros.

— Falei que tinha que resolver uma coisa importante.

— Que mentirosa — disse ele.

— Não foi mentira.

Ela levantou o queixo, e aquele pequeno gesto de desafio o fez sentir alguma coisa.

— E minha parte preferida daquela noite no hotel, por sinal, foi quando você me ofereceu sua escova de dentes — acrescentou ela.

— Como assim?

— A gente tinha, hum, acabado — disse ela, entrando no quarto enquanto ele recuava e segurava a porta —, e, em vez de apagar ou fazer qualquer outra coisa que uma pessoa bêbada poderia fazer numa noite daquelas, você perguntou se eu estava bem. Olhou nos meus olhos, esperou a resposta e, quando eu disse que estava bem, me ofereceu sua escova de dentes.

Ele bateu a porta atrás dela e falou:

— Ainda não acredito que você se lembra daquela noite.

Ela respondeu em voz baixa:

— Eu penso nela o tempo todo.

Ele sentiu calor, como se estivesse ardendo, e tudo o que ele enxergava era ela. Hallie Piper o cercava, o preenchia, e ele a sentia em cada molécula. Ele passou os braços por trás dela, para abrir o zíper do vestido, e encostou a boca na dela.

— Jack — sussurrou ela, e o som do nome dele naqueles lábios o enlouqueceu.

Ele abriu a boca em cima da dela, precisando prová-la. Como sempre, beijar Hallie parecia um prêmio.

Quentes, molhados, gostosos que nem uma droga, os beijos dela o atraíam com a promessa do que viria a seguir. Os dentes e a língua responderam a ele como se tivessem sido despertados de repente. Jack gemeu na boca de Hallie enquanto ela o fazia ferver.

Ele começou a abaixar o zíper do vestido dela, roçando a pele macia com os dedos, mas ficou paralisado quando sentiu os dedos dela no zíper da sua calça.

Hallie

Um puxão e a calça luxuosa do terno caiu.

O coração dela estava na boca, não apenas por estar se sentindo como uma adolescente nervosa, mas porque nunca antes se sentira tão... íntima dele. Sem bebedeira, sem piada, sem pressa para acabar; só Jack e Hallie, sozinhos no quarto escuro de hotel com seus sentimentos verdadeiros.

— *Meu Deus. Hal* — gemeu ele, com a voz tensa, rangendo os dentes, enquanto ela o tocava.

Hallie passou as mãos pelo corpo de Jack e, quando ele a beijou, o vestido dela caiu no chão. Ele a abraçou pela cintura e a levou para a cama, onde a deitou, nua, no enorme colchão, tão rápido quanto um relâmpago.

Era uma loucura tempestuosa, como na cozinha ou na célebre noite do hotel, mas mais intensa, por causa da dedicação absoluta. Jack não apenas a tocava, como buscava cada terminação nervosa de seu corpo com as mãos, os dedos e a boca. Hallie se contorceu, arqueou, suspirou e gemeu enquanto Jack explorava todos os centímetros da pele dela.

— Jack — soltou em um suspiro quando ele subiu a boca pelo corpo dela, parando acima de seus lábios.

Os olhos dele estavam entreabertos, sensuais, e foi com uma expressão de pura malícia que lambeu o lábio inferior dela e respondeu com um rosnado baixo.

Ela não queria implorar, mas precisava que ele a penetrasse. Arranhou as costas dele e arqueou as costas, tentando se aproximar.

— Hal. *Cacete.*

Ele fechou os olhos por um segundo, com expressão aflita, mas, quando os abriu, foi com um sorriso safado, logo antes de estar ali, quente e duro, bem onde ela queria.

— *Sim, sim, sim, sim* — entoou ela, sussurrando e se perdendo no pecado que era Jack entrando fundo no corpo dela.

Ela se mexeu com ele, enfiando as unhas nas costas dele enquanto tentava segurá-lo ali com toda a força que tinha.

Hallie sentia que ia ter um ataque cardíaco com aquele calor. Não apenas o sexo entre eles era impossivelmente bom, fisicamente — *tão bom, puta merda* —, enquanto ele se mexia dentro dela, como cada movimento era intensificado por aquela nova emoção sufocante que ela sentia por ele.

Hallie não sabia exatamente o que era, mas, de repente, ela parecia sentir *mais*.

Com o rosto carregado de intensidade, ele a olhou nos olhos e se mexeu mais rápido, mais fundo. Ela estava com dificuldade de conciliar que aquele namorado de mentira era seu peguete de uma noite que virara seu melhor amigo.

— Nada nunca foi tão bom quanto você — disse ele, com a voz baixa e pesada junto à pele dela, enquanto beijava seu pescoço e segurava seu quadril com as mãos enormes. — Quanto isso.

Nada no mundo fora tão bom *mesmo*, mas ela só conseguiu gemer o nome de Jack e morder o ombro dele em resposta. Estava perdida demais nele, no que ele fazia com seu corpo, para construir palavras e frases coerentes.

Ele gemeu e rangeu os dentes, com uma expressão quase animalesca ao passar as mãos por baixo dela, mudar de ângulo e trazê-la para mais perto. Hallie se perguntou se era possível desmaiar de prazer enquanto ele a levava àquele limite delicioso entre êxtase e dor.

Ela talvez tenha dito o nome dele, ou gritado, mas o lampejo do clímax ardente foi tão devastador e atordoante que ela sentiu estar fora de órbita.

Jack

— Isso é a coisa mais ridícula que já fiz na cama — disse ele, vendo Hallie atravessar o quarto usando a camisa social dele e as meias altas dela (a pedido dele).

Ela sorriu para Jack e trouxe a bandeja, iluminada pela combinação da televisão, ligada no mudo, e do fogo crepitante na lareira.

— Duvido, mas é uma honra apresentá-lo a uma das minhas especialidades.

Ele balançou a cabeça devagar.

— É uma péssima ideia, BT.

— Não é, não — replicou ela, rindo e deixando a bandeja do serviço de quarto em cima da cama. — Se puxar bem a colcha, não cai nenhuma migalha na cama. É só sacudir bem a coberta depois e pronto.

Ele a viu sentar de pernas cruzadas na frente da bandeja e percebeu que era uma das coisas que a tornava tão... o que quer que fosse que o deixava obcecado por ela. Hallie nunca tentava ser descolada, nem diferente de quem era — no momento, uma deusa do sexo faminta que tinha pedido batata frita às três da manhã.

— Você também deve estar com fome — comentou ela, tirando a tampa pesada do prato. — Faz horas que está dando duro.

— Você também — disse ele, e ela abriu um sorriso ridiculamente enorme.

Jack bagunçou o cabelo dela e roubou uma batata frita, ao que ela respondeu com um tapa na mão dele.

Eles aumentaram o volume da televisão e viram uma reprise de *New Girl* enquanto comiam as batatas e discutiam sobre quem era o melhor personagem. Ele achava que era Winston, e ela, que era Nick, mas os dois chegaram perto de botar Schmidt em primeiro lugar.

Depois de acabar com a comida e o cansaço bater, os dois foram até o banheiro, onde escovaram os dentes lado a lado porque Hallie estava convencida de que o vinagre e o açúcar do ketchup apodreceria os dentes deles enquanto dormiam.

Sempre que tentava gargarejar, ela caía na risada porque Jack a observava e acabava engasgando com o enxaguante bucal. Os dois estavam gargalhando sem parar quando ele a pegou no colo, a jogou por cima do ombro e a carregou até a cama, e, quando finalmente se deitaram e fecharam os olhos, ele não se lembrava de um dia ter estado tão feliz.

Capítulo
VINTE E SETE

Hallie

— Hal.

Ela abriu os olhos, e lá estava Jack, sorrindo para ela. A luz do sol entrava pela janela, mas ele ainda estava aninhado com ela sob o edredom, como passara a noite toda. O cabelo dele estava uma bagunça, os olhos, cansados, e ele, tão lindo que quase doía olhar.

— Bom dia — disse Hallie, tocando o rosto dele.

— Bom dia pra você também — respondeu Jack, e o jeito que a olhou a fez se sentir adorada. — Você pediu para eu te acordar às sete, e são sete agora. Mas vou tomar um banho, então, se quiser dormir mais um pouco, te acordo quando acabar.

— Não vai correr? — perguntou ela.

— Estou tão pateticamente a fim da minha namorada de mentira que não quero passar uma hora longe — disse ele, e deu um beijo na testa dela antes de se levantar. — Pode voltar a dormir, eu te acordo quando sair.

Hallie o viu atravessar o quarto e pensou que provavelmente dava para fazer uma moeda quicar naquela bunda musculosa e durinha. Ela provavelmente testaria a teoria mais tarde, só para ele rir e tirar a roupa outra vez.

Nossa, como ela estava pensando naquilo? Como ela de repente estava pensando que poderia ir além da amizade com Jack? Ela ainda conseguia ouvir o grunhido sexy dele quando eles estavam loucos na cama — *nada nunca foi tão gostoso quanto você* — e quase se beliscou para acreditar que não estava sonhando.

Ela estava apaixonada por Jack, e as coisas pareciam incrivelmente promissoras.

Ela riu, o som ecoando pelas vigas de madeira do quarto, e sentiu vontade de cantar.

Jack

Jack botou a cabeça embaixo do chuveiro, deixando a água quente escorrer pelo rosto e pelo pescoço.

Ele estava exausto — mas do melhor jeito possível.

Jogou o cabelo para trás e esguichou sabonete líquido nas mãos, que esfregou antes de massagear o couro cabeludo.

— Não acredito que você lava o cabelo com sabonete — disse Hallie, e Jack sentiu uma pontada no peito quando se virou a tempo de vê-la entrar no chuveiro.

Ela era uma gostosa do caralho, sua mulher dos sonhos nua e de cabelo ruivo desgrenhado, mas foi o sorriso dela que o fez derreter.

Hallie sorria como se o conhecesse melhor do que todo mundo, como se compartilhassem um segredo enorme, e algo naquela expressão quase o derrubou. Era tudo, e ele queria ficar com ela naquele quarto de hotel para sempre, onde só *ele* poderia desfrutar dela.

— Dá tudo na mesma — disse ele, com a garganta seca e arranhada. — Sabão é sabão.

Hallie pegou as mãos dele e passou os dedos para roubar a espuma. Ela inclinou a cabeça, esperando que ele a beijasse, e o tocou com as mãos ensaboadas. Ele perdeu o fôlego em um suspiro — *caralho caralho caralho caralho* — e a beijou, a devorando vorazmente enquanto ela passava os dedos com espuma em todos os cantos que ele sonhava que ela tocasse.

Ele enfiou os dedos no cabelo dela e tratou a boca de Hallie como um banquete, despejando sua resposta apaixonada àquelas mãos safadas.

Arranhou aquela boca sexy com os dentes, desesperado para consumir cada pedacinho dela.

As pernas dele começaram a tremer enquanto ela deslizava aqueles dedos escorregadios nele, e, quando ficou intenso demais, quando chegou *perto demais*, ele a abraçou pela cintura e a levantou. Espantada, ela parou de mexer as mãos enquanto ele a carregava para fora do boxe.

O vapor inundou o banheiro enquanto a água quente continuava a cair do chuveiro, e Jack, com uma das mãos, botou uma toalha na penteadeira antes de levantar Hallie e sentá-la ali. Os olhos dela estavam meio fechados, como se ela não conseguisse direito mantê-los abertos, e os fechou, trêmula, quando ele avançou entre as pernas dela e a penetrou.

Eles gemeram ao mesmo tempo, o som saindo dela em uma súplica carente, e dele, grave e gutural.

Caralho, ele amava aquele som, amava ser *ele* a causar aquela reação nela.

Hallie se apoiou nos braços, atrás do corpo, e deixou a cabeça pender para trás enquanto ele a enlouquecia com seu corpo forte. Com a boca, Jack aproveitou a posição, soltando gotas d'água da pele molhada dela enquanto a explorava com a língua, e sabia que nunca esqueceria o olhar ardente dela ao vê-lo lambê-la inteira.

Ele sentiu os calcanhares dela apertarem sua lombar, e ela o abraçou pela cintura enquanto tensionava e flexionava o corpo ao redor dele. Cada movimento compartilhado era pura perfeição sexual — uma embriaguez fervorosa que o afetava inteiramente —, e ele percebeu, em um momento fugaz, que nunca tinha transado assim.

Na vida inteira.

O sexo era ótimo, o tipo de sexo que não dava para interromper mesmo que o mundo ao redor estivesse acabando, mas também havia um sentimento desconcertante, que o fazia ter vontade de abraçar Hallie e beijar a testa dela.

Isso acendeu algo dentro dele que fez o corpo já suado esquentar todo.

Jack apertou o quadril dela com mais força e se entregou por completo, enlouquecendo com Hallie enquanto ela arfava como uma maratonista, agarrada aos ombros dele. Ele enfiou o rosto no pescoço dela assim que o clímax o atravessou, e mal tinha voltado a si quando ouviu Hallie dizer:

— Isso sim foi um jeito maravilhoso de começar o dia, Marshall.

Hallie

— Nem acredito na cara de raiva da sua mãe — disse Jack, embarcando no avião.

— É, ela me deu o maior esporro no banheiro, e aposto que ela acha que você que é uma má influência — disse Hallie aos risos, sem acreditar que a fúria da mãe nem a estressava mais. — Antes de você, eu era um anjo.

— Maravilha.

— Vai ficar tudo bem. Da próxima vez que falar com ela, vou dizer que você me salvou de um afogamento, sei lá, e tudo vai se resolver.

— Esse plano parece algo que com certeza não vai dar certo — brincou ele, apertando os dedos dela.

Ela amou que ele imediatamente pegou a mão dela no aeroporto, mesmo longe de qualquer parente. O namoro de mentira finalmente tinha acabado — o resto dos convidados iria embora só no dia seguinte —, mas ele ainda a tratava do mesmo modo.

Depois daquela noite e daquela manhã, ela não havia se surpreendido; tinha sido íntimo e perfeito, muito além de um clichê de só uma cama.

No entanto, uma parte dela estava preocupada, porque eles não tiveram tempo para conversar direito sobre como ficaria a relação ao voltar para casa. Nenhum deles tinha dito exatamente o que queria, e ela estava com medo de tocar no assunto.

Quando já estavam no ar, ela apoiou a cabeça no ombro dele e caiu em um sono profundo. Dormiu o voo inteiro e, quando abriu os olhos e a comissária anunciou a descida, Jack sorriu para ela de um jeito que a lembrou de cada detalhe sensual da noite anterior.

— Por que está tão cansada, Bartenderzinha? — perguntou ele, com a voz grave e rouca enquanto passava a mão nas costas dela. — Noite longa?

— Não quero ser indiscreta — sussurrou ela, ao pé do ouvido dele —, mas conheci um cara em um casamento e ele me comeu a noite toda.

— Ele parece forte — disse Jack.

— Você nem imagina. Foi como uma maratona de sexo, mas com batata frita e televisão.

Isso o fez jogar a cabeça para trás e gargalhar, que nem quando caíram do armário durante o jantar, e ela soube que já era.

Estava perdidamente apaixonada por Jack Marshall.

Capítulo
VINTE E OITO

Hallie

— Vou ao banheiro, te encontro na esteira de bagagem.

— Combinado — disse Jack, pegando a mala de mão dela e a pendurando no ombro.

— Não me abandone — pediu ela, rindo, enquanto ele ia em direção à escada rolante para descer.

Ela seguiu para o banheiro mais próximo, querendo até saltitar de tão feliz.

— Hallie?

Hallie parou e se virou. Era Alex.

— Ah. Oi. O que você está fazendo por aqui?

Ela esperou ele apertar o passo para alcançá-la, e se surpreendeu por não estar nem um pouco abalada. Nem seu ego ferido dava mais importância para aquele homem loiro que sorria e se aproximava com cautela, como se tivesse medo de levar um soco.

— Viagem de trabalho, foi de última hora… Que mundo pequeno. Você tem um segundinho, já que acabamos nos esbarrando?

Ela olhou para trás dele, e de volta para seu rosto.

— Bom, assim, eu tenho que ir…

— Só um segundo. Por favor? Obviamente o universo queria que a gente se encontrasse.

Hallie deu de ombros e se afastou do fluxo de gente, parando perto da livraria do aeroporto. Sabia que estava abatida, sem maquiagem e de cabelo preso em um coque bagunçado, mas não se incomodava.

— Eu só queria me desculpar — disse ele, incrivelmente sério. — Perdão, Hallie.

Qual era a desses homens do passado, todos querendo se desculpar de repente?

Ela fez um gesto com a mão e respondeu:

— Tudo certo.

— Eu me arrependo muito e não sei se você ainda tem interesse, mas eu adoraria levar você para jantar.

Ela balançou a cabeça de leve.

— É muito gentil, mas melhor não.

Ela hesitou e, por pura curiosidade, acrescentou:

— Mas posso perguntar o que mudou desde a semana passada, quando você achou que a gente não deveria ficar juntos?

Ele engoliu em seco.

— Foi idiotice minha. Lembra que a gente falou de aplicativos e de química, e que...

— Você achava que o mais importante de tudo era o destino? Sei.

Hallie estava começando a ficar impaciente, porque sabia que Jack estava esperando. Além do mais, ainda precisava ir ao banheiro.

— Lembro — acrescentou.

— Bom, quando seu amigo me falou da aposta, fiquei chateado, para ser sincero, porque as coisas estavam indo muito bem e eu queria acreditar que era destino. Quando descobri que não era...

— Como assim? — perguntou ela, e um alarme começou a soar em sua mente. — Do que você está falando?

— Do Jack. Eu esbarrei nele quando estava saindo da sua casa, no dia que ele levou os brinquedos de gato que pegou no meu carro...

— Ah, sei.

Hallie estava um pouco confusa com a conversa, mas lembrou que Jack tinha subido com os brinquedos que Alex comprara para Tigrão.

— Hum... — começou ela.

— A gente estava batendo papo no estacionamento e, quando eu te elogiei e falei que era o destino, ele me contou da aposta.

— Que, hum...

— A aposta de vocês sobre quem começaria a namorar primeiro.

— Ah — disse Hallie, sentindo que não estava entendendo alguma coisa, mas sem saber o que era. — Ele falou disso com você?

— Acho que ele só queria deixar bem claro que eu e você não éramos obra do destino.

Hallie semicerrou os olhos. Por que Jack contaria da aposta para ele? Jack sabia o quanto ela gostava de Alex. Por que falaria daquilo em uma conversa com um cara que mal conhecia?

E por que não tinha contado nada quando Alex terminara com ela?

— Escuta, Alex, a aposta foi só uma forma de nos motivar a continuar tentando encontrar alguém. Não era nada...

— Ah, eu sei... foi isso que ele disse também — respondeu Alex. — Honestamente, fiquei com a impressão de que ele estava a fim de você e que eu estava atrapalhando. Mas não tem importância.

Ela sorriu, mesmo desconfortável com aquela conversa toda.

— Não tem?

— Não, o erro foi todo meu. Escuta, posso te mandar mensagem mais tarde? — perguntou ele, e se aproximou um pouco mais. — Aqui não é um lugar bom para conversar e eu gostaria muito de concluir essa conversa.

Ela concordou com a cabeça.

— Claro.

Depois de se afastar dele, Hallie começou a repassar tudo na cabeça. Foi ao banheiro, lavou as mãos e pegou a escada rolante, tudo no piloto automático. As palavras de Jack, de Alex, de Olivia — tudo ia voltando à sua mente e, quando chegou à esteira de bagagem, tinha entendido.

E era uma merda.

Ela havia sido apenas a opção mais fácil para Jack, como Olivia previra, e, quando ele a vira criar uma conexão com alguém depois de ele próprio levar um pé na bunda, depois de duas semanas tristes e solitárias em Minneapolis sem o tio Mack, decidira atrapalhar a relação dela.

Por qual outro motivo ele não contaria a ela sobre a conversa com Alex?

Quando ele a abraçara no quarto, a consolando pelo término enquanto ela chorava, o certo teria sido dizer: *Eu contei para ele da aposta... provavelmente foi isso.*

Mas ele não dissera nada.

Ele a tinha deixado chorar sem mencionar uma palavra.

E depois se oferecera para salvá-la como um príncipe encantado.

Hallie não fazia ideia de como interpretar aquela informação depois de tudo que tinha acontecido entre eles à noite. Tinha sido uma noite incrível e perfeita para *ela*, mas o que exatamente tinha sido para ele?

Nossa, será que ela estava pensando demais?

Sabia que sim, mas, por outro lado, tinha achado que Ben estava prestes a pedi-la em casamento, quando na verdade ele percebera que não conseguia amá-la, por mais que tentasse. E daí que Jack estava feliz naquele momento? Será que ia durar? Ou ele acabaria percebendo que, por mais que tentasse torná-la a solução de sua solidão, ela não era a pessoa certa?

— Achei que você tivesse se perdido.

Hallie se virou, e ali estava Jack, sorrindo, com as malas empilhadas à sua frente. O sorriso dele fez o estômago dela dar um nó, e, ao forçar um sorriso, sentiu vontade de chorar.

— Acabei de encontrar o Alex — falou.

O sorriso dele desapareceu.

— O palhaço loiro?

Ela confirmou com a cabeça.

— Ele quer me ligar mais tarde. Disse que se arrependeu de terminar.

Ele engoliu em seco, mas foi a única mudança na expressão. Não parecia ter nada a confessar.

— Vai ficar esperando ao lado do telefone, BT?

Ela deu de ombros e tentou dizer, num tom de brincadeira:

— Acho que vamos ver.

Ele entrelaçou os dedos nos dela.

— Vou ter que te manter ocupada demais para escutar o telefone, então.

Eles pegaram o transfer até o carro, e Hallie sentiu que fazia anos que tinham viajado. Jack não soltou sua mão, mas os dois não falaram mais nada, e parecia que uma questão imensa e silenciosa pairava acima deles.

Quando chegaram ao carro, ela ligou para Ruthie para pedir notícias de Tigrão e dizer que estavam a caminho. Ruthie disse que não suportaria se despedir do gatinho e que talvez tivesse que pegar ele emprestado no dia seguinte.

— Então ele finalmente parou de morder ela? — perguntou Jack.

— Parece que sim.

Quando ele saiu do estacionamento os dois se calaram, e, assim que ele atendeu um telefonema de trabalho, Hallie se sentiu aliviada. Ela ficou perdida em pensamentos enquanto ele discutia o acabamento de concreto para um projeto futuro.

A principal lição que tinha aprendido depois do término com Ben — *obrigada, dr. McBride* — era que o mais importante era ser honesta consigo mesma em relação a tudo o que sentia, tanto as coisas boas quanto as ruins.

Portanto, sua primeira confissão: ela amava Jack. Ela queria Jack. O que queria, mais do que tudo, era fingir que nunca tinha conversado com Alex no aeroporto. Queria se jogar no relacionamento com Jack, viver como tinham vivido no final de semana.

A segunda confissão, porém: ela preferia perder a chance de viver um romance com ele a passar de novo pelo que tinha passado por Ben. Havia sido um inferno, e Hallie tinha certeza de que seria dez vezes pior com Jack.

A terceira confissão: ela não estava com raiva de ele ter contado da aposta para Alex — não era um segredo, nem nada —, mas estava furiosa por ele não ter mencionado nada depois de Alex terminar com ela.

— Tudo bem?

Hallie olhou para Jack, que dirigia pela estrada. Ela nem tinha reparado que ele desligara o telefone.

— Ah. Tudo — disse ela, sorrindo, com um aperto na garganta. — Só estou exausta.

— Eu também.

Ela recostou a cabeça e fechou os olhos, preferindo fingir estar cansada a conversar. Porque a quarta confissão era que sabia exatamente o que precisava fazer.

E queria chorar.

Jack

Meeeeeerda.

Normalmente, ele não era inseguro, mas Hallie estava quieta e distante desde que tinha encontrado Alex. Ela havia falado de um jeito estranho sobre ele querer ligar depois, quase como se estivesse aberta à possibilidade, o que fez Jack querer arremessar o celular dela pela janela.

Ele não conseguia parar de pensar: *Ela ainda quer o Alex.*

Jack parou no estacionamento do prédio dela, pegou a mala e subiu com ela ao apartamento. Ruthie passou vinte minutos contando para Hallie tudo que Tigrão fizera enquanto Hal abraçava o gato imenso, então Jack teve alguns minutos para se recompor.

Quando Ruthie finalmente foi embora e Hallie fechou a porta, ele a puxou para um abraço. Eles eram ótimos juntos e o encontro com Alex no aeroporto era apenas um acaso que os dois esqueceriam depois de cinco segundos a sós em casa.

Porém, em vez da atitude brincalhona de sempre, Hallie o encarou com olhos desconfiados e extremamente sérios. Tão sérios que ele sentiu uma dorzinha de nervosismo na barriga.

— O que houve, Bartenderzinha? — perguntou ele, com um beijo na ponta do nariz dela, no meio da constelação de sardinhas. — Você parece preocupada.

Ela engoliu em seco.

— Não, só tô meio... introspectiva agora que a gente parou de fingir que namora.

— Introspectiva, é?

O coração de Jack começou a bater mais forte — que besteira — enquanto ele se preparava para contar exatamente o que sentia. Se ela estivesse pronta para falar do relacionamento, que Deus o acudisse, pois ele estava pronto para se abrir e confessar todos os sentimentos devastadores que nutria por ela.

Ela fez que sim com a cabeça e apoiou as mãos no peito dele.

— É nossa última noite de fingimento, e parte de mim vai sentir saudade.

— Foi *mesmo* divertido — disse Jack, um pouco confuso por ela se referir àquela noite e àquele momento como fingimento, sendo que estavam apenas os dois em casa.

Além do mais — *puta que pariu* —, a noite anterior definitivamente não tinha sido fingimento para nenhum dos dois.

— Concordo — disse ela, com uma expressão triste. — Os limites ficaram meio confusos no fim de semana, mas você foi o namorado de mentira prefeito, e estou muito agradecida.

Ele não disse nada, porque a garganta estava apertada demais para falar. Estava tudo claro no rosto dela, no modo fatalista como ela o olhava.

Puta merda.

Ela ia terminar.

Tinha acabado sem nem começar.

Hallie

Ela estava morrendo por dentro e só queria se jogar na cama e chorar sem parar. Porém, antes, precisava de uma última noite com ele, sendo mais do que amigos.

— Eu entendo se você quiser ir para casa e voltar ao normal. Provavelmente tem muitas mulheres esperando uma resposta sua no aplicativo agora mesmo — disse ela, tentando soltar uma risada sarcástica, mas nada saiu. — Pessoalmente, só vou abrir o aplicativo amanhã, porque hoje estou exausta.

— Hal — disse ele, com os olhos azuis e tempestuosos. — Que merda é…

— Mas se quiser, eu toparia uma última noite de fingimento. Uma última noite de Hallie e Jack, o casal do casamento, transando loucamente.

Ela soava desesperada até para os próprios ouvidos, mas estava mesmo desesperada por Jack. Estava desesperada por uma última noite.

Ele tensionou o maxilar e olhou o rosto dela com uma expressão de raiva. Levou um bom tempo para dizer:

— Deixa eu entender. O joguinho do namoro de mentira acabou e voltamos a ser amigos, mas você quer *foder* uma última vez?

— Deixa pra lá — disse ela, envergonhada pelo modo ofensivo de ele se expressar. — Não...

— Eu topo — rosnou ele, e encostou a boca na dela.

Era um toque furioso e quente, abrindo a boca de Hallie e a beijando com intensidade. Ele levantou as mãos e segurou o rosto dela, para atacá-la com dentes e língua ferozes, e ela o agarrou pelo bíceps, porque precisava se segurar.

Ele fez um som gutural antes de pegar a língua dela, antes de tratar a boca de Hallie como um pêssego maduro e suculento que ele queria devorar inteirinho.

De repente, ela estava no colo de Jack, com as pernas envolvendo a cintura dele, e ele a carregava até o quarto. Com o olhar sombrio, ele a largou na cama e subiu em cima dela, parando de beijá-la apenas para tirar as roupas.

Com as mãos trêmulas, ela tentou puxar o zíper da calça dele, e de repente tudo mudou.

A expressão dele continuou séria, igualmente concentrada e intensa, mas seu corpo se tornou mais leve. Seus toques, mais suaves. Seus beijos, de adoração, e não famintos.

Doeu no peito dela, de tão intenso.

Quando ele finalmente a penetrou profundamente, Hallie precisou fechar os olhos para segurar as lágrimas. Era tão bom, como sempre era com Jack, e ela tentou se perder na sensação física.

Não pense, não pense, não pense.

— Abre os olhos — pediu ele, com a voz rouca. — Por favor?

Ela abriu, e ele engoliu em seco e a olhou. Ela viu as narinas abertas, o maxilar tenso, e, quando encontrou o olhar dele, seus olhos transmitiram palavras fortes e silenciosas. *Adeus. Pela última vez.* Hallie se levantou para beijá-lo, precisando da boca dele. Segurou o pescoço de Jack com força, grudou a boca na dele, e ele a deixou tonta com seus movimentos.

Finalmente, chegaram ao auge, quando as emoções deixaram de ter importância, dominadas pela luxúria nua e crua, e, quando ela mudou de posição para virá-los, ela por cima e ele por baixo, Jack soltou palavrões dignos de marinheiro.

Ele a segurou pelo quadril, apertando os dedos na pele enquanto a via se mexer, mas, quando ele se sentou e a beijou, segurando seu rosto, ela se desfez.

Ela gemeu na boca dele, tensionando e flexionando cada músculo do corpo, e, um segundo depois, ele mordeu o lábio dela e gemeu também.

Jack

Ele se virou e se mexeu, os ajeitando no lençol até ficarem deitados, lado a lado. Hallie estava de olhos fechados, respirando com dificuldade, enquanto os dois se recompunham. Emocionado, ele olhou as sardas no nariz dela, o desenho do lábio dela, e, como um pateta apaixonado, tocou a curva da maçã do rosto dela e disse:

— Tem certeza de que quer acabar com isso, Hal?

Ela abriu os olhos, e ele odiou a expressão neles. Mágoa, distância — ele não sabia bem o que aquele olhar significava, mas com certeza não era nada bom. Ela piscou rápido antes de responder, com a voz tensa:

— Absoluta.

Ele fez que sim com a cabeça e sentou, se levantou da cama e pegou a calça no chão. Sentia um zumbido nos ouvidos e, mesmo sabendo que não queria saber, se escutou perguntar:

— Foi por causa do Alex?

Ele meteu um pé em uma perna da calça, não conseguindo dizer o nome do cara sem ranger os dentes. Porque, honestamente, ele estava com ciúme pra caralho, e chegava a doer.

— Hum, pode-se dizer que sim — disse ela, com a voz seca, e a resposta arrancou o coração dele do peito.

Jack se virou para a cama, e Hallie estava sentada, embrulhada no lençol, com os braços cruzados. Ele engoliu em seco e murmurou:

— Maneiro.

Ela semicerrou os olhos e perguntou:

— Por que você não me falou que contou da aposta para ele?

Ele parou a mão no botão da calça.

— Como é que é?

— Antes do casamento — disse ela, com o olhar irritado. — Você levou um pé na bunda da Kayla, então decidiu contar da aposta pro Alex para *eu* também levar um pé na bunda.

Ele sentiu tudo congelar ao perceber o que aquilo parecia. O que ela pensava. A impressão que dava. Balançou a cabeça e falou:

— Não, não foi nada disso. Eu só falei da aposta porque aquele filho da mãe achava que vocês estavam destinados a ficar juntos.

— E por que você se importa? — perguntou ela, respirando fundo pelo nariz, com os olhos brilhando. — E *foi* isso, sim, Jack, porque você é totalmente responsável por ele terminar comigo.

Ele rangeu os dentes com tanta força que achou que fossem quebrar. Por que se importava? *Porque sinto coisas imensas por você, Hallie.*

Mas ele não podia falar aquilo para ela *agora*.

— Não acredito que você me deixou chorar por ele e não contou a verdade — disse ela.

Jack quis se desculpar, porque se sentia, *sim*, um lixo por ter feito aquilo, mas sua boca não conseguia formar palavras enquanto ela o olhava daquele jeito.

Como se estivesse furiosa por ele estragar o relacionamento dela com aquele cara.

Porque queria Alex, e não ele.

— Desculpa, Hal — disse ele, terminando de vestir a calça e se sentindo um otário por ter aproveitado a chance de transar com ela uma última vez.

Ele não havia conseguido resistir à proximidade dela, mesmo sabendo que depois se arrependeria. Cacete, para ser sincero, ele tinha até esperança de as coisas mudarem.

— Tá — disse ela, mordendo o lábio e puxando o lençol para cima.

Olhar para ela de repente havia começado a doer, e ele precisava ir embora antes de fazer papel de bobo.

— Tenho que tirar o carro da vaga antes do guincho aparecer.

Ele vestiu o resto da roupa e, ao pegar a chave da bancada da cozinha, a ouviu dizer:

— Tchau, Jack.

Em seguida, ela voltou ao quarto e fechou a porta.

Fodeu.

Capítulo
VINTE E NOVE

Hallie

Jack: Posso te ligar?

Hallie largou o celular na mesa e suspirou, odiando o coração acelerado ao ver o nome dele na tela.

Porque haviam se passado duas semanas.

Duas semanas de silêncio absoluto.

No começo, tinha ficado feliz pela falta de mensagens — precisava interromper os jogos deles, por questões emocionais. Tinha chorado no chuveiro e a caminho do trabalho na manhã seguinte, onde decidira engolir o choro e superar.

Jack era seu melhor amigo, e isso era o mais importante.

Porém... ele nunca mais a procurou. Não tinha ligado, nem mandado uma mensagem sequer.

Nem em sonho ela imaginava que ele desapareceria assim da vida dela.

Ela sentia tanta saudade que mal suportava. Fechou a planilha e respondeu: São seis horas e eu tô cheia de trabalho, tô tentando acabar para ir para casa.

Antes que pudesse acrescentar alguma coisa, o celular começou a tocar.

— Filho da puta — sussurrou, antes de atender com a voz tensa. — Alô?

— Oi. Como vai o trabalho?

Como o som da voz dele podia ser tão devastador? Hallie olhou o relógio da parede e respondeu:

— Bom. O que houve?

— Quer jantar hoje, quem sabe?

Jack soava sério, e ela odiou que tivessem se tornado aquilo: pessoas sérias que não conversavam mais.

— Eu estava com a esperança de a gente comer e meio que resolver o que tá rolando — continuou ele.

Mentalmente, ela berrou: *Onde você estava nessas duas semanas, porra?!*

Ela suspirou.

— Estou atrasada no trabalho, tenho que ficar aqui. Foi mal.

— Que tal amanhã, então? — perguntou Jack.

Ela não sabia por que havia pensado em dizer aquilo, mas, na voz mais relaxada de todas, respondeu:

— Na verdade, tenho um encontro.

— Ah — disse ele, e pigarreou. — Alguém do aplicativo?

— É.

— Ainda quer ganhar a aposta, né?

Até parece. Até parecia que ela sentia vontade de sair de novo. E como ele ousava brincar com ela daquele jeito, como se fossem amigos? Tentou soar ainda mais tranquila ao responder:

— Claro. Preciso de férias, Jack.

— Não mais do que eu preciso daquela bola de beisebol. Quer ir no Taco Hut depois?

Cacete, tá brincando com a minha cara? Ela desligou o computador.

— Pode ser, mas acho que esse encontro talvez seja dos bons e não precise de tacos.

— Jura? — perguntou ele, com a voz grave.

Ela engoliu em seco.

— Pois é.

O silêncio era pesado e lento, e ela abriu a boca para dizer alguma coisa, qualquer coisa, mas ele falou primeiro:

— Acho que vamos ver, então.

— Acho que sim.
— Onde você marcou? No Charlie's?
— Isso, mas...
— Até amanhã, Hal — interrompeu ele, e desligou.

Hallie largou o celular e soltou palavrões altos, já que a porta da sala estava fechada. *Cacete, cacete, cacete!* Ela havia enlouquecido? Tinha marcado de conversar com Alex, mas não era um encontro romântico e ela definitivamente não queria encontrar Jack.

Merda.

Deveria ter apenas recusado, mas o cérebro dela pifou assim que ouvira a voz dele.

Jack

— Ai, meu Deus do céu — gritou Olivia, o encarando como se ele fosse um bicho de sete cabeças. — Então você não falou com ela depois daquela noite?

— Cala a boca, Liv — murmurou, mostrando o dedo do meio para a irmã, que surtava por aquela situação ridícula dele.

Ele se virou para Colin e continuou:

— Como você não bate a cabeça na parede todo dia para conseguir aguentar ela?

Colin sorriu para Olivia.

— Encontro jeitos melhores de lidar com minha agressividade.

— Vou vomitar — disse Jack, pegando a garrafa de Dos Equis. — Sério. Que nojo.

Colin e Olivia começaram a rir. Por mais que ele não quisesse admitir, eram mesmo um ótimo casal. As diferenças deles os tornavam perfeitos juntos.

Filhos da puta.

— Então você está apaixonado pela Hallie.

— *Não* — grunhiu ele. — Quer dizer, mais ou menos. Sim. Estou, sim.

— Mas ela só quer ser sua amiga — disse Livvie.

— Talvez nem isso.

— Mesmo que vocês tenham transado enquanto fingiam namorar.

— Desculpa... mas você vai ficar só resumindo a situação? É irritante pra caralho.

— Foi mal — disse ela, rindo. — Só estou tentando entender.

— Se quiser saber — interveio Colin —, o problema é aquele palhaço loiro.

— Como assim? — perguntou Olivia.

— Como assim? — repetiu Jack, chocado, porque nem tinha contado da conversa pós-sexo.

Ele tinha casualmente mencionado o encontro no aeroporto e só.

— Estava tudo indo bem até ela ver o cara no aeroporto — disse Colin, e levou o uísque à boca. — Ela obviamente ou está apaixonada por ele, ou quer entender o que ainda sente por ele.

Isso fez Jack querer socar alguma coisa. Ele tinha começado a digitar a mensagem para Hallie umas cem vezes desde aquela noite, mas toda vez se interrompia, porque, merda, e se ela já tivesse voltado oficialmente com Alex?

Jack nem sabia se ela também estava apaixonada, mas ele precisava de uma última chance.

Olivia falou:

— Não, Jack, não escuta ele. Acho que ela não sabe o que fazer com o que sente por você.

— Vocês não me ajudam em nada.

Ele tinha ido até o apartamento deles só porque não queria ficar sozinho em casa, mas, sentado ali, percebeu que não se sentia melhor com companhia.

— Vou para casa — acrescentou.

— Você precisa contar para ela o que sente — disse Olivia.

— Que Deus me perdoe, mas acho que ela está certa — opinou Colin. — Só conta para ela o que está sentindo, porque a amizade de vocês já está fodida. Vocês nunca vão voltar ao que eram antes, então não tem nada a perder.

— Nossa, você é horrível nisso — afirmou Jack, apavorado por Colin estar certo quanto à amizade dele e de Hallie.

Ironicamente, era o medo que ele sentia desde o início.

— Agora só quero chorar no travesseiro — continuou.

— Vai ficar tudo bem — disse Olivia, indo até o congelador e abrindo a gaveta. — Acabei de fazer bolo de sorvete.

Ele abaixou a cerveja. Estava tudo uma merda, mas talvez sorvete o fizesse se sentir melhor, né?

Não.

Porque, assim que olhou a tigela que Olivia serviu para ele, se lembrou de tomar sorvete com Hallie no chão da sala dela e como ela lambia o pote que nem um gato.

Não existia ninguém como Hallie, e ele estava apavorado de tê-la perdido para sempre.

Capítulo TRINTA

Hallie

— Mas você entende, né?

Hallie fez que sim com a cabeça e deu um sorriso forçado para Alex, se obrigando a não olhar ao redor do restaurante em busca de Jack.

— Entendo. Faz muito sentido.

Ela ouvia a chuva bater no telhado. Era um daqueles dias frios de outono, em que a chuva torrencial não parava. Desde que abrira os olhos de manhã, parecia o clima mais adequado para seu não encontro idiota da noite.

Alex tomou um gole de água e disse:

— Foi besteira, honestamente.

— Todo mundo tem expectativas que — disse ela, com o coração a mil ao ver Jack entrar —, hum, espera.

Alex concordou com a cabeça.

— Né? Foi besteira ficar noiado com isso.

— Acontece — disse ela, vendo Jack se encostar na lateral do bar.

Ele estava de calça jeans e suéter de tricô grosso, e se sentou em um banquinho que o deixava diretamente na linha de visão dela, o que era uma bênção e uma maldição. Jack era muito atraente, e seus olhos apaixonados estavam desesperados para admirá-lo, mas era também a maior distração do mundo.

Especialmente quando ele a olhou e a cumprimentou com o queixo.

Ela voltou a olhar para Alex.

— Escuta, preciso ser sincera — disse ela, sem querer enrolá-lo. — Gosto muito de você. Você parece um cara ótimo. Isso não tem nada a ver com você, mas não quero namorar agora.

Ele semicerrou os olhos, como se tentasse entendê-la, mas não parecia chateado.

— Tá, então vou perguntar o que você perguntou no aeroporto. O que mudou?

— Bom — disse ela, sem saber explicar —, vamos dizer que eu me apaixonei por outra pessoa. Não deu certo, mas me deixou traumatizada em relação a namoros.

— Saquei — respondeu ele, e cobriu a mão dela com a sua. — É o seu melhor amigo ali no bar?

Ela o olhou de repente.

— Como é que é?

Ele deu de ombros.

— Eu vi ele chegar. Na verdade, vi *você* ver ele chegar.

— Alex, me desculpa…

— Não — disse ele, sorrindo —, eu tive essa impressão nas duas vezes que o encontrei, então não estou surpreso.

Ela engoliu em seco.

— Não tem nada rolando entre a gente, eu juro. E não rolou nada quando eu e você namorávamos.

— Eu sei — disse ele, mexendo o líquido no copo. — Por sinal, você está bem?

Ela sorriu. Ele era *mesmo* um cara legal.

— Vou ficar. Sabe como é… o amor é uma droga.

— É a mais pura verdade — concordou ele, sorrindo de volta. — Mas a gente ainda pode jantar como amigos, né? Acho que merecemos.

Ela levantou a taça de vinho e concordou.

— Merecemos *mesmo*.

Jack

— Me vê outra água, por favor?

Jack empurrou o copo vazio para o bartender, tentando se recompor. Depois de virar um uísque enquanto via Hallie sorrir para Alex, decidiu que era melhor mudar para água, senão entraria em coma alcoólico.

Mas puta merda.

Primeiro, como Hallie podia estar tão bonita e parecer tão feliz? Jack imaginava que, assim como ele, ela estivesse sofrendo com aquele afastamento. Imaginava que ela sentisse pelo menos uma fração da saudade que ele sentia dela.

Mas parecia que estava tudo bem.

Ele não havia planejado um encontro para aquela noite — afinal, do que adiantaria enrolar uma pessoa simpática se ele só se interessava por Hallie? Só que ele esperava vê-la com um cara aleatório, e não com Alex.

Definitivamente não esperava vê-los tão confortáveis, como se estivessem se divertindo muito. Ficou sentado ali, bebendo água e esperando ela fazer uma careta de quem queria fugir, mas o som da gargalhada dela não parava de atingi-lo bem no peito.

Ele pegou o celular e estava prestes a mandar mensagem quando ela perdeu a compostura. Hallie começou a gargalhar de alguma coisa que aquele cara disse, com aquele mesmo riso contagiante de quando tentou gargarejar no banheiro do hotel, e Jack não aguentou.

Já era.

Ele deixou algumas notas no bar, se levantou e foi embora.

Hallie

Ele vai embora?

Hallie se levantou de um pulo, empurrando a cadeira, com um rangido. Olhou para Alex, que fez um gesto para liberá-la, e avançou na direção da porta, sem fazer a menor ideia do que dizer. Como ele podia simplesmente ir embora daquele jeito?

Ela empurrou a porta e saiu, e a chuva imediatamente a encharcou. Olhou para a esquerda e viu as costas do suéter dele, que se afastava.

— Espera! — gritou Hallie, começando a correr. — Jack!

Ele parou e se virou, com o cabelo já todo molhado.

— Aonde você está indo? — gritou, finalmente parando a trinta centímetros dele. — Vai me largar daquele jeito?

Ele franziu as sobrancelhas enquanto a chuva ensopava os dois.

— Você não parecia precisar de ajuda.

— Foi você quem disse que queria fazer isso, *você* quem *me* ligou e está me abandonando. De novo. Qual é o seu problema?

— Qual é o *meu* problema? — perguntou ele, semicerrando os olhos como se ela estivesse louca. — Você esqueceu de mencionar que ia sair com o Alex. Por que me deixou vir te encontrar no bar só para ver que vocês estavam no maior clima?

— Você está com *raiva*? — perguntou ela, e pensou que o louco era ele. — De mim?

— Estou, sim! — gritou ele. — Achei que íamos conversar sobre a gente, mas você estava de amorzinho com aquele cara bem na minha cara!

— Que "a gente"? — perguntou ela, cutucando o peito dele. — *A gente* por acaso existe? Não ouço um pio de você há *semanas* e agora você acha que tem direito de falar *da gente*?

— Hallie...

— Por que você não me mandou uma mensagem sequer? — perguntou ela, odiando sentir as lágrimas nos olhos. — Depois daquela noite, porque não me mandou nem uma mensagem, nem para dizer "Oi", ou "Eu te odeio", ou "Tem liquidação de miojo no supermercado"? Qualquer coisa seria pelo menos alguma coisa entre a gente. Por que você me abandonou assim?

— Eu estava tentando entender meus sentimentos, Hal — disse ele, afastando o cabelo molhado do rosto. — Queria ter certeza do que sentia antes de falar com você do que *você* sentia.

— O que é que isso quer dizer?

— Você quer o Alex? — gritou ele através da chuva.

— Jack...

— *Quer?*

— Não — respondeu ela, balançando a cabeça, e o cabelo encharcado jogou ainda mais água no rosto. — Nunca quis.

Ele segurou o braço dela e a puxou para mais perto do prédio diante do qual tinham parado, para se protegerem sob o toldo. Então, olhou para ela e falou:

— Caramba, Hal, não queria te contar assim. Mas o negócio é o seguinte: acho que estou apaixonado por você.

Jack

Ele a viu ficar boquiaberta de choque, aí fechar a boca de novo. Ela voltou aqueles olhos verdes e arregalados para ele, mas não conseguiu dizer nada.

Apenas o olhou.

— Você vai falar alguma coisa, Hal?

— Tá, vou falar — disse ela, tremendo um pouco, mas com o rosto ardendo de raiva. — Isso é muito escroto, seu filho da puta.

As palavras dela o atingiram que nem um soco no estômago, e ele tentou interpretar a expressão dela.

— Eu falei que te amo e você me chama de filho da puta?

— Você não disse que me ama, disse que "acha" que está apaixonado por mim — disse ela, rangendo os dentes, com a cara furiosa enquanto estremecia no ar úmido da noite. — Quem você pensa que é? O sr. Darcy na chuva dizendo pra Elizabeth que a ama apesar dela ser pobre?

Ele não fazia ideia do que responder.

— Você precisou de duas semanas de silêncio para ter a epifania genial de que talvez, quem sabe, estivesse apaixonado por mim, mas não tinha certeza absoluta?

Merda. Ele fez uma péssima escolha de palavras.

— Eu sabia que estava apaixonada por você no instante em que você caiu daquele armário ridículo no jantar de ensaio do casamento — continuou ela. — Não precisei de quinze dias pra chegar no "talvez".

A esperança o atravessou, mesmo ao abrir a boca para se defender. Se Hallie estava apaixonada por ele naquele jantar, ainda devia sentir algo por ele, não? E por que ela não disse nada naquela noite? Jack esbravejou:

— Se eu sou o Darcy na chuva, você é o sr. Smith, teimosa demais para ouvir o que estou tentando dizer enquanto fala sem parar do jeito que eu expressei o que sinto.

Ela semicerrou os olhos.

— Quem é esse sr. Smith?

— Porra das batatas cozidas que são uma verdura exemplar, *aquele* sr. Smith!

— Espera — disse ela, abrindo a boca. — Está me chamando de sr. *Collins*?

Ele concordou com a cabeça.

— Estou tentando te dizer uma coisa, mas você está tão envolvida nos próprios pensamentos e opiniões sobre tudo que não consegue ouvir o que eu digo, *sr. Collins*.

Jack não acreditava que estava se comunicando naquela língua bizarra de Hallie, mas eles estavam conversando, e ela finalmente o ouvia, então ele só ia seguir.

Hallie

Com a cabeça a mil, Hallie o ouviu ofendê-la do jeito mais maravilhoso de todos. Ainda estava furiosa e aflita, mas também sentia que algo estava acontecendo.

— Perdão por não querer rotular meus sentimentos, mas não sei porra nenhuma de amor, tá? — continuou ele. — Só sei que você estragou minha vida inteira.

Ela bufou.

— *Eu?*

— É — disse ele, e engoliu em seco. — Não consigo passar por um Burger King sem pensar em comer batata frita na cama, não consigo ouvir uma pessoa britânica falar sem pensar naquela sua merda de sotaque, não consigo ver uma propaganda de joias sem lembrar da sua cara sorridente ridícula no balcão da Borsheims e não consigo ouvir o celular vibrar sem querer que seja uma mensagem besta sua.

— Jack.

Ela estava zonza. Não era uma confissão romântica de amor eterno, mas era tudo o que ela queria.

— Tudo na minha vida estava bem antes, mas agora é diferente e eu odeio.

— Eu também odeio — disse ela, avançando um passinho.

Ele passou o dedo pelo rosto molhado dela.

— Estou tão arrependido de não ter te ligado.

Ela estremeceu.

— Eu também.

— Sei que estraguei tudo, Hal — disse ele, afastando o cabelo ensopado dela da testa. — Mas sinto tanta saudade que mal consigo respirar.

— Eu também — repetiu ela.

— E sei que não falei do jeito certo, mas estou *tão* apaixonado por você. E não só *apaixonado* por você. Gosto mais de você do que de qualquer outra pessoa no mundo. Você é divertida, inteligente e linda, e tudo que acontece comigo, de engraçado, de horrível, de maravilhoso, quero contar para você primeiro.

Hallie riu, sentindo os olhos marejarem de novo.

— Ai, meu Deus, trocamos de objetivo?

Ele aproximou o rosto, e seus olhos pareceram brilhar mais quando também se lembrou da conversa sobre o que procuravam na pessoa amada.

— Então quer dizer que você sente que eu te completo — falou.

Ela não ia dizer, mas levantou o queixo. Encarou seus olhos azuis-escuros e falou:

— Quer dizer, sim.

Jack fez um som entre um suspiro, uma gargalhada e um gemido antes de botar os dedos devagar sob o queixo de Hallie, levantar o rosto dela e abaixar o próprio. Quando ele encostou a boca na dela, foi como voltar para casa, e ela respirou o ar dele.

A coisa esquentou rápido — dentes, línguas, e bocas em uma busca desesperada —, e Hallie aproveitou tudo enquanto a chuva continuava a cair sem parar ao redor deles. Levantou os braços para apoiar nos ombros dele e encostou o corpo encharcado no dele, querendo proximidade. Estava perdida em Jack Marshall. Ele recuou um pouco, para em seguida olhar e falar:

— Tem um restaurante de taco ótimo nessa rua. Quer comer e conversar?

Ela fez que sim com a cabeça.

— Adoraria.

Ele apontou a loja da Urban Outfitters do outro lado da rua.

— Posso comprar uma roupa seca para você primeiro?

— Seria ótimo.

Hallie sorriu quando ele pegou a mão dela, e eles saíram pela chuva, andando naquela direção.

— Obrigada — gritou ela, em meio ao barulho da água.

— De nada — respondeu ele, também gritando para ser ouvido.

— Vou comprar uma roupa seca pra você também — disse Hallie —, e você tem que vestir o que eu escolher, tá?

Jack não respondeu enquanto eles corriam para atravessar a rua, e ela supôs que ele não a tivesse ouvido em meio ao dilúvio. Porém, assim que ele abriu a porta da loja e os dois entraram, ele a puxou para parar. Enquanto os dois ajeitavam o cabelo e secavam o rosto molhado, ele abriu aquele sorriso largo e intenso, e Hallie sentiu que esquentava de dentro para fora quando ele falou:

— Hallie Piper, eu sou seu. Me vista como quiser.

Jack

— Acho que você nunca mais vai poder ficar chateada comigo.

Jack tomou um gole de cerveja e abriu um sorriso educado para a garçonete do Taco Hut. Ela o olhava e ria ao servir a comida.

— Acho que mereci seu perdão eterno — continuou ele.

Hallie balançou a cabeça, séria, mas foi com o olhar brincalhão que respondeu:

— Acha que estamos quites só por causa da sua roupa?

Ele se levantou, apenas para ela ver mais uma vez o que tinha feito. Legging com estampa de animal, cropped, xale fúcsia, tênis All Star amarelo e um chapéu vermelho com um bordado que dizia *VSF.* Ele deu um giro e levantou as mãos, esperando uma resposta, e Hallie voltou a gargalhar.

— Não acredito que você vestiu isso mesmo.

— Claro que vesti — disse ele, voltando a se sentar e a olhando.

Ele honestamente vestiria aquilo todo dia só para ficar com ela.

— Eu te amo — acrescentou.

Ela revirou os olhos e brincou:

— Tem certeza? Talvez você só *ache* que me ama.

Por mais difícil que tivesse sido entender o que sentia, tudo — de repente — tinha ficado claro. Talvez fosse a ausência dela nas semanas anteriores, mas ele supunha que fosse apenas o bom senso voltando depois daquele atraso do cacete.

— Escuta, Bartenderzinha — disse ele, pegando o prato de nachos e empurrando para ela, porque os dois sabiam que ela gostava de escolher o primeiro pedaço. — Você me enfeitiçou de corpo e alma, e eu te amo, eu te amo, eu te amo. Por favor, me diga que minhas mãos estão frias e está tudo bem, para a gente deixar isso pra lá de vez.

Ela pegou um nacho bem no meio, coberto de carne e queijo. Enquanto o levantava com cuidado, tentando não perder nada da cebola roxa (mesmo que sempre perdesse), falou:

— Mas e se eu só *achar* que está tudo bem, Jack? O que eu faço para ter certeza?

— Você nunca vai esquecer isso, né? — perguntou, amando aquele sorriso bobo enquanto ela fazia piada dele.

Hallie balançou a cabeça, e seu sorriso se suavizou. Menos irônico, mais doce.

— Vou falar disso por muito, muito tempo.

Havia uma promessa naquelas palavras, e Jack sentiu que era o cara mais sortudo do mundo.

Então, pegou o celular.

> **Jack:** Estou em um encontro e acho que conheci a mulher perfeita. É falta de educação apressar ela no jantar porque estou louco para levar ela pra cama?

Ele a viu tirar o celular do bolso, ler a mensagem e sorrir.
Ela digitou rápido.

> **Hallie:** Sério, seu bobo, "levar pra cama" é péssimo.

Era estranho ele querer chorar de felicidade?

> **Jack:** Que tal "estou louco para entrar em ação com ela"?
> **Hallie:** Parece que quer que ela te ajude a matar alguém.
> **Jack:** Já sei. Estou louco para me envolver com ela no ato físico do amor.

— Larga o celular, senão vou vomitar — disse Hallie, deixando o aparelho na mesa e rindo enquanto mordia o nacho. — Conheço a sua mulher perfeita e tenho certeza de que ela vai topar um rala e rola depois do jantar. Então come logo.

Ele largou o celular, pegou o garfo e colocou metade da travessa de nacho no prato.

— Que Deus te ouça.

EPÍLOGO

Véspera de Natal

— Que maravilha! — disse o pai de Jack, olhando a bola de beisebol e virando para ver todos os autógrafos. — Não acredito que você me deu isso, Jackie, meu garoto! Viu, Will?

Hallie e Jack sorriram, sentados no chão perto da árvore de Natal. Como os dois tinham se encontrado no aplicativo ao mesmo tempo, ele ganhou a bola e ela, as milhas.

— Vi, sim, pai — disse o irmão de Jack, murmurando *meu garoto* baixinho, como se fosse uma obscenidade.

— Tricotei um cachecol para você com minhas próprias mãos — protestou Olivia, com um olhar irritado para o pai de onde estava sentada no sofá, ao lado de Colin —, mas, claro, uma bola ridícula é muito melhor.

— Você não entende — disse Jack, balançando a cabeça. — Não estava lá.

— Porque vocês não me convidaram — retrucou Olivia.

— Você odeia beisebol.

— Mas ainda gosto de ser convidada — insistiu ela, revirando os olhos. — Babacas.

— Que boca suja, Olivia — censurou a mãe de Jack, e se virou para Hallie com os olhos arregalados, como se estivesse chocada pelo que a filha dissera. — Peço desculpas por ela.

— Tudo bem — disse Hallie.

— É, a Hal tem a boca suja de um marinheiro — brincou Jack.
— Não tenho, não!
— Jackson Alan — repreendeu a mãe —, pare com isso.
Hallie ficou de queixo caído e sussurrou:
— Você se chama Jackson Alan? Que nem o cantor country, mas ao contrário?
— Minha mãe é fã de música country — disse ele, soando envergonhado.
Eles cearam com a família dele e, quando acabaram e pegaram o carro de volta para casa, Jack disse:
— Seu presente está no porta-luvas, se quiser.
— Que chique — disse ela, abrindo o porta-luvas com toda a rapidez.
Ela não viu nada embrulhado, mas encontrou um envelope de papel pardo com o nome dela escrito. Olhou para ele e falou:
— Se estiver me processando, Marshall, juro por Deus que vou te matar.
— Abre — disse ele.
Ela passou o dedo sob o selo para abrir e tirou as folhas de papel. Começou a folhear, uma a uma, e teve que segurar as lágrimas quando entendeu.
— Você vai me levar para Vail?
Parecia que ele tinha feito a reserva para o mesmo quarto da outra vez, mas dessa vez iriam viajar de trem.
— Por *sete noites*? — acrescentou.
— Dez dias de viagem no total — disse ele, olhando-a de relance e apoiando a mão no joelho dela. — Foi a melhor viagem da minha vida, exceto pelo estresse de morrer de medo de abrir o jogo e perder minha melhor amiga. Então que tal a gente voltar sem a preocupação, a família e o ex-namorado?
— É o melhor presente do mundo! — gritou ela, abraçando o envelope e cobrindo a mão dele com a dela. — Obrigada, Jack.
E isso é só parte do presente, pensou, imaginando a caixa do anel no armário enquanto ela cobria o rosto dele de beijos e ele dirigia. Jack

sabia que provavelmente era muito cedo, mas também não conseguia se conter. Hallie era tudo que ele nunca soubera que queria, e parecia besteira enrolar quando a mulher da sua vida estava bem na sua frente.

— De nada — disse ele, vendo passarem as luzes de Natal do bairro.

— Você tem que esperar amanhã de manhã — disse Hallie, aumentando o som da música do Michael Bublé no rádio — para seu melhor presente do mundo.

Quando Jack acordou na manhã seguinte, debaixo da árvore de Natal, com o joelho dela nas costas dele e o gato de Hallie deitado no pescoço, ocorreu a ele que já tinha ganhado o melhor presente de todos.

AGRADECIMENTOS

Obrigada a VOCÊ, por ler este livro! Você é parte da realização do meu sonho, e fico eternamente agradecida. Sério. Não quero parecer exagerada, mas eu te amo, cara.

Obrigada a Kim Lionetti, por aguentar as exclamações nos meus e-mails e por ser uma pessoa genuinamente incrível que eu adoro. Você é mais do que eu sabia precisar em uma agente, e é uma sorte trabalhar com você.

Angela Kim: seu título deveria ser Supereditora, ou talvez alguma coisa na linha de Vice-Presidente de Edições Incríveis. (Você é tão boa que merece ser presidente, mas quem quer esse cargo, né?) Amo trabalhar com você e estou muito feliz pela festa não ter acabado.

A toda a equipe da Berkley, de verdade, mas especialmente Bridget O'Toole, Chelsea Pascoe e Hannah Engler: muito obrigada por trabalhar tanto. E a Nathan Burton: amo tanto suas capas. Por favor, nunca nos rejeite, porque vou chorar lágrimas pesadas de tristeza (e eu choro feio).

Muito obrigada ao Bookstagram e ao BookTok. Vocês são criadores incríveis, que fazem um trabalho maravilhoso em nome dos livros, e nós não os merecemos. Um agradecimento especial a Hailie Barber, Haley Pham e Larissa Cambusano por serem especialmente gentis com meus bebês.

E as BERKLETES. Adoro tanto vocês, e nem acredito que vocês são minhas amigas. Por favor, nunca me expulsem do seu clube.

Seres humanos aleatórios que me deixam mais feliz: Lori Anderjaska, Anderson Raccoon Jones, Cleo, @lizwesnation, Caryn, Carla,

Aliza, Chaitanya; suas mensagens iluminam meus dias. Obrigada por serem quem são.

E também aos meus parentes preferidos de Minnesota, os Kirchner: achei melhor mencionar vocês porque nos divertimos muito ao visitá-los, amamos vocês, e juro que não foi de propósito que levamos Covid.

Agora a família [Alexa, toque "We Are Family", de Sister Sledge]:

Obrigada, mãe, por tudo. Sem você, nada disso teria acontecido comigo. Eu te amo mais do que você jamais saberá.

Pai: sinto saudade todos os dias.

MaryLee: você é honestamente a pessoa MAIS LEGAL do mundo, a Irmã Boa, e mal posso esperar pela nossa próxima viagem de carro.

Cass, Ty, Matt, Joey e Kate: lembram aquela vez que não escutei o que vocês estavam dizendo porque estava trabalhando no notebook? É, desculpa. Por todas as vezes. Mas tenho certeza que vocês se safaram de poucas e boas enquanto eu dizia "uhum" à toa, então estamos bem, né? Vocês são minhas pessoas preferidas, e eu conto para todo mundo que somos melhores amigos.

E, por fim, Kevin. Dediquei este livro a você, então acho que não preciso acrescentar mais nada, né? Quer dizer, gosto como você fica mais feliz quando lê ao ar livre. Gosto que você me mande dirigir com segurança e evitar motoristas desatentos SEMPRE que saio de casa. Gosto que você não parece se incomodar por eu ser uma péssima dona de casa. Acho que gosto de tudo em você. Obrigada por ser tão legal.

- intrinseca.com.br
- @intrinseca
- editoraintrinseca
- @intrinseca
- @editoraintrinseca
- intrinsecaeditora

1ª edição	MAIO DE 2025
impressão	BARTIRA
papel de miolo	LUX CREAM 60 G/M²
papel de capa	CARTÃO SUPREMO ALTA ALVURA 250 G/M²
tipografia	ADOBE GARAMOND PRO